ダッシュエックス文庫

魔弾の王と極夜の輝姫2

川口 士

登場人物 ――【魔弾の王と極夜の輝姫2】――

Lord Marksman & Shining Princess of Polar Night

ティグルヴルムド＝ヴォルン（ティグル） ―― ヴォルン伯爵家の嫡男。弓が得意。ソフィーを助けて、行動をともにする。

ソフィーヤ（ソフィー） ―― ルブリンの町で生まれ育った少女。さらわれた母を助けるべく、ティグルと旅をする。

マーシャ ―― ソフィーの母。ルブリンの町で暮らしていたが、イルフィング伯爵の部下に拉致された。

ウィクター ―― ソフィーの父。妻を救出するためイルフィング伯爵の屋敷に潜入したが、捕らえられた。

ラリッサ ―― マーシャの妹で、ソフィーの叔母。ティグルたちに協力する。

ディアーナ――ティグルの母。
ティグルが九歳の時、病によって命を落とす。

ウルス＝ヴォルン――ティグルの父。ブリューヌ王国に仕える
ヴォルン伯爵家の当主。国王の命令により、
使者として隣国ジスタートを訪れる。

エフゲーニア――ジスタート王国の北方で暮らす蛮族『闇の緑星』の
部族のひとり。精霊に守られている。

ヴェトール＝ジール――イルフィングの町を治めている伯爵。
王国から独立する計画を進めている。

イリーナ＝タム――ヴェトールに協力している戦姫。

ベルゲ――『氷の舟』の部族の戦士。
弓の勝負を通じて、ティグルを戦友と認めた。

1　イルフィング島

極夜。ジスタート王国の北端で、冬のある時期に起きる明けない夜のことだ。

極夜が訪れている間、太陽がのぼることはない。ごく短い時間、東の空の果てが明るくなるぐらいで、夜が地上に君臨し続ける。ただの極夜なら三十日ほどだが、十六年に一度起きる大極夜は、実に六十日に及ぶ。

今年は、その十六年に一度の年であり、四日前に大極夜が訪れた。いまは朝と呼んでいい時間だが、空には闇が翼を広げ、星が瞬いている。

そんな冷たい夜空の下、波の打ち寄せる岩場に倒れ伏している影があった。

十五歳の少女と、十一歳の少年だ。ともに頭から爪先まで水に濡れており、顔は血の気が引いて白く、唇は紫色で、服は水を吸って身体に張りついている。

少女の名をソフィーヤ、少年の名をティグルヴルムド＝ヴォルンという。二人はおたがいをソフィー、ティグルと愛称で呼びあっていた。

二人は海からどうにかあがってきたというふうだが、そうだとすれば信じ難いことだった。

冬の海は文字通り凍るような冷たさで、海に慣れた大人でも、飛びこめばまず助からない。凍え死ぬか、溺れ死ぬ。

ソフィーもティグルも気を失っているが、まだ生きている。だが、濡れた服と冷たい夜気が容赦なく身体の熱を奪っており、このままでは時間の問題だろうと思われた。

潮騒にまじって、暗がりの奥から足音が近づいてきたのは、そのときだ。足音に合わせて、松明の小さな火が頼りなげにゆらめいている。

足音の主は十二、三歳だろう少女だった。毛皮と羊毛をふんだんに使った衣をまとい、頭をすっぽりと覆うフードをかぶっている。右手に粗末なつくりの松明を持ち、十数本の枯れ枝を束にしたものを左脇に抱えていた。

少女の頭をすっぽりと覆っているフードには、緑色の塗料で奇妙な模様が描かれている。この島で暮らしている『闇の緑星』の部族であることを示し、精霊の加護を願うものだ。

ソフィーたちの前まで歩いてきた少女は、軽い驚きを湛えた瞳で二人を見下ろした。

「ひとが倒れてる……」

松明を近づけて、じっと観察する。「大変」と、緊張した声でつぶやいた。松明と枯れ枝の束を地面に置いてその場にしゃがみこみ、ソフィーの身体を大きく揺する。

「だいじょうぶ？　しっかりして」

かすかな呻き声を漏らして、ソフィーがうっすらと目を開けた。

「寒い……」

ぼんやりとした意識の中で彼女がまず感じたのは、身体が冷えきっていることだった。両手で自分を抱きしめて、身を縮こめる。少女が励ますように笑った。

「ちょっと待ってて。すぐに火を用意するから」

火という言葉に、ソフィーの心の中でそれはいけないという叫び声があがる。危険だ、見つかってしまう、そうなったらすべてが終わりだと。

ソフィーは懸命に手を伸ばして、枯れ枝を組みたてはじめていた少女の背中に触れた。

「待って……」

少女が手を止め、怪訝そうな顔でこちらを振り返る。ソフィーはだめだとは言わず、とっさの思いつきを口にした。

「風が、ないところへ」

「そうだね。こんなところにいたら、暖まる前に風で凍えちゃうよね」

極夜の空に視線をさまよわせて、少女が尋ねてくる。

「立てる？　あたしの知ってる洞穴、ここから少し歩くの」

ソフィーはうなずいた。腕にも脚にもろくに力が入らない。冷たく濡れた服は、わずかに残った身体の熱まで奪い去ろうとする。外套は、服ほどには水を吸っていないが、脱ぎ捨てたいほど重い。それでも、ここで立ちあがらなければ死んでしまうと本能でわかっていた。

腕を何度も擦って熱を持たせる。身体を起こして、スカートの上から同じように何度も脚をさすった。徐々に意識が覚醒していく。

ゆっくり立ちあがる。何気(なにげ)なく足下を見て、倒れているティグルに気づいた。

「ティグル！」

血相を変えて、ソフィーはティグルの前に膝をつく。顔を覗きこみ、呼吸をしていることがわかって胸を撫でおろした。ようやく他のことを気にする余裕ができて、周囲を見回し、自分を起こしてくれた少女を見つめる。

——この子の服、闇の緑星の模様が……。

では、ここは自分たちが目指していたイルフィング島なのか。

考えを整理しながら、ソフィーは気を失う前の出来事を思いだしていた。

†

ソフィーはジスタート王国の南にあるルブリンという町で生まれ育った。

父のウィクターは騎士だが、武芸よりも交渉能力を高く評価されている男で、遠くの町や村へ出向くことが珍しくなかった。

母のマーシャは主婦で、家事をそつなくこなし、近所のひとたちからは聞き上手といわれる一方、絵を描くことと、旅から帰ってきた夫の話を聞くことが好きという女だった。

そのような両親の下で、ソフィーは母の手伝いをしたり、友達と町の中を駆けまわって遊んだり、文字の読み書きや算術に四苦八苦したり、亡き祖父から教わった杖術の稽古に励んだりして、平和に過ごしていた。母と同じく、父の話を聞くのは何よりも楽しみだった。

彼女の人生を大きく変える出来事が起きたのは、秋の終わりごろだ。

父が、騎士としての務めで王都シレジアへ行くことになり、ソフィーは自分も連れていってほしいと頼みこんだ。これまでに何度も断られている頼みであり、あまり期待はしておらず、甘えのようなものだったが、珍しく父は承諾した。母も許可した。

そうしてソフィーは母に見送られて、父と、父の部下のタデウシュと三人で、ルブリンの町を発ったのである。シレジアに到着すると、ソフィーは父の親戚の家に預けられた。

ある日の朝、ソフィーはふとしたことから父とタデウシュの会話を盗み聞きしてしまい、驚くべきことを知った。ルブリンにいる母が、イルフィングの町を治める伯爵ヴェトール＝ジールの部下にさらわれたという。

うろたえたソフィーだったが、自分も母を助けようと決意した。しかし、父を手伝うと申し出れば、王都に置いていかれるのは確実だ。だから、単独で行動した。

極夜を見るためにイルフィングの町へ行くという神官の一団に同行させてもらって、ソフィーは目的の町にたどりついた。

この町で、ソフィーはティグルに出会った。隣国ブリューヌの貴族で伯爵位と領地を持つウルス＝ヴォルンの息子だという弓使いの少年に。

ティグルは敵に捕まっていたソフィーを助けただけでなく、母を助けたいという彼女の目的を聞いて、積極的に協力してくれた。ティグルがいなかったら、ソフィーは敵の手に落ちた状態から脱出することさえできなかっただろう。

ソフィーたちは追っ手から逃げきり、ヴェトールの屋敷に忍びこんで、彼の野望と、母がイルフィング島にいることを知った。その後、叔母のラリッサを頼り、大極夜の支配する地を旅して、『氷の舟』の部族の助けを借りることに成功した。

そして今日の早朝、二人は氷の舟の戦士であるフロールヴ、ベルゲとともに、小舟に乗ってイルフィング島に向かったのだ。

明かりを使わず、暗がりにまぎれて海を進んだのだが、闇の緑星の精霊使いであるエフゲーニアには気づかれていたようだ。島の海岸から長弓で矢を射かけられ、フロールヴが命を落とした。小舟が揺れて、ティグルが海に落ちた。

ソフィーは迷わず海に飛びこんだ。海の水の冷たさはわかっていたが、そのときは頭の片隅にすら浮かばなかった。ティグルを見つけて、抱きしめた。

そこで一度、記憶は途切れている。

次に浮かぶ情景（じょうけい）は、この岩場にしがみついたときのものだ。ティグルを先に押しあげて、自分も這いあがり、彼が呼吸をしていることを確認した。

そして、闇の緑星の少女に起こされるまで、気を失っていたのだった。

†

ソフィーは気を失ったままのティグルを背負(せお)って、懸命に歩いている。自分たちが倒れていた岩場はすぐに抜けて、いまは雑草がまばらに生えた荒れ地を進んでいた。

闇の緑星の少女が手を貸そうかと声をかけてくれたが、礼を述べつつも断った。自分がそうしたかったし、しなければならないと思ったのだ。ちなみに、ティグルの家宝の黒弓は彼の背中にくくりつけてある。

疲労もあって、ティグルの身体はかなり重く感じるが、ソフィーは一言も弱音を吐かない。

──わたしはお姉さんだもの。

それに、ティグルが自分のためにやってくれたことの数々を思えば、これぐらいたいしたことではない。当たり前のように、そう思えた。

闇の緑星の少女は、ソフィーの二、三歩先を歩いている。右手に松明を持ち、枯れ枝の束を小脇に抱えて。歩調がゆっくりとしているのは、こちらに気を遣ってくれているのだろう。

名前すら聞いていない少女の背中を見つめながら、ソフィーは考えにふける。

──どこまで話してもだいじょうぶかしら……。

この少女が、たとえばエフゲーニアに命じられて自分たちをさがしていたなどということはありえない。自分でも不思議に思っていることだが、あの冷たい海に落ちて助かるはずがないからだ。彼女は薪拾い(たきぎひろ)のために、このあたりを歩いていたのだろう。

しかし、彼女が闇の緑星の部族であることはたしかだ。余計なことを話せばエフゲーニアに伝わる可能性がある。気をつけなければならない。

――お父さんが言ってたわね。すべてを嘘で塗り固めるのは危険だって。

嘘が多くなるほど嘘同士の整合性をとらなければならず、何気ない一言からぼろが出やすくなる。ウィクターはそう教えてくれた。どうしても嘘をつかなければならないときは、ひとつか二つだけにしなさいとも。

「あなた」と、少女が肩越しにこちらを見た。

「名前、何ていうの？　あたしはリネア」

「ソフィーヤよ。男の子はティグル」

「ティグルか……。よそ者なんだね。ソフィーヤはどうしてその子と倒れてたの？」

ソフィーは言葉に詰まる。少女――リネアは純粋な興味から聞いてきたようだが、本当のことなど言えるはずがない。しかし、このまま黙っていたら怪しまれる。

「その、いろいろあって……」

自分を情けなく思いながらも、ソフィーは言葉を濁すことしかできなかった。

こちらに何か事情があると察したのか、リネアは「そうなんだ」だけですませたが、すぐに新たな質問を投げかけてくる。

「ソフィーヤはどこに住んでるの？」

先の問いかけに劣らない難問だ。ティグルを背負っていなかったら、ソフィーは頭を抱えてうずくまっていたかもしれない。今度こそ何か答えなければと必死にあれこれ考えたが、ごまかせそうなつくり話はまったく浮かばない。また、この場を嘘で切り抜けても、またすぐに嘘を必要とする局面が訪れるかもしれないという不安が胸を締めつける。

――それに、この子はわたしより年下だと思う。

年上の自分が嘘をついたら、彼女は傷つくのではないか。そんなことを言っている場合ではないとわかっているが、その考えこそがソフィーをためらわせていた。

短い葛藤の末に、ソフィーは決断する。ただ、言い方を考えるのだ。

――ここは本当のことを答えましょう。

「この島には住んでないわ」

「じゃあ、イルフィングの町？」

「もっと南にある町よ。ルブリンっていうの。わたしのお母さんは闇の緑星だけど、お父さんは違うから」

世間話でもするような、気負いのない口調でソフィーは答えたが、心の中では緊張が解けなかった。信じてもらえるだろうか。信じてもらえたとして、精霊の依女として捕まっているマーシャの娘だと見抜かれないだろうか。

　リネアが足を止めて、身体ごとこちらに向き直る。おもわず立ち止まったソフィーの前まで歩いてきた。碧い瞳が期待に輝き、口元が緩んでいる。

「その話、本当？」

　彼女の態度を訝(いぶか)りながらも、ソフィーはうなずいた。すると、リネアは嬉しそうな笑みを浮かべて、右手の松明を大きく振りまわす。

「実はあたしもそうなの！　こんなところで仲間に会えるなんて思わなかったあ」

　舞い散る火の粉から慌てて離れながら、ソフィーは困惑の視線をリネアに向けた。

「仲間……？」

「あなたとは逆だけどね。あたしの場合は母親がイルフィングの住人で、父親が闇の緑星」

　予想外の返答にソフィーは言葉が出ず、呆然と彼女を見つめる。

――わたしと同じ……。

　驚いたが、衝撃が薄れて落ち着きを取り戻すと、納得することができた。イルフィングの町で長く暮らしているラリッサのようなひともいるのだ。闇の緑星とイルフィングの住人なら、生まれの違いを越えて結ばれる男女もいるのだろう。

「それじゃ、リネアのお母さんは、イルフィングからこの島に移り住んだの？」

　ソフィーがそのようなことを聞いたのは、好奇心からだけではない。こちらから話を聞くことで、彼女からの質問をなるべく避けようという考えもあった。

「ずっとイルフィングに住んでたよ。お父さんといっしょにいなくなっちゃうまでは」

おおげさに肩をすくめながらのリネアの返答に、ソフィーは顔をしかめる。

「いなくなったって、何があったの？」

「そのままだよ。三年前に二人で旅に出たの。世界を見てくるって」

彼女は両親に呆れていることを隠そうともしないが、その口調には怒りも深刻さもない。ソフィーは少し安心した。リネアはしっかりした子供のようだ。

「そのあと、あなたはひとりでイルフィングに？」

「イルフィングには頼れるひとがそれなりにいるけど、この島にはいないからね。それに、どいつもこいつもひとのことを半端者（はんぱもの）だのよそ者だのと……。お父さんたちが話してた大事な儀式じゃなかったら、来なかったわ」

小脇に抱えた枯れ枝の束を、リネアは軽く揺すってみせる。

「来たら来たで、こんなふうに仕事を手伝わされるし。ソフィーヤはどうなの？」

「わたしはこの島に来たばかりだからわからないけど……たぶん、あなたと同じだと思う」

控えめに同意しながら、ソフィーは内心で納得していた。考えてみれば、このような暗がりの中、自分よりも年下だろう少女がひとりで薪拾いなどおかしい。

不意に、リネアがソフィーからティグルへと視線を移す。

「ティグルだったっけ。その子もお父さんかお母さんが闇の緑星なの？」

ソフィーは一瞬、迷った。そういうことにしてしまえば、いまよりもっと話がしやすくなるだろう。だが、彼が両親を大切に想っていることを、ソフィーは知っている。

「ティグルは闇の緑星とは何の関係もないわ。わたしの大切な、友達よ」

大切なと言ったあとに半瞬ほど間が空いたのは、友達と言うべきか、それ以上の仲だと言うべきか迷ったからだった。リネアは目に驚きをにじませる。

「何の関係もない友達を連れてくるなんてすごいね」

「そ、そうかしら……」

その言葉をどのように解釈したものか判断がつかず、ソフィーは視線を空中に泳がせた。

二人は再び歩きだしたが、彼女たちを包む空気はずっと穏やかなものになる。リネアが無邪気に聞いてきた。

「ルブリンってどんな町なの？」

「そうね。イルフィングの町と同じか、ちょっと小さいぐらいの町かしら」

彼女の知っている町とくらべた方が想像しやすいだろうと考えて、ソフィーはそう答える。

「イルフィングと同じように城壁に囲まれているけど、海に面してはいないわ。小舟を使うのは川や湖を渡るときだけ。あと、極夜はないし、冬は三、四ヵ月ぐらい。雪が降ってもたいして積もらないから、平たい屋根の家もけっこう多いわね」

「雪が積もらない町なんてあるの？　想像できないなあ」

リネアにとって、雪は降ったら必ず積もるものなのだろう。このようなところで生まれ育ったら、そう思うのも無理はない。

今度はソフィーから彼女の生活ぶりについて尋ねる。リネアは指折り数えながら言った。

「何でもやってるよ。川から離れてる家への水運び、小舟の手入れ、トナカイの毛皮洗い、それから神殿の掃除もたまに……」

彼女によると、イルフィングの町は川沿いにしか水汲み場を設置していないので、川から遠いところへの水運びの仕事があるのだそうだ。

また、小舟の手入れは、小舟を船着き場に引きあげて汚れを落とし、腐っている箇所があればやすりで削り、穴があれば木片で埋め、破損がひどければ分解して補修用の部品をつくる作業だという。ソフィーにとってははじめて聞く仕事だった。

「そんなにいろいろな仕事をしているなんて、リネアはすごいのね」

感心するソフィーに、リネアは顔を赤く染めて、松明を大きく振る。

「た、たいしたことじゃないよ。飢えたくなければまっとうに働きなっていつも言われてるだけだから……。ところで、ソフィーヤはパンと麦粥（マナカーシャ）、どっちが好き？」

口早（くちばや）に続けた質問は、照れているのをごまかすためのものだろうか。ソフィーは、氷の舟の集落を訪れたときのことを思いだした。氷の舟の戦士ベルゲは、麦粥をよく食べるからというだけで、自分たちのことを麦粥族と呼んだのだ。

「どちらも好きだけど、どちらかを選ぶなら麦粥かしら」

ソフィーの返答に、リネアはわざとらしく首を傾け、片方の眉を吊りあげて笑う。

「へえ。でも、麦粥なんて水っぽいし、塩でも入れないと何の味もしないでしょ。パンはかじってるだけで食べてるっていう気分になるじゃない」

どうやら彼女は自説を押し通したいわけではなく、そういう遊びがしたいらしい。ソフィーはことさらに生真面目な表情をつくって反論する。

「麦粥は何とだって組みあわせることができるわ。肉でも魚でも野草でも」

「パンだって同じだよ。混ぜてもいいし、載せても挟んでもいい」

「それはそうね。でも、組みあわせによっては、あなたがさっき言った水っぽさが大事になるものもあるのよ。甘藍の酢漬けとか」

「甘藍って何？　はじめて聞いた」

歩きながら、二人は麦粥とパンだけで他愛のない話を続けた。寒さを感じないわけではなかったし、空腹を覚えもしたが、それほど気にならなかった。

丘のふもとにさしかかる。近くに川があるようで、水の流れる音がかすかに聞こえた。

リネアは松明を上下に揺らして暗闇を払いながら、ゆっくり歩みを進める。

「あった」と、彼女が松明で、なだらかな斜面の一点を照らす。そこにはたしかにぽっかりと穴が開いていた。出入り口はそれほど大きくはなく、姿勢を低くする必要がありそうだ。

ソフィーは首を傾けて、背負っているティグルの様子をうかがう。リネアと出会って岩場を離れてから四半刻近くが過ぎていると思うが、いまだに彼が目を覚ます気配はない。ただ、寝息は落ち着いているし、顔や腕からはほのかな熱が伝わってくる。

「あと少しで暖まるわよ、ティグル」

そうしたら、彼も意識を取り戻すだろう。きっと目を覚ましてくれる。

松明を持つリネアを先頭に、ソフィーたちは洞穴の中に足を踏みいれた。

中は意外に広く、大人が十人は横になれるぐらいの空間がある。天井も、ソフィーが背伸びをしても余裕があるほどには高い。奥には古びた木箱やら素焼きの壺やらがあり、壁の一部には薄汚れた大きな布が広げて飾られていた。

「あなたが掘ったの？」

驚きを露わにして洞穴の中をぐるりと見回すと、ソフィーはリネアに尋ねる。彼女は得意そうな笑みを浮かべながらも、首を横に振った。

「誰が掘ったのかは知らない。この洞穴のことを教えてくれたひとは、何十年、もしかしたら何百年も前からあるって言ってた」

彼女は松明と枯れ枝の束を地面に置いて、奥まで歩いていく。木箱の中から手ごろな大きさの薪を何本か取りだして、戻ってきた。

「あたしの秘密の隠れ家でね、いろいろなものを隠してるんだ」

リネアは出入り口のそばで薪を組み、松明の火をつける。火は徐々に大きくなっていき、洞穴の中を明るく照らした。

ソフィーはティグルを地面に下ろし、外套を脱がせて火のそばに寝かせる。黒弓は壁に立てかけた。それから自分も外套を脱いだのだが、解放感に包まれると同時に寒気に襲われた。

服を脱いで絞り、髪や身体に残った水気を拭き取っていると、リネアが何かを投げてきた。毛皮だ。ずいぶん古びていて、毛がかなり抜け落ちている。

「使い道があるかもって、しまってたんだ。身体に巻いたら少しはましでしょ」

リネアに礼を述べて、その通りにする。ようやく寒さから逃れて一息ついた。

「その変わった形の弓」と、リネアが黒弓に視線を向ける。

「そんなに大事なもの？」

「ティグルのご先祖さまが使っていた家宝なんですって」

ソフィーが答えると、リネアは意外だという顔でティグルと黒弓を交互に見た。

「家宝か。もしかしたら精霊が宿ってるのかもしれないね」

「精霊？」

不思議そうな顔をするソフィーに、リネアは当然のような顔で説明する。

「そうだよ。何十年も大切にされていたものには精霊が宿って、持ち主を守ってくれるの」

ソフィーは黒弓をまじまじと見つめた。彼女の言う通りなら、海に落ちた自分たちが助かったのは、この弓に宿っている精霊が守ってくれたのだろうか。

昨日までの自分なら、そんなことはないと言い切ることができた。しかし、いまのソフィーはその可能性を捨てることができなかった。そうでもなければ納得できないのだ。

悩んでいると、リネアが松明と枯れ枝の束を拾いあげる。

「じゃあ、あたしは行くね。さすがにもう集落に帰らないと」

ソフィーがうなずくまでに、わずかな間があった。かすかに感じた寂しさを拭い去るために時間が必要だったのだ。立ちあがり、微笑を浮かべてリネアの前まで歩いていく。

「本当にありがとう、リネア。あなたに会えなかったら、わたしたちはあの岩場から動けないままだったと思う」

「あたしもソフィーヤに会えてよかったよ。二人とも、休んだら集落に帰るんでしょ？」

そのつもりだと答えるべきなのだろう。だが、それは嘘になる。

「リネア」と、真剣な表情で、ソフィーは彼女を見つめた。

「わたしたちに会ったことは、誰にも言わないでほしいの」

聞かれたことには答えず、それどころか奇妙な頼みごとをする。怪しんでくれと言っているようなものだが、ソフィーは彼女に嘘をつきたくなかった。

リネアの瞳に戸惑い(とまど)とかすかな疑問がにじんだが、彼女はそれを消して、笑顔でうなずく。

ソフィーに背を向けて、出入り口へと歩いていった。

「そういえば」と、外へ踏みだしかけたところで、言い忘れていたというふうに振り返る。

「ソフィーヤの瞳、きれいな緑色だね。精霊の依女より何ていうか、鮮やかかも」

精霊の依女という単語に、ソフィーは目を瞠る。母のことだ。

おもわず彼女を呼びとめようとして、寸前で声を呑みこむ。母の居場所を聞けば、いま以上に怪しまれるのは明白だ。闇の緑星の者なら、おそらく誰もが知っているのだろうから。

「またね」と、手を振りながら暗がりに溶けこんでいくリネアに、「またね」と返す。遠ざかっていく足音を聞きながら、ソフィーは不安と後悔の入りまじった表情でうつむいた。

──わたしがもっと上手に話すことができていたら……。

母の居場所や様子について聞きだすことができたのではないか。

頭を振って、毛皮を脱ぎ、服を着た。まだ乾いていないが、身体は少しずつ暖まっている。

そうなると毛皮だけでは落ち着かなかった。

そのとき、かすかな声と音が鼓膜をくすぐる。ソフィーが弾かれたように顔をあげると、ティグルがうっすらと目を開けてこちらを見上げていた。

ソフィーは彼に駆け寄って、おもいきり抱きしめる。目の端に涙が浮かんだ。

ティグルは、まず身体の具合を確認した。

幸い、骨が折れていたり、強い痛みを感じたりするところはないが、口や耳、鼻の穴には砂が入っている。まだ乾ききっていない服や外套からは、海水と泥のいりまじった臭いがした。靴は水気を含み、湿った矢筒の中は空だ。

意識を失う前のことが、少しずつ脳裏によみがえってきた。

──俺は、海に落ちたんだ……。

あの瞬間を思いだすと、恐怖に臓腑を強く締めつけられる。海の中は真っ暗で、海水は凍りつきそうなほど冷たかった。必死になってもがいたが、手も足もほとんど動かなかった。

──それに、海に落ちる前にフロールヴが……。飛んできた矢から俺をかばって。

悲しみと悔しさとで、顔が歪む。自分を守って命を落とした氷の舟の戦士の死を悼み、その魂の安寧を神々に祈った。氷の舟の部族はブリューヌやジスタートで信仰される十柱の神々を信仰していないという話だが、ティグルは精霊に祈る方法を知らない。彼らの集落に戻ったら教えてもらうとして、いまはこれですませるしかなかった。

左腕につけた腕輪に目を留める。氷の舟の集落で、ソフィーが恋人同士のふりをするためにくれたものだ。木の枝と樹皮と草でつくったもので、湿ってはいるものの、傷はない。

「その腕輪も無事だったのね」

ソフィーがくすりと笑った。ティグルは気恥ずかしさをごまかして、「うん」とだけ、つぶやく。そっと外した。乾いたら、落とさないよう服の中にしまっておこう。

「ソフィーはだいじょうぶか？」

「だいじょうぶ。怪我ひとつしてないわ。あなたと同じで、まだ服は乾いていないけれど」

明るい笑顔で答える彼女に、ティグルは安堵の息をついた。

「ところで、ここはどこなんだ？」

彼女といっしょに火にあたりながら、洞穴の中を見回す。ソフィーからこれまでのことを聞き終えると、ティグルは咎めるような視線を彼女に向けた。

「どうして俺を助けようとしたんだ」

感謝すべきだとわかってはいたが、それ以上に、彼女の無謀さに腹がたった。

ソフィーはティグルの視線を平然と受けとめ、叱りつけるような声で聞いてくる。

「当然よ。もしもわたしが海に落ちたら、あなたは何もしなかったの？」

思いもよらない反撃に、ティグルは目を丸くして返答に窮した。もしもそのようなことが起きたら、自分は即座に海に飛びこむだろう。降参するしかない。

「俺が悪かった。でも……」

あんな真似は二度としないでくれ。ティグルはそう続けようとしたが、再びソフィーに抱きしめられて、何も言えなくなってしまった。

腕を伸ばして、不器用に彼女を抱きしめる。甘やかな匂いに加えて、心が安らぐようなぬくもりが伝わってきて、自分が生きていることをあらためて実感した。

おたがいに抱擁を解いて気を取り直すと、胸の奥に疑問が湧き起こる。

——俺もソフィーも、どうして助かったんだろう？

それに、海に落ちたとき、ソフィーが自分に向かって泳いでくるのが見えた。なぜ暗闇の中で彼女の姿が見えたのか。ソフィーも、自分を見つけて抱きしめたと言った。そろって幻覚を見たとは思えない。

この島にたどりついたことも、とうてい幸運だったですませられる話ではない。しかし、何らかの人智を超越する力が働いて自分たちを助けたのだとしたら、それはそれで気味が悪い。

何か忘れたり、見落としたりしていることはないか、懸命に記憶をさぐる。

——ソフィーの姿が見える前に、声が聞こえたな。

氷の舟の集落の、精霊の氷滝で聞いたものと同じ女性の声が。

——それに、気を失ったあと、不思議な夢を見た。

夢の中で、自分は闇の中に立っていた。極夜のもたらすそれとは違う、一切の光を拒絶し、あらゆるものを塗りこめる、冷たく閉ざされた暗黒の中に。

視界を失ったのではなく、暗闇を見つめているのだという奇妙な自覚があった。夢の中の自分は大声でひとを呼び、助けを求めたが、誰も来ないとわかると、前へ歩きだした。

しばらく歩いていくと、方形の祭壇と、その上に立つ石像が見えた。

薄衣をまとった、長い髪を持つ美しい女性の像だった。驚くことに、顔が三つあった。正面と左右にまったく同じ表情で。

その像には、両手を合わせて祈りを捧げたくなるような、神秘的ともいえる雰囲気が感じられた。正面の顔は自分を見下ろしていると、そう思えた。

夢の中で、ティグルは両手を掲げて呼びかけた。

「あなたが助けてくれたのか。何ものなんだ」

女性の声が、意識に届いた。「女神と呼ばれている」と、それは言った。

像を見上げているうちに、視界が曖昧になっていき、夢は終わった。

こうして思いだしてみると、夢らしい荒唐無稽さだと思える。たしかに女神が手を差しのべてくれたかのような幸運だが、自分はそこまで信心深くはない。

それに、ブリューヌとジスタートでおもに信仰されている十柱の神々の中で、女神は四柱を数えるが、三つの顔を持つ女神など聞いたことがない。ティグルがとくに親しみを感じている風と嵐の女神エリスも、大地母神モーシアも、豊穣と愛欲の女神ヤリーロも顔はひとつだ。

残りの一柱である夜と闇と死の女神ティル＝ナ＝ファについては、姿をよく知らないが、この女神は、人々から忌み嫌われている。その司っている性質に加えて、主神ペルクナスの妻であり、姉であり、妹であり、生涯の宿敵であるとされているためだ。ティル＝ナ＝ファの像だけをあえて置かない神殿もあるほどで、このような女神が自分を助けるとは思えない。

──でも、なんだか気になるな。

ティグルは聞こえた声のことも含めて、疑問をすべてソフィーに話してみた。見た夢についても、一応という感じで付け加える。

ソフィーは難しい表情になって、壁に立てかけてある黒弓を見つめた。

「リネアが、あなたの弓に精霊が宿っているかもしれないと言っていたけど、本当にそうかもしれないと思いたくなるわね。女神よりは可能性を感じるわ」

ティグルは黒弓を手にとった。気を失っている間も、自分はこれを握りしめていたという。どのようなときでも武器は手放すなという父や故郷の猟師たちの教えは、もはや身体に染みついている。まして、この黒弓は決して失うことがあってはならない大事な家宝だ。そのことは常に意識の片隅にあった。

──だけど、海に落ちても、ソフィーに助けられたあとも手放さなかったなんて……。

ありえるのだろうか。それに、弓の状態を調べてみると、傷ひとつないばかりか、弓弦もまったく緩んでいない。頑丈にできているどころの話ではない。

この弓が何でできているのか、ティグルは知らない。父も知らなかった。歴代の当主に伝えられてきた家宝なので、詳しく調べることに抵抗があったのだ。それに、弓を蔑むブリューヌにおいて、この家宝を実際に使う機会などないという考えもあっただろう。

この旅に黒弓を持ってきたのも、未知の土地へ向かうにあたって、歴代当主たちの加護を期待するという、ある種のお守りとしてだった。

——まさか、本当に精霊か何かが宿っているというのか……？

ティグルが受けいれがたいという表情で黒弓を見つめていると、ソフィーが言った。

「答えは保留にしましょう」

その言葉の意味をつかみかねて、ティグルは眉をひそめる。確認するように訊いた。

「保留って、この弓に精霊が宿っているかどうかを？」

「それだけじゃないわ」と、彼女は首を横に振る。

「わたしたちがなぜ助かったのかも、無理に答えを出さずにおきましょう」

ティグルは呆気にとられた顔になり、次いで困惑の視線をソフィーに向けた。

「気にならないのか？」

「もちろん気になるわ。でも、考えるための手がかりが何もない状態で、焦って答えを出すのは危険だと思うの」

その言葉に、ティグルははっとする。父や、故郷の猟師たちも、「手がかりがないときは、むやみに答えを出すな。わからないままにしておく方がいいときもある」と言っていた。

あのときは、父たちの言いたいことがよくわからなかった。いまは少しわかる。

「そうだな。何かわかったら、そのときにまた考えよう」

何より、自分たちにはやらなければならないことがあった。

　気分を切り替えて、ティグルはこれからどうするかを考える。イルフィング島に上陸できたとはいえ、自分とソフィーだけでマーシャを救出することができるのだろうか。

　ベルゲのことも気になる。ひとりだけになった彼は、どうなったのか。エフゲーニアにやられたのでなければ、氷の舟の集落に引き返したと思うが、無事でいてほしい。

「どうしようか」と、ソフィーに聞いた。

「集落を目指すか、どこかで小舟を盗んで一度出直すか」

　彼女はすぐには答えず、考えこむ表情になる。

「わたしたちがイルフィングの町にある伯爵の屋敷に忍びこんだのは五日前。儀式が行われるまでに、あと五日はある。でも……」

　ソフィーは首を横に振った。

「危険すぎるわ。小舟を盗むことができたとしても、わたしたちだけで、あの暗い海を進んで氷の舟の集落に戻れるとは思えない」

　たしかに、明かりもなしに海に出たら、自分たちの小舟は早々に転覆するだろう。それに、不慣れな自分たちでは、氷の舟の集落に戻るのにそうとうな時間を要するはずだ。また、運よく集落に戻れたとしても、出直すまでの間に闇の緑星は警戒態勢を強めるだろう。

このまま二人で進むしかない。

「だいじょうぶ」と、ソフィーがティグルの手をとった。

「わたしたちはここまで来られたんだもの。きっとやれるわ」

彼女の微笑が、緊張と不安をやわらげる。ティグルは表情を引き締めると、ソフィーの手を握り返した。自分を励まそうとしてくれている彼女も、同じように緊張しているのがわかったからだ。自分は彼女を励まして、元気づけなければならない。

「必ず、三人でこの島から逃げよう」

ソフィーはティグルの手を離すと、洞穴の奥へ視線を向けた。

「リネアには申し訳ないけど、使えそうなものをもらっていきましょう」

自分たちを助けてくれた恩人のものを盗むのは気が引けるが、背に腹は代えられない。ティグルは焚き火から手ごろな薪を抜いて松明代わりにすると、奥を照らした。

木箱に入っているのは薪だけだ。いくつかある素焼きの壺はどれもひび割れていて、手前の壺の中には丸く磨かれた小石や木の実があった。

――秘密の隠れ家か……。

彼女は集落で不要とされたものを引き取ったり、ひそかに回収したりして、ここに運びこんでいたのだろう。ティグルも、アルサスで自分のための隠れ家をつくったことがあったので、なおさら心が痛んだが、首を横に振って良心にふたをする。

別の壺を覗きこむと、火を起こすための板と棒、それに灰や木くずがあった。いまの自分たちには焚き火があり、そこから松明をつくることもできるが、この先、火を起こす必要が出てくるかもしれない。心の中でリネアに詫びつつ、これらをもらっておく。

また別の壺を見て、ティグルは顔を輝かせた。その中には矢が十本ばかりあったのだ。一本手にとってみる。自分がいつも使っているものよりやや短く、矢羽も傷んでいるが、使えないほどではない。すべての矢を矢筒に入れた。これで、弓が使える。

他には、これといったものは見当たらない。

「ソフィーはどうだ？　何か気になるものは……」

彼女に視線を向けて、ティグルは言葉の続きを呑みこんだ。彼女は、壁にかけられている大きな布をじっと見つめている。その布には、緑色の塗料で不可思議な模様が描かれていた。

布に描かれた模様が気になるのだろうか。ティグルがそんなことを考えていると、彼女はおそるおそる手を伸ばして、布に触れる。その拍子に布が壁から落ちて、ソフィーは反射的に後ろへ飛び退いた。ティグルもおもわず松明を握りしめて身がまえる。

二人の視線の先には、大きな円形の穴がぽっかりと空いていた。大柄な大人ならつかえてしまうだろうが、自分たちなら余裕をもってくぐることができそうだ。リネアが壁に布をかけていたのは、ただの飾りというだけでなく、この穴を隠すためでもあったのだろうか。

ソフィーの緑柱石の色の瞳には、緊張と迷いが浮かんでいた。

「ここはリネアの隠れ家なんだから、危険はないと思うけど……」

「調べてみよう」

ティグルの決断は早かった。ひとつには、自分がためらっていたら、ソフィーが穴をくぐるかもしれないからだ。先に自分が確認するべきだった。

ソフィーに黒弓を預かってもらい、背中を丸めて穴の中に入る。松明を前へ突きだし、腹ばいになって慎重に進んだ。

十を数えるほどもかからなかっただろう。松明の火が何かを照らした。同時に、前へ出した左手が何もない空間をかきまわす。思った以上に短い穴のようだ。

――穴から出てみたら、地面がはるか下にある……なんてことはないだろうな。

いつでも後退できるようにしながら、松明を揺らす。おかしな空気の流れはない。

前進し、穴の縁に手をかけ、松明と顔だけを出す。ティグルはおもわず眉をひそめた。

視界に映ったのは、四角い空間だった。

地面は平らで、石畳が敷き詰められている。四方の角は柱で支えられ、天井には梁が渡されていた。右の壁には二重の三日月が、左の壁には曲線を上にした半円が彫られている。どちらの模様も壁に彫りつけた上で、消えないように炭でなぞるという丁寧さだ。

そして、ティグルの胴体ほどの大きさの石板が七枚、壁に立てかけられていた。右に二枚、正面に三枚、左に二枚という形だ。

「ティグル、何か見つかったかしら？」

後ろからソフィーの声がした。ティグルの動きが止まっているように見えたので、心配になったのだろう。「だいじょうぶだ」と、大きな声で返して、穴から出た。地面を強く踏んで、崩れないことをたしかめる。ソフィーに呼びかけた。

「来てくれ。ひとまず安全そうだ」

彼女はすぐに穴を通ってきた。ティグルの隣に立ち、服についた土を払うと、松明の火に照らされた空間をぐるりと見回す。驚きを含んだ息を吐きだした。

「ずいぶんしっかりした造りね。何のためにつくられたのかしら」

右端にある石板を、ソフィーはじっと観察する。ティグルは彼女の隣に並んだ。

――何だろう、これ。

石板に描かれているものを見て、子供が円を描こうとして失敗したみたいだという感想を、ティグルは抱いた。下半分はきれいな丸みを描いているのだが、左上は獣にかじられたかのようにいびつに欠けており、右上からは角のような曲がった突起が伸びている。

「何を描いたものなのかしらね」

ソフィーもわからないらしく、隣の石板に移る。そちらに描かれているのは、小舟に乗った人間たちが、魚や獣らしきものを仕留めていると思われる図だった。最初に見たものにくらべてはるかにわかりやすい。

三枚目に描かれているのは、横になっているらしい人間と、それを囲んでいる人々だった。横になっている者の目が、ずいぶんと大きく強調されている。

ティグルとソフィーは顔を見合わせた。半分近く見たわけだが、何を伝えたいのかまるでわからない。こうしている時間が無意味なものに思えてきて、ティグルは「行こうか」と、ソフィーを促したが、彼女は首を横に振った。

「念のため、最後まで見てみましょう。これをつくったひとは、何としてでもこれを遺したいと思ったのよ。いまは意味がわからなくても、いつかわかるかもしれないわ」

四枚目には、二重になっている三日月を掲げているらしい二人の人間が描かれている。

五枚目には、人間を描き損なったようなものが描かれていた。上半身は人間だが、腰から下は三本の波線が横に引かれているだけだ。

――こんなふうに並べているからには、失敗したものじゃないと思うけど……。

では、人間を描いたものではないのだろうか。ティグルは首をかしげた。

六枚目に描かれているのは、一枚目のものと似ていた。つまり、失敗した円だ。だが、一枚目のものと違い、右上から伸びた突起がない。

七枚目もまた、二枚目の絵とよく似ていた。小舟に乗った人間たちが獣を仕留めている。ただし、こちらの絵には魚が描かれていなかった。

「どちらかしらね」

ソフィーが七枚の石板をぐるりと見回す。

「似ている絵があるのは、意図的なものだと思うの。何かが起きる前と、起きたあとを描いているんじゃないかしら」

「その何かっていうのは、これらか」

ティグルは正面に並んでいる三枚の絵を見つめた。何をやっているところなのか、まるでわからない。右の二枚と、左の二枚にしても、どちらが「何かが起きる前」のものなのか。

――でも、大切にして、未来に残そうとしたのはわかる。

この空間の堅固な造りと、石板に炭まで用いる念の入れ方が、それを物語っている。集落からだいぶ離れているらしいこの場所につくったことは不思議だが、何か理由があるのか。

――ここが安全だと思ったのか、それとも集落には置けない事情があったのか。

これも保留にした方がよさそうだ。そんな結論を出したとき、ソフィーが言った。

「とりあえず、ここにあるものはできるだけしっかり覚えておきましょう。いまのわたしたちには少しでも情報が必要だもの。もしかしたら、何かの助けになるかもしれない」

それについてはもっともだった。この隠れ家に戻ってくることなど、まずない。後悔しないためにも、役に立つかどうかは考えずに頭の中に叩きこんでおくべきだ。

あらためて、二人は石板を一枚一枚見つめ、言葉にして記憶に刻みつける。

それから入ってきた穴を通って、洞穴へと戻った。今回もティグルが先に穴をくぐり、ひとの気配がないか警戒した。幸い、侵入者などはなく、二人は洞穴を出た。

空を見上げる。ここ数日で見慣れた星の並びから方角を知ろうとした。

そのときだった。足元が震え、左右に大きく揺れる。地震だと悟ったときには、二人は松明を放りだし、洞穴から離れるように地面に転がった。

――このぐらいの地震なら、落石や地割れの心配はないと思うが……。

うずくまって、揺れがおさまるのを待つ。幸い、震動が大きくなることはなく、二十を数えるほどで大地は静かになった。

「だいじょうぶ？」と、おたがいに呼びかける。それから、二人はいつのまにか手をつないでいたことに気づいた。うずくまったときに無意識でやったのだろうが、どちらが先に相手の手をとったのかわからない。

ティグルは手を離したが、気恥ずかしさから解放された一方で、もう少しだけつないでいてもよかったかもしれないなどと考えた。

「それじゃ、行きましょう。闇の緑星の集落を目指して」

気を取り直し、自身を鼓舞するためか、目的地を口にしながら、ソフィーが松明を拾う。ティグルは洞穴を振り返って、気になったことを訊いた。

「リネアは、俺たちのことを誰かに話すかな」

「あの子は話さないと約束してくれたわ。わたしはそれを信じるだけ」

彼女の仕草を真似するように、松明を振りまわしながら、ソフィーは答える。間を置いて、少し不安そうな言葉を投げかけてきた。

「わたしがリネアに話したこと、よくなかったかしら」

「俺はその子を見てないからな」

ティグルは苦笑をにじませて、頭をかく。

「ソフィーが本当のことを話したのは、嘘が思いつけなかったからなのか？」

「それもあるわ。でも、それだけじゃなくて……」

ソフィーが地面に視線を落とす。「わたしの方が年上だったから」と答えた。

「それでいいんじゃないか」

彼女らしいと思いながら、ティグルはうなずいた。

「リネアは、俺たちの命の恩人だ。俺もたぶん、うまい嘘は言えなかったよ」

もしも彼女が自分たちのことを誰かに話したとしても、その場合は仕方がない。ティグルはそう思うことができた。

二人は視線をかわす。暗がりの中へ歩きだした。

†

闇の緑星の集落は、イルフィング島の中央近くにある。

彼らの家は、中央に二本の柱を立て、その柱の上から地面に向かってよくしなる長い枝を何本も張り、枝の上から布と毛皮を何枚も重ねるというものだ。

氷の舟の部族の家とよく似ているのは、手に入りやすい材料がほとんど同じためだ。ただ、枝の組み方や、布と毛皮の重ね方には違いがあり、また、闇の緑星は必ずといっていいほど布を緑に染めていた。

いま、集落は慌ただしさと昂揚感に包まれている。十六年ぶりに行われる、夜の精霊を降臨させる儀式が迫っているからだ。かつては『降夜の儀』と呼ばれたこともあったが、いまでは一部の老人だけがそう呼んでいる。

大人たちは必要なものをそろえて準備を進めているが、どこか落ち着きがなく、意味もなく歩きまわったり、集落のはずれにある祭儀場の様子を見に行ったりしていた。緊張と興奮から喧嘩をはじめる者たちまでいる。

そんな雰囲気など自分には関係ないというかのように、右手に松明を持ち、飄々とした態度で集落の中を歩くひとりの女性がいた。

年齢は三十に届かないというあたり。長い黒髪と長身の持ち主で、袖がゆったりとした上着を着て、臑まで届くスカートを穿いている。紐を通した麻の袋を背負い、腰に巻いた帯に留め金をつけ、二丁の小振りの斧を腰の左右に吊していた。

ジスタートにおいて、国王に次ぐ地位を有するとされる七人の戦姫のひとり、イリーナ＝タムだ。彼女は闇の緑星の協力者であるヴェトール＝ジールとひそかに手を結んでおり、この儀式を見届けるために、イルフィング島に来たのである。

イリーナは、緑色に塗った小さな骨片をいくつも革紐で連ねた首飾りをしている。トナカイの小骨を削ってつくったもので、族長の客人である証だった。

「イルフィングの町も、迫る極夜に浮かれていたが、闇の緑星もそういうところは同じか」

イリーナは微量の皮肉を含んだ笑みを浮かべる。ジスタート人が蛮族と呼ぶ者たちの集落に足を運び、その生活を間近で見るのは、彼女にとってはじめての体験だった。

「極夜でなければ、もっといろいろなものが見えるのだろうが……。極夜がなければ、この島に来ることはなかっただろうな。うまくはいかないものだ」

集落の中にはいくつもの篝火（かがりび）が焚かれている。祭儀場も同様で、まるで太陽の下にあるかのような明るさだ。しかし、当然ながらその明かりも中心から離れていくほど小さくなり、端ともなれば極夜の闇の支配下にあった。

それでも黒髪の戦姫は、何もかもが珍しいというふうに左右を見回しながら歩いている。

ひとつには、いざというときに備えて、集落について把握しておくべきだと思ったからだ。闇の緑星の有力者であるエフゲーニアは自分を警戒している。

イリーナは、集落の外にあるヴェトールの屋敷の一室で寝泊まりをしているが、屋敷を出てから、誰かが自分を監視していることに気づいていた。状況次第では、ヴェトールの力を借りるどころか、彼さえも敵にまわしてこの場を切り抜けなければならない。

不意に、イリーナは足を止めた。物陰から、好奇の目を向けてくる数人の子供たちを見る。自分のようなよそ者が珍しいのだ。

友好的な笑みを浮かべて、彼らに歩み寄る。子供たちは緊張しながらも、逃げずに笑顔を返してきた。トナカイの骨片の首飾りも、彼らを安心させる一助になっているだろう。

「おはよう」と、声をかけると、子供たちはおずおずと言葉を返してきた。彼らの言葉をよく知らないイリーナにとっては、ひどく訛りのあるジスタート語というところだが、敵意がないことがわかればいい。

イリーナは松明を地面に置くと、背負っていた麻の袋から何かを取りだした。木を削ってつくった笛だ。子供たちに笛をじっくり見せたあと、それを口に当てる。

小さな、そして涼やかな音色が笛から響いた。子供たちが目を丸くする。

その反応にささやかな満足感を覚えて、イリーナは口から笛を離す。麻の袋にしまい、違うものを取りだした。てのひらに載るほどの大きさで、横にふくらんだ球体の中央に短い棒が刺さっている。独楽(ジガ)だ。革紐も用意する。

「両手を出してごらん」

いちばん年下だろう子供に話しかける。彼が両手を合わせて前に出すと、イリーナは革紐を独楽に巻きつけ、手首をひねった。

子供のてのひらの上で、独楽が回る。子供たちが驚きの声をあげた。

独楽そのものは、このあたりでもとくに珍しい玩具というわけではない。イルフィングの町にも、形状や模様にさまざまな工夫を凝らした独楽が売っている。だから、イリーナは小さな子供に声をかけたのだが、その狙いはうまくいったようだった。

イリーナは二つめの独楽を取りだし、それも回して別の子供のてのひらに載せる。それから親しげな口調で言った。

「ちょっと聞きたいことがあるんだが……」

イリーナの背後から足音が近づいてきたのはそのときだった。

「戦姫殿、何をなさっておいでかな」

声をかけてきたのは、たくましい肉体を毛皮と羊毛の衣で包んだ男だ。厳つい顔の額と頬に緑色の塗料で奇妙な模様が描かれている。その両眼には警戒心がちらついていた。イリーナがヴェトールの屋敷を出たときから隠れて監視していた男だ。

イリーナは笑顔を崩さず、男を振り返る。

「子供たちと遊ぼうと思ってな。私は何も知らぬ客人ゆえ、儀式の準備を手伝うことなどできないし、準備に忙しい大人に声をかけるのも酷だろう」

「退屈させてしまったか。申し訳ない。ならば、ひとつ手合わせをしていただけぬか」

「手合わせ？」

イリーナは訝しげに聞き返す。本当に意外に思ったわけではない。相手の真意をさぐるための演技だ。男は猛々しい笑みを浮かべた。

「ジスタートに七人しかいない戦姫。そのような方がこの島に来ることなど、二度とないでしょうからな。この機会を逃す手はない」

こちらの力量をさぐっておこうというところか。イリーナはそう考えた。断ってもいいが、こういう自信過剰な男の鼻っ柱をへし折ってやるのは、嫌いではない。

「いいだろう。ここでやるのか？」

「あちらで」と、男は十数歩先の開けた場所を手で示す。篝火が近くにあって明るい。

「武器はどうなさる？」

イリーナの腰にある二丁の斧を見ながら、男が聞いてきた。イリーナは肩をすくめる。

「手合わせなんだろう。武器はなしでやろう」

それが挑発になるとわかっていて、気負いのない口調で言った。案の定、戦士としての自尊心を刺激されて、男は顔をしかめる。

「素手では加減がききにくいのですが」

「ほどほどで頼む」

男の言葉を受け流して、イリーナは開けた場所へと歩いていく。腰の斧を二丁とも抜いて、地面に突きたてた。背負っていた麻の袋もそこに置いて、彼に向き直る。

軽く手招きすると、男は口を引き結んで、こちらを睨みつけた。敵意を放ちながら間合いを詰めてくる。

怒号とともに、男が地を蹴った。両手を伸ばしてイリーナにつかみかかってくる。相手が戦姫であるとはいえ、おさえこんでしまえば勝機はあると思ったのだろう。

イリーナは姿勢を低くして男の両腕をかいくぐり、右脇へと抜ける。男は逃さじと低い蹴りを放ってきた。イリーナは身体をひねってその蹴りをかわすと、右脚を軽く持ちあげる。相手の脚に引っかけた。男が大きく体勢を崩す。

追い討ちをかけるには絶好の機会だったが、イリーナはあえて見逃し、男がこちらに向き直るのを待った。ひとつには、いったい何をやっているのかと、闇の緑星の者たちが何人か集まってきたからだ。せっかくだから、観衆はいた方がいい。

男が再び正面から挑みかかってくる。イリーナは今度は避けようとせず、自分の身体をつかもうとする相手の手を払いのけ、あるいははたき落とした。相手が焦り、その動きが大雑把なものになったところで、男の懐に飛びこむ。腹部に肘撃ちを叩きこんだ。

男の口から短い唸り声が漏れて、その動きが止まる。間髪を容れず、イリーナは男の腕をつかみ、背負うようにして投げ飛ばした。背中から地面に叩きつける。

ざわめきが起こった。イリーナは男のそばへ歩いていき、笑顔で手を差しのべる。

「見事な気迫だった。こちらもつい熱が入ってしまった」

「こちらこそ……」

男は身体を起こし、イリーナの手につかまって立ちあがった。

「さすが戦姫殿。感服しました」

イリーナは地面に突き刺していた二丁の斧を腰へ戻し、麻の袋を背負う。それから、子供たちのそばまで歩いていって松明を拾うと、軽く手を振ってその場から歩き去った。

──やれやれ。あの子たちから、古い時代の話が聞けたかもしれなかったのに……。

余計な邪魔が入ったせいで、自分に注目が集まってしまった。これではひそかに情報を集めることなどできない。

もっとも、いまの手合わせで、闇の緑星の者たちが自分に向ける視線は、さきほどまでとはあきらかに違うものになっている。これはこれで役に立ってくれるだろう。

──外に出るか。

この集落にはいくつか出入り口がある。儀式の準備に忙しい人々を横目に、イリーナは北へと足を向けた。

出入り口が見えてきたとき、すぐそばで騒ぐような声が聞こえた。イリーナが足を止めてそちらを見ると、数人の男たちが十二、三歳ぐらいの少女に絡んでいる。少女の方に、イリーナは見覚えがあった。

——たしか、リネアだったな。

闇の緑星とジスタート人の血をそれぞれ引いており、普段は町で暮らしているという娘だ。そのことが珍しく思えて記憶に残っていた。その生まれのために、リネアがよそ者、半端者と蔑まれていることも知っている。

リネアは右手に松明を持ち、左脇に枯れ枝の束を抱えていた。薪拾いをして帰ってきたところを、がらの悪い者たちに捕まったようだ。

「たったそれだけの薪を拾ってくるのに、ずいぶんかかったな。どこで道草をくっていた」

「半端者にはこれが精一杯だったということだろう。ここまでとは思わなかったがな」

「町暮らしの子供だって、おまえより仕事ができる者はいくらでもいるぞ」

男たちの嘲笑に、イリーナは眉をひそめる。このような光景は好きなものではない。

リネアの存在を知ったのは、この島に入ってからだが、彼女がこのように馬鹿にされているところはこれまでに二度、見たことがある。そのときはいずれも誰かが仲裁に入っていたので何もしなかったが、今回はそういう者が現れる気配はない。

割って入ろうかと思ったとき、リネアがわざとらしく男たちを見回して、鼻で笑った。

「いまは気分がいいから、特別に許してあげる。これは忠告だけど、島の外じゃ通じないような言葉遣いは直した方がいいよ。町に行って恥をかきたくないでしょ」

反撃されたのがよほど意外だったのか、男たちは呆気にとられた顔で立ちつくす。その間にリネアは堂々と歩き去った。

「へえ……」

イリーナは意外だという顔でリネアを見送る。彼女が、自分を馬鹿にする者に対してあのような態度をとったのは、自分の知るかぎりはじめてだ。いったい何があったのか。

――聞いてみたくはあるが、その前に……。

気を取り直してリネアを追いかけようとした男たちに、イリーナは声をかける。ひとけのないところへ連れていって、少しばかり「手合わせ」をしようと思ったのだ。

実のところ、見物客のいない喧嘩の方が慣れている。

すばやく「手合わせ」をすませたイリーナは、集落を出て北に向かった。

集落にいたときのような視線は感じない。一時的に監視を解いたらしい。「ありがたいな」とつぶやいて歩みを進める。

集落の北には森が広がっているのだが、木々の間に、闇の緑星の者たちが踏み固めた道が細く延びている。そこから外れなければ、迷うことはない。獣も、このあたりは人間の縄張りだとわかっているので、めったに現れない。

四半刻ほど歩いて、森を抜けた。目の前には小さな丘がある。

丘を登って頂上にたどりつくと、黒髪の戦姫は松明を地面に置いた。袋から二枚の羊皮紙を取りだし、しゃがみこんでその場に並べる。

彼女が見ているのは、地図だ。

二枚ともひとつの島を描いたものだが、同じようでいて明確な違いがあった。

右の地図は、一部が欠けた球形の右上から、細長い大地がまっすぐ上へ突きだしている。

左の地図は、右上から突きだしている大地がない。一部が欠けた球形だけだ。

「こちらがいまのイルフィング島」

イリーナは左の地図を見つめる。間違いない。この島に着いてから昨日までに、彼女は可能なかぎり歩いて、島の形をたしかめたのだ。

イルフィング島は、北から東回りに、南西までゆるやかな弧を描きながら、南西から北にかけては大きくくぼんでいる。まさに欠けた球形のような形をしているのだ。

このくぼんだところは険しい断崖になっている。北端はゆるやかな斜面が広がりつつも雪と氷に覆われており、北東から南にかけては岩場と砂浜が点在していた。

彼女の抱いた印象として、島の東側と北側には荒れ地や山、急斜面が多い。

闇の緑星の部族の集落が中央近くにあるのは、住みやすく、島のどこにでも行きやすい場所を探し求めた結果なのだろう。

島の西や南には少数の他の部族が暮らしているそうだが、儀式が行われる年とあって、一時的に島から追いだしたという。追いだされた者たちはイルフィングの町にいるらしい。

闇の緑星はトナカイの放牧と、町や他の部族との交易、略奪によって暮らしている。畑をつくっている者もいるが、適した土地が少ないために、ごくわずかだ。漁をしている者は、まずいない。この島のまわりでは、不思議なほど魚が獲れないのだ。

イリーナは右の地図に視線を移した。

「こちらは大昔の……数百年前のイルフィング島」

この地図を、彼女はとある男から賭けによって巻きあげた。三年前の話だ。

その男の祖父は、闇の緑星の者だったという。数十年前に族長の地位を巡る争いに敗れ、島から追放されたのだが、そのときに、闇の緑星の中でもかぎられた者にのみ伝えられているという秘宝についての情報を集め、この地図を描いたらしい。

――秘宝……。あらゆる敵を打ち倒し、多くの人間を束縛から解き放つ力を持つもの。

秘宝についてはその言葉しか伝わっておらず、どのような形をしているのかも不明だが、イリーナは興味を抱いた。本当にそのような力があるなら、手に入れてみたいと思った。

ヴェトールに協力を申しでたのも、本心では秘宝を求めてのことだ。ジスタートから独立して王になるという彼の野心については、実のところ関心を持っていない。

そして、この地図の謎を解き明かせば秘宝に近づくと、彼女は考えていた。もっとも、この島に入ってから、さりげなさを装って何人かに話を聞いてみたが、地図上の突きでた部分について新たにわかったことはない。

地図から顔をあげて、イリーナは夜の闇に包まれた大地に目を向ける。極夜でなければとうに空は明るくなっており、ここから島の北部が見渡せるはずだった。

──儀式が行われるまであまり余裕はない。

エフゲーニアのことを考える。白銀の仮面をかぶったあの女は、儀式が終わったら、すぐに自分をこの島から追いだすだろう。彼女は精霊に守られているという話だが、たしかにどこか奇妙な雰囲気を感じる。抵抗するのは危険かもしれない。

「屈強な戦士たちですら、エフゲーニアと戦うことは避けるという話だからな。あの女や伯爵に正面から挑むような者がいると、助かるんだが」

つぶやいてから、イリーナはあることを思いだした。

「そういえば、伯爵の屋敷に忍びこんで、伯爵に手傷を負わせたという子供たちがいたな」

ティグルとソフィーのことだ。ヴェトールが詳しい話を避けたので、二人の素性について、イリーナは知らない。だが、子供の身であの屋敷に忍びこんだ度胸と幸運は評価していた。

「屋敷から逃げだしたあと、どこで何をしているやら」

二人がすでに島に入りこんでいることを、イリーナは当然ながら知らなかった。

丘の上でしばらく休んでいたイリーナだったが、新たな監視役が現れないと判断すると、おもいきって周辺を散策してみることにした。

丘を降りて、枯れ木がまばらに立っている荒野に足を踏みいれる。松明を左手に持ち替え、斧を一丁抜いて右手に持った。狼だけでなく、イタチのような小動物も襲いかかってくることがあるので、警戒を怠ることはできない。自分の場合は人間もだ。

「丘を降りてしばらく歩くと、川があるはずだな」

足を止めて耳をすませてみる。水の流れらしい音は聞こえない。もっとも、川が凍っている可能性は充分にある。もう少し歩いてみようと考えて、イリーナは前進した。冷たい風が頬を撫で、松明の炎をゆらめかせる。

「明けない夜の中で、獣はどう過ごしているのだろうな。腹が減ったら動きまわるのか」

そのとき、松明の火が何かを照らした。イリーナはにわかに表情を引き締める。

見れば、そこには一本の石柱が立っていた。イリーナの背とほぼ同じ高さで、六つの面を持つよう丁寧に磨かれており、それぞれの面に奇妙な模様が刻まれている。

イリーナは慎重に石柱へと歩み寄ると、斧を腰に戻して、模様を指でなぞった。

――これは、闇の緑星の歴史を描いたものか……。

闇の緑星に文字はない。これらの模様も、いまではほとんど使われていないという。イリーナは秘宝について調べたときに、模様の意味について知ったので、理解することができた。

石柱に刻まれた内容によれば、ジスタート王国が地上に誕生するよりずっと昔、この島には誰も住んでいなかったという。

東や南から海を渡ってこの島に流れ着いた者たちが、交流と争いを繰り返し、次第にひとつの集団としてまとまっていったのだ。それが闇の緑星の部族のはじまりである。

闇の緑星は順調に数を増やし、集落を広げ、他の蛮族との戦いにも勝って、島を完全に支配した。そのころの族長は双子の兄弟で、兄も弟もイルフィングと名のっていた。同じ名を使うことで、兄弟の絆を永遠のものとするかのように。

ある部族との戦に勝ち、その部族の生き残りを従えると、島だけで生きていくには窮屈になった。弟のイルフィングは自分に従う者を連れて、島を出た。南の海を越えたところに拠点をつくり、大陸に勢力を広げる足がかりにしようと考えたのだ。

弟のイルフィングは、町をつくった。できたころこそ小さかったが、彼は力を尽くし、少しずつ町を大きくしていった。よそ者を積極的に受けいれた。

このころから、兄弟はよく意見を違えるようになった。その原因は明白で、イルフィングの町が大きくなるにつれて、最初の住人である闇の緑星の部族よりも、流浪(るろう)の果てに流れ着いたよそ者たちが多くなったためだ。

弟のイルフィングは有能であればよそ者でも取りたてると公言しており、町の要職に、よそ者の占める割合が少しずつ増えていった。さらに、彼はよそ者の女を幾人か愛妾に迎えた。

闇の緑星の者たちは、兄のイルフィングに訴えた。弟を指導者の座から引きずりおろして、島と町の両方を兄が治めるべきだと。

兄は、その訴えを退けた。近年、意見が合わなくなってきているとはいえ、物心ついたときから苦楽をともにしてきた兄弟だ。何より、弟は島との関係を蔑ろにしていない。いずれ元に戻ると思った。

ただ、弟の町が、徐々に島よりも力を持ってきているのは憂慮すべき事態だった。自分たちの代はいいが、次の代では必ず問題になる。だが、町の収穫を多くよこせなどと要求することはできない。町が島に従属しているように見えてしまうし、町の住人たちも不満を抱く。

兄のイルフィングは長老たちからさまざまな話を聞き、島の中を歩きまわって、ひとつの答えを得た。夜の精霊を降臨させて、力を得ようと考えたのだ。

――ここまでが、三つ。ここまではわかる。私が調べてきたことにもだいたい合致する。

残り三つの意味をつかむのは、かなり時間がかかりそうだ。

――すべての意味がわかれば、秘宝に大きく近づくだろう。それにしても……。

イリーナの口元に皮肉っぽい笑みが浮かぶ。

――イルフィングは、蛮族から民を守るためにつくられた町と聞いていたが、逆じゃないか。

イルフィングの名がいまも残っていることを考えると、大昔のジスタート人は、町を攻め落として奪ったわけではなく、徐々に入りこんでいって乗っ取ったのだろう。

不意に、黒髪の戦姫は渋面をつくった。石柱に触れていた右手を腰に持っていきながら、ゆっくりと後ずさる。

「戦姫殿、何かおさがしですか？」

落ち着きのあるその声は、彼女の後ろから聞こえた。イリーナは斧の柄を握りしめることはせず、それでいて、いつでも動きだせるよう心の刃を抜き放ちながら、振り返る。

暗がりの奥から、人影がひとつ現れた。松明に照らされたその影は黒い外套に身を包み、白銀の仮面をつけている。エフゲーニアだ。

「明かりも持たずにだいじょうぶか？」

イリーナはことさらに肩の力を抜いて、笑いかけた。エフゲーニアの表情は仮面に隠れてわからないが、彼女は会釈するようにうなずく。

「精霊が守ってくれるので、こうしてひとりでも歩くことができます。それより、その石柱が気になるのですか？」

「ああ、そうだな。無遠慮に触れてしまったが、まずかっただろうか」

「触れたぐらいで何か申しあげるようなことはありません」

エフゲーニアは外套の裾を揺らしながらこちらへ歩いてくる。イリーナの隣をすり抜けて、石柱の前に立った。

「この石柱には、我々の祖先がはじめて夜の精霊を地上に降臨させたときのことが、刻まれて

いるのです」

「そうなのか。よかったら、詳しく聞かせてもらっても？」

内心の警戒をおくびにも出さず、少し興味があるというふうを装って、イリーナは聞いた。

しかし、エフゲーニアは首を横に振る。

「戦姫たるお方に対して申し訳ないのですが、闇の緑星でない者に話すことは禁じられております。よそ者に話してしまった者がいたら、どうなると思いますか？」

「どうなる？」

「一本の銛（もり）、一本の松明、そして松明に火をつけるための道具だけを与えられて、小舟に乗せられます。そして、北の海へ十日間、流されるのです」

この島の北の海は、年中荒れているという。銛と松明を与えられたところで十日も耐えられるわけがない。海に落ちるか、凍え死ぬだろう。事実上の死刑だ。

「話を聞いてしまった者も同じです。我々の昔のことが気になるのでしたら、族長に聞いてください。そうしたことにならないように話してくださるでしょう」

エフゲーニアの仮面が、松明の火を反射して輝いている。イリーナは笑みをつくった。両者の間には、決してやわらぐことのない緊迫した空気が横たわっている。

「お気遣いありがとう。ついでに聞きたいが、歩きまわるだけならいいかな。何もしていないと身体がなまってしまうのでね」

「ご自由に」

　エフゲーニアはさきほどまでと変わらない声音でそう答えたが、イリーナは言葉にされなかった彼女の意思を正確に読みとった。警告はしたぞと、彼女は伝えている。

「まあ、あまりあなたを心配させるのは本意ではない。少し休んだら集落に戻るとしよう」

　イリーナがそう言うと、エフゲーニアは一礼して背を向ける。

──今日はもう散策は無理か。死者の魂が眠る大木とやらを見ておきたかったが。

　ここから北東へ向かうと、緑色の縄を何本も巻きつけた大木があるという。縄は、植物の蔓を何本もよりあわせて緑色に塗ったものだ。

　闇の緑星の者たちは、この大木のまわりに死者の骨片や遺髪、形見の品などを埋める。そうして、死者の魂が精霊とともにあるように願うのだ。数百年もの間、そうしてきたらしい。

　それほど大切にされているものなら、いかにも秘宝の手がかりがありそうだ。イリーナはそう考えているのだが、今日のところは諦めた方がよさそうだった。

　エフゲーニアの後ろ姿が暗闇の中に消えても、彼女はすぐには警戒を解かなかった。

†

　戦姫イリーナに警告したあと、エフゲーニアは集落に戻った。だが、中には入らず、集落の外にあるヴェトールの屋敷へ向かう。

屋敷とはいっても、木造の平屋でこぢんまりとしたつくりだ。それでも、闇の緑星の者たちの家とくらべればはるかに重厚さと威容(いよう)を感じさせる。三つある煙突のすべてから、煙が立ちのぼっているのが見えた。

屋敷を警備しているのは、ヴェトールがイルフィングの町から連れてきた兵たちだ。エフゲーニアは名と白銀の仮面を彼らに覚えられているので、すぐに中へ通された。いちばん奥のヴェトールの部屋を訪ねる。

防寒のためもあって、部屋はそれほど広くない。窓は小さく、毛皮で覆われている。床の中央には石材で四角く囲まれた炉が設置され、その中で燃える火が室内の空気を暖めていた。

ヴェトールは部屋の隅で大きな椅子に腰かけ、古びた書物に目を通している。彫りの深い、整った顔と大柄な体躯の持ち主で、身じろぎをすると椅子がきしんだ。彼のそばに置かれた燭台(しょくだい)が小さな火を灯して、手元を照らしている。

一年前、エフゲーニアは闇の緑星を代表して、ヴェトールとひそかに手を結んだ。

闇の緑星には、他の部族をすべて従えて蛮族の長になるという野心がある。だが、それには政治的な力を持つ味方が必要であることを、彼女は知っていた。そこで、ヴェトールに協力を求めたのだ。闇の緑星を含むすべての蛮族が、ヴェトールに従うという条件をつけて。

ヴェトールは、以前から王国に対して不満を募らせていた。

彼は、己の治めるイルフィングの町の平和と発展のために、町を脅かす蛮族を徹底的に討つことを望んでいたのだが、王国は彼の陳情(ちんじょう)をまったく受けつけなかったのだ。王国の北端に兵を集めるのは困難であるというのが、その理由だった。

絶望していた彼に接触してきたのがエフゲーニアであり、隣国アスヴァールの密使だった。密使は、ヴェトールが独立勢力となってジスタートを混乱させれば、多大な支援を約束すると言った。それをまともに信じたわけではないが、ヴェトールは行動を起こすことにしたのだ。

「何か起きたのか、エフゲーニア」

「はい。ひとつ報告すべきことが」

エフゲーニアは会釈をすると、氷の舟の部族が小舟でこの島に接近していたことを告げた。

「乗っていた者は四人。そのうち氷の舟の衣をまとっていた者は二人、残り二人は、イルフィングの町で閣下の屋敷に忍びこんだ子供たちです」

ヴェトールが目を瞠る。開いていた書物を閉じて、感嘆の息を吐きだした。

「あの二人か。まさか、氷の舟の協力を得ていたとは……」

何気なく己の右手に視線を向けたのは、かつてティグルの矢を受けたことを思いだしたためだろう。もはや右手に包帯は巻かれておらず、手の甲に小さな傷跡が残っているのみだ。

「ご安心ください。二人は海に落ちました」

エフゲーニアは、長弓を用いて氷の舟の部族の男をひとり仕留めたこと、それによって小舟が揺れて、ティグルとソフィーが海に落ちたことを説明した。

「生き残ったひとりは、仲間の死体を引きあげたあと、小舟を漕いで逃げ去りました。子供たちはあがってこなかったようです」

「精霊の力を借りてとはいえ、この極夜の下で矢を命中させるとは見事なものだ」

ヴェトールが感嘆の息を吐きだす。長弓は、彼が貸し与えたものだった。

「あの子供たちは海に落ちたか。ならば、助かるまいな……」

冬の海の恐ろしさを、ヴェトールはよくわかっている。溺れ死ぬ前に凍え死ぬと、父から教わっていたし、例年必ずといっていいほど、海に落ちて死んだ者の報告を受けていたからだ。まして、極夜の中で海に落ちると、見つけてもらうことすら難しい。

「子供たちの死体は回収できそうか？」

「二人が落ちたところは海岸から二百アルシン以上、離れています。回収は無理ですが、数日もすれば島の海岸に流れ着くかもしれません。町まで流れていくことはないかと」

ヴェトールが何を気にしているかを推測して、エフゲーニアはそう答える。ティグルたちの死体がイルフィングの町に流れ着いたら、ちょっとした騒ぎになるだろう。そのような事態になるのを避けたいのだ。

ヴェトールはうなずいたあと、もうひとつ気になったらしいことを尋ねた。

「氷の舟と戦になるか？」

「その可能性は出てきました」

もともと、氷の舟は闇の緑星とヴェトールを敵視している。いつ戦いになってもおかしくない関係だ。だが、エフゲーニアがさぐらせたかぎりでは、彼らは戦うことに慎重で、その準備をしている気配もなかった。少なくとも、儀式が終わるまでは安心していいはずだった。

しかし、エフゲーニアが氷の舟の者を打ち倒したことは、彼らにとって戦を仕掛ける充分な理由になる。極夜の下での戦は非常に混乱が起きやすいため、どの部族も避けたがるが、いままでなかったわけではない。

「よほどの事態にならなければ、我々は儀式を優先します。町へお戻りになりますか？」

「いや」と、ヴェトールは笑って首を横に振った。

「ここで町に戻れば、氷の舟を恐れて逃げた、頼りにならぬ男と嘲笑されるだろう。もし彼らが攻めてきたとしても、自分の身は自分で守る。案ずることはない」

「承知しました」

エフゲーニアは満足しつつ一礼する。闇の緑星の戦士の多くは、戦う力を持つ者が敵に背を向けることを、恥ずべき行為だと考える。いまのところは、ヴェトールには戦士たちに軽蔑されない、心強い協力者であってもらわなければならなかった。

——そう、いまのところは……。

闇の緑星の野心は、ヴェトールに従うことで終わるものではない。彼に従いつつ、隙を見てイルフィングの町を奪うつもりだった。イルフィング島と町が自分たちのものになったとき、この一帯は闇の緑星の領域となる。

「そうだ。町といえば、今朝知らせが届いてな」

思いだしたように、ヴェトールが言った。

「二日前に五百の傭兵が到着した。私の配下の兵と合わせれば、そうとうな戦力になる」

夜の精霊を降臨させる儀式が成功したら、闇の緑星はすべての蛮族を従えるための戦いをはじめる。その際、必要な状況となれば、ヴェトールと闇の緑星が協力して軍勢を動かすのだ。傭兵たちは、闇の緑星が蛮族をすべて従えるまでの一時的な戦力という位置づけだった。

それゆえに、この儀式はヴェトールにとっても重要なものだった。

「助かります。優先して討つべき部族はすでに選んでありますので、儀式が終わったら、すぐに仕掛けましょう」

そう言うと、エフゲーニアは話題を転じた。

「ところで、ウィクターは何か喋(しゃべ)りましたか」

ウィクターは、精霊の依女であるマーシャの夫であり、ジスタートの騎士だ。彼は妻を救出するために、部下とともにイルフィングの町にあるヴェトールの屋敷へ忍びこんだのだが、最終的に見つかり、ヴェトール配下の兵たちに捕まった。

ヴェトールは彼をイルフィング島に連れてきて、マーシャの目の前で拷問にかけたという。

そうすることでウィクターとマーシャのどちらか、あるいは二人ともが、何か有益な情報を漏らすと期待してのことだった。

「わかったことはいくつかある」

　ヴェトールはうなずいた。

「あの男は、マーシャがさらわれたことを王宮に報告していないと言った。報告すれば、見殺しにせよと命じられる恐れがあるから、部下をひとりだけ従えてイルフィングに来た、もしも王宮がイルフィングについて何かつかんでいるとしても、自分が情報源ではないとな」

「娘については？」

「娘にはマーシャのことは話していない、王都に置いてきて、そのあとは知らないと言った。これについては信じていいだろう。妻を救出するために、娘を危険にさらす夫がどこにいる。何より、娘の行動は、ウィクターの指示を受けてのものとは思えぬ」

「そうですね。ブリューヌ使節団の少年が余計なことをしなければ、マーシャの娘は私たちが捕らえていたのですから。使節団についてはどうだったのでしょうか」

　ヴェトールは首を横に振った。

「まったく知らないと言っていた。これも、おそらく事実だろう」

「ですが、彼らと子供たちが屋敷に侵入した夜に、使節団は町から逃げだしましたが」

「だが、ウィクターが王宮に何も報告していないというのが事実なら、彼が使節団の存在を知らないのも納得できる。知ったとしても、接触を避けただろうこともな。他国の使節団が、一介の騎士に義理立てする理由などあるまい」

「そうなると、使節団が町から逃げだした理由は何だったのでしょうか」

エフゲーニアの疑問に、ヴェトールは顔をしかめる。

「やはり、王宮から要請されて、私の動きをさぐっていたのだろうな。屋敷で騒ぎがあったことを知って、自分たちの身も危うくなると考え、急いで逃げたのだ」

「では、警戒すべきは使節団と、姿を消したウィクターの部下ですか」

ウィクターの部下は傷を負いながらも逃げきった。そして、ヴェトールの兵たちが町の中を調べてまわったにもかかわらず、いまだに見つかっていない。

「そうだ。町の外に逃げおおせたとすれば、王都や近くの公国に助けを求めるに違いない。もっとも、儀式が行われるのが先だろうが」

エフゲーニアはうなずいた。ヴェトールの屋敷への潜入後、ウィクターの部下はラリッサのもとを訪れていない。助けがないのでは、何をするにしても困難だろう。

「ウィクターは殺したのですか」

「使い道があるかもしれぬので、まだ生かしている。ただ、拷問をした者たちが彼の指を何本か折ってな。戦姫殿の提案は活かせずに終わりそうだ」

イリーナの提案とは、ウィクターに手紙を書かせて彼の筆跡を知り、偽の手紙をつくりだすというものだった。儀式が終わればウィクターの使い道もなくなる。もっとも、そのときにはヴェトールの計画に、偽の手紙など必要なくなっているはずだった。

エフゲーニアは退出しようとしたが、ヴェトールの手元に何気なく目を留めた。

「何を読んでおられたのですか」

それは興味本位ですらない、何とはなしに投げかけた質問だった。ヴェトールが答えなかったとしても、彼女はとくに気にしなかっただろう。

「おまえたちの言葉を、我々の文字にしたものだ」

そう答えたヴェトールの表情には、複雑な陰影がにじんでいる。

「父がまとめたものだが、役に立った。いずれ、闇の緑星が他の部族をまとめた暁には、我々の文字を覚えてもらい、おまえたちの言葉を可能なかぎりまとめるとしよう」

エフゲーニアは仮面の奥で、かすかに眉をひそめた。

彼女は昔、ラリッサにジスタートの文字を教えてもらって、その有用性はわかっている。たしかに自分たちは彼らのような文字を持たず、石柱に刻まれていたような模様も使わず、必要なことの多くを口伝で伝えてきた。文字があれば便利になるだろう。

だが、自分たちがジスタートの文字を覚えて使うようになるのは、ジスタート人になってしまうということではないか。ヴェトールはある種の使命感と、おそらくは善意から考えたに違いないが、蛮族の多くは反発するだろう。

その懸念を口にはせず、エフゲーニアはうやうやしく一礼するに留めた。ヴェトールと蛮族たちの間に亀裂が走り、対立するのならば、都合がよい。

「帰りに、精霊の依女の様子を見ていっていいでしょうか」

精霊の依女であるマーシャは、屋敷の一室に閉じこめてある。集落にあるどの家よりも堅牢（けんろう）な建物だからだ。ヴェトールは鷹揚（おうよう）にうなずいた。


ヴェトールの前から退出したエフゲーニアは、マーシャを閉じこめた部屋へと足を運んだ。鍵を外して扉を開ける。

窓も明かりもないこの部屋は、暗闇に包まれている。その中央にひとりの女性がいた。年齢は三十代半ば。麻の服を着て、両腕を縄で拘束されている。毛布で身体を包み、床に敷かれた毛皮に腰を下ろしてじっとしていた。

「ひさしいな、マーシャ」

部屋の中に足を踏みいれ、後ろ手に扉を閉めながら、エフゲーニアは彼女に呼びかけた。

「その声はエフゲーニアね」

マーシャが緊張を含んだ声を出す。明かりがないため、彼女からは何も見えない。エフゲーニアの存在も声で判断したのだ。

「儀式は二日後に行う予定だ。明日になったら、おまえにはここを出て、身を清め、装束に着替えてもらう」

「ずいぶん早い気がするわね。大極夜が訪れてから、何日が過ぎたかしら」

さぐりを入れてきている。この状況でたいしたものだと思いながら、エフゲーニアは彼女をおさえつけるための言葉を紡いだ。

「おまえの娘……ソフィーヤを捕らえた。ウィクターとともに閉じこめてある」

マーシャが息を呑む音が、かすかに聞こえた。

ソフィーを捕らえたなどというのは、むろん偽りだ。だが、マーシャに事実を確認する術はない。娘が海に落ちたと知れば、マーシャは絶望して自棄になる恐れがある。ソフィーのことは有効に利用すべきだった。

「あの子は無事なの？」

「捕らえる際に多少の傷は負わせたが、そのていどだ」

わずかな間を置いて、懇願の声が聞こえた。

「最期に会わせてもらうことはできないの？　たったひとりの娘なのよ」

彼女の懇願は、エフゲーニアの仮面にぶつかって滑り落ちた。

「無理だ。娘のためを思うなら、おとなしく精霊の依女としての務めをまっとうしろ」

娘という楔は打ちこんだのだから、これ以上、何かを言う必要はないはずだった。だが、不意にこみあげてきた苛立ちが、白銀の仮面の奥から言葉となってあふれ出てきた。

「十八年前、精霊の依女として夜の精霊に捧げられることが決まっていたにもかかわらず、おまえは逃げた。おまえだけの願いのために。何かを望む資格があると思うのか」

マーシャは答えない。だが、彼女のまとう気配が変わったのを、エフゲーニアは察した。

――この感じは……。

エフゲーニアの脳裏に、過去の光景がよみがえる。

七歳の自分が、他の子供たちといっしょに海岸で遊んでいる。マーシャと、それからラリッサが自分たちの面倒を見てくれていた。

遊び終わって帰ろうというとき、自分の前にいたマーシャが足を止めた。エフゲーニアが不思議そうに見上げると、彼女は海の向こうにたたずむイルフィングの町を、じっと見つめていた。その横顔には、幼かったエフゲーニアにさえわかるほどの決意が満ちていた。

「どうしたの？」

尋ねると、マーシャは海の向こうに視線を定めたまま、答えた。

「いつか必ず行ってみせるって、自分に言い聞かせたの」

「イルフィングの町に？」

質問を重ねると、マーシャはようやく表情を緩めて、エフゲーニアを見下ろした。

「そうね。でも、もっと遠くへ行くわ」

「危険だよ」

　エフゲーニアは口をとがらせた。忠告するというより、脅しつけるように。

「北の海の向こうには巨人が棲んでいて、大きな大きな羊を飼っているんでしょ。きっと南にだっておっかない巨人が棲んでるよ。大きな大きな熊やイタチやアザラシも」

「そうかもしれないわね」

　マーシャの表情に怯えの色は微塵もない。エフゲーニアは新たな質問をぶつけた。

「遠くに行ったら、いつ帰ってくるの？」

　彼女は笑顔でエフゲーニアの頭を撫でて、問いかけには答えなかった。

――変わっていないな、マーシャは。

　回想を消し去って、エフゲーニアは顔をしかめる。あのあと、マーシャは己の言葉を実行に移した。すべてを投げ捨てて、ウィクターとともに北の大地から去った。

　いま、エフゲーニアの前にいる彼女から伝わってくる気配は、あのときのものと同じだ。決して諦めず、目的を遂げようとする強い意志を感じさせる。

「おまえが娘に会うことは二度とない」

　言い捨てて、エフゲーニアは部屋を出る。己の手でしっかりと鍵をかけた。

集落に戻ったエフゲーニアは、族長の家を訪ねた。

族長の家は、他の者の家より一回り大きい。また、枝の上に重ねる毛皮については質のいいものを使っていた。

族長は小柄な老人で、今年で六十三になる。顔には大きな傷跡があり、鼻が歪んでいた。若いころに自分よりはるかに大きな熊を狩って、負った傷だという。彼は六十になってから、エフゲーニアをはじめとする若者たちに多くのことを任せている。

族長は毛皮を羽織り、絨毯の上に座っていた。

「氷の舟の者が二人、この島に向かってきていたので、ひとりを討ちました」

エフゲーニアは静かな口調で簡潔に報告する。彼女は族長に敬意を抱いており、ヴェトールと交渉する役目や、戦士たちを指揮する立場を与えてもらったことに感謝していた。

「氷の舟がこの島に？」

族長はしかめっ面をつくる。驚いたわけではなく、普段から彼はこういう表情なのだ。

エフゲーニアは、ティグルとソフィーが小舟に乗っていたことを話す。イルフィングの町での出来事はとうに報告していたので、族長はすぐに理解した。

「このあたりの育ちではない子供が、氷の舟の協力を得るとは、たいした度胸だ」

「ラリッサの口添えがあったものと考えていますが」

エフゲーニアがそう言うと、族長は首を横に振った。

「たしかに、氷の舟の長とラリッサの間に友誼はある。だが、あやつはそれだけで力を貸すほどおひとよしではない。子供たちが精霊に見守られていると判断したか、何らかの恩を受けたのだろう。その子供たちはどうした？」

ティグルたちのことを報告する。生き残った氷の舟の者が、小舟で逃げ去ったことも。族長は鼻を鳴らした。その目に警戒の色がにじむ。

「氷の舟が、どのような理由で子供たちに力を貸したのか、知りたいな」

「何か気になることが？」

エフゲーニアが尋ねると、族長は小さく唸った。

「おまえは、生き残った氷の舟の者が逃げたと思ったようだが、そうではない可能性もある。子供たちが氷の舟に己の目的を話しており、充分な信頼を得ていたら、生き残った者が彼らに代わってその目的を遂げようとするやもしれぬ」

考えすぎではないかとエフゲーニアは思ったが、すぐに思い直した。

数日前、闇の緑星の戦士であるグンヴァルトは、エフゲーニアの命令を受けてティグルとソフィーを追い、氷の舟の集落に向かった。だが、いまだに彼からの連絡はない。

グンヴァルトが彼らを取り逃がしたのなら、島に戻ってきて報告するはずだ。おそらく、彼はティグルたちと戦って命を落としたのだ。その過程で、ティグルが氷の舟の信頼を得たと想像するのは、それほど的外れなものでもないだろう。

「氷の舟は戦を仕掛けてくるでしょうか」

ヴェトールの館でその問いを投げかけられたとき、エフゲーニアはその可能性は小さいと考えた。しかし、いま、彼女はその問題について再び考えなければならなかった。

「連中から仕掛けてくることはないだろう」と、族長はしかめっ面で答える。

「むしろ、こちらが仕掛けることになる可能性について考えなければならぬ。氷の舟の者がマーシャをさらって彼らの集落に連れていったら、我々は戦うしかなくなる」

それは、エフゲーニアが考えもしなかった点だった。

「マーシャの見張りを強化しつつ、氷の舟の集落へ使いを出します」

もともと、氷の舟の者をひとり討ちとった時点で、使者を派遣するつもりではいたのだ。

族長はうなずいたあと、他のことについて尋ねてきた。

「降夜の儀の進捗はどうなっている?」

族長は、儀式をそう呼んでいる。

「問題ありません。お許しをいただけるなら、二日後に行いたいと思いますが」

予定を早めようと考えたのは、秘宝をさがし求めている戦姫イリーナ＝タムに余計な行動をさせないためだったが、族長の懸念を考えると、やはり急ぐべきだ。

「予定では五日後だったろう。三日も縮めるのか」

「大極夜が訪れてから、今日で五日。早すぎるとは思いません」

毎晩、エフゲーニアは星の並びと夜の闇の濃さを観察している。これから、夜はもっと深まっていく。予定通りに儀式を行うのが理想ではあるだろう。

だが、理想の日を待った挙げ句、不測の事態を招いてしまったら元も子もない。それに、何らかの事情から儀式の日取りを早めたり、あるいは延ばしたりしたことは、過去にも幾度かあった。今回もそうすべきだ。早めれば、あとから延ばすこともできる。

エフゲーニアの言葉に、族長は小さくうなずいた。

「準備が間に合っているのであれば、よい。装束の用意は？」

儀式を行う際、マーシャに着せる衣のことだ。

「精霊の依女の身体に合うように仕上がっています」

二人の間に、ひとつ数えるほどの短い空白が訪れる。族長が新たな問いかけを発した。

「ラリッサの様子はどうだ」

ラリッサはティグルとソフィー、それにソフィーの父のウィクターに協力して、儀式の妨害をはかった許し難い存在だ。

だが、彼女は町での生活に精通し、町の人間との交渉では誰よりも頼りになる。氷の舟の部族とも良好な関係を築いている。処刑するにはあまりに有用すぎた。そこで、この島へ連れてきた上で、見張りをつけて空き家に閉じこめるという処置になったのである。

「おとなしくしています。とくに要望も出ていません」

答えながら、五日前にラリッサと話したときのことを、エフゲーニアは思いだしていた。

五日前、ラリッサの家を訪ねたエフゲーニアは、どうしてティグルたちに協力したのかと、彼女に問いかけずにはいられなかった。

「夜の精霊の加護がそんなに必要かね」

それがラリッサの返答であり、エフゲーニアは仮面の奥で眉をひそめた。

「何が言いたい」

「私だって、昔は夜の精霊の加護をありがたいもの、尊いものと思ってたよ」

「いまは違うと？」

詰問するような口調になるエフゲーニアに、ラリッサは肩をすくめた。

「いや……そうだね、ありがたいものだとはいまでも思ってるよ。ただ、何が何でも降臨させなければならないとは、もう思ってないね」

「イルフィングの町での生活が、あなたを変えたのか？」

「島に住んでいたころの自分から、変わったつもりはないよ」

からかうように、ラリッサは左のまぶたを指で押しあげながら笑った。彼女は普段、左目をつぶっている。右の瞳が緑、左の瞳が紅と左右で違っていて、目立つからだ。異彩虹瞳(ラズィーリス)と呼ばれるものだった。

　エフゲーニアはかすかな苛立ちを覚えた。小さなころには面倒を見てもらい、さまざまなことを教わった相手だが、こういうところは以前から苦手だった。

　悠然と、ラリッサは言葉を紡いだ。

「町の住人たちも、他の部族の連中も、皆、夜の精霊の加護がなくても立派に生きてる。漁師は魚を獲り、職人はものをつくり、商人はものを売る。他の部族の連中もそうだ。精霊に祈りはしても、降臨させてその加護を得ようとはしていない。闇の緑星だけだ」

　それは当然だとエフゲーニアは思ったが、ラリッサの話し方から、まだ続きがあると察して口を挟むのは避けた。彼女が何を言いたいのか、詳しく知りたかった。

「十六年前、私たちは失敗した」

「あなたの姉が逃げたために」

　このとき、エフゲーニアの声音は冷ややかな軽蔑を含んだ。

　マーシャの逃亡に、ラリッサが関わっていないことは知っている。その点を考えれば、疑われたラリッサはむしろ被害者といえただろう。しかし、エフゲーニアの知るかぎり、彼女がマーシャを責めたことは一度もなく、その態度こそが、エフゲーニアの怒りを誘っていた。

「そうだね。だが、そのことで気づいたのさ。まだ若いおまえにはわからないだろうがね。儀式が失敗したあの年から、皆の愚痴が増えた」

　エフゲーニアは首をかしげる。ラリッサは続ける。

「つまらない失敗の原因を、自分の未熟さや油断じゃなく、儀式の失敗に求めちまうようになった。あのとき、儀式がうまくいっていれば、成功していたはずなのにとね」

　エフゲーニアは沈黙を保った。呆れたのではなく、否定できなかったからだ。彼女も部族の者たちからそういった言葉を聞いたことがある。一度や二度ではなく、年配の者ほどよくそういうことを口にしていた。

「冗談で言ってるやつがほとんどだと思いたいが、中には本気で言っているやつもいる。闇の緑星は、精霊の加護がなければ何もできないような連中の集まりじゃない。だが、いつのまにかそうなってしまってないか。私はそう思うんだよ」

「イルフィングの町で暮らす間に、ずいぶん偉くなったものだ」

　エフゲーニアの声は露骨な棘を含んだ。ラリッサは笑って受け流す。

「私の思い過ごしなら笑ってくれてかまわないさ。ただ、おまえはわかっているだろうが、精霊は気まぐれだ。つきあい方を常に考え続けないといけない」

　仮面の奥で、エフゲーニアは眉間に皺を寄せた。自分と、自分を守る精霊の関係に言及されたような気がしたのだ。だが、何かを言う前に、ラリッサが言葉を続けた。

「おまえは闇の緑星を愛しているんだろう」

「当然のことだ。おまえは違うとでも？」

「私も愛しているさ、私なりにね。ただ、おまえはしがみついているように見えなくもない。部族を統一しようなんて面倒なことを考えてるのが、その証左じゃないか」

そこで話は終わった。エフゲーニアが無言で席を立ったからだった。

頭を振って過去の情景を追い払うと、エフゲーニアは族長を見つめる。

「ラリッサはおとなしくしていますが……。彼女の行動は、我々の計画を脅しました。儀式を軽んじるその考えは危険であり、儀式が終わったあとに何らかの処分が必要かと」

「エフゲーニアよ」

族長は、静かな声で言った。

「降夜の儀のあと、わしは族長の地位をおまえに譲ろうと思う」

突然のことに、エフゲーニアは驚きを禁じ得なかった。とっさに言葉を紡げずにいると、族長は続けた。

「六十になったときには決めていた。次の降夜の儀で、引くと。十六年後は、さすがに生きておらぬだろうからな。誰に任せるべきか悩んでいたが、おまえにしよう」

「私に……」

平素は冷静なエフゲーニアも、立て続けに驚かされて、それだけしか言えなかった。族長は背筋を伸ばして姿勢を正し、エフゲーニアをまっすぐ見つめる。しかめっ面は変わらないが、両眼には優しさと申し訳なさの入りまじった光があった。

「おまえには二つばかり謝らなければならないことがあるな」

何のことだろうか。エフゲーニアが黙っていると、族長は続けた。

「ひとつは、おまえを長い間、持て余したことだ」

幼いころから精霊と親しく交わっていたエフゲーニアは、部族の者の大半から尊敬と畏怖の眼差しを向けられていた。それは族長とて例外ではなかった。

精霊と交わるものが、それまでいなかったわけではない。だが、エフゲーニアは強すぎた。彼女とどのように接していいかわからぬ者が続出するほどに。

「そのことは気にしておりません」

エフゲーニアは穏やかな表情を浮かべ、仮面の奥で苦笑さえもにじませた。事実だ。幼いころは不安と不満を抱えていたものだが、成長するにつれて徐々に気にならなくなっていった。同い年の者よりも重要な役目を任されることが多くなり、屈強な戦士たちを容易にあしらえるようになったからだ。精霊の力がなければ、かなわないことだった。

族長は表情を変えずに続ける。

「もうひとつは、おまえを見誤ったことだ。すべての部族を従えることを考えた者はいた。他の部族と手を結んでイルフィングの町を攻め落とそうと考えた者も。だが……」

族長の声が、感嘆と悔恨を帯びてわずかに大きくなる。

「降夜の儀を利用してイルフィングの当主と手を結び、最終的には町を乗っ取る。そんなことを考えた者は、おまえがはじめてだ。イルフィングの当主も変わり者だが、おまえがいなければ、今回のようなことはできなかっただろう」

族長の言葉に、エフゲーニアは自分らしくもなく、胸が熱くなるのを感じた。

認められたいと思っていたわけではない。だが、これだけの言葉をかけられるのは思ってもいなかった。

「必ず、儀式を成功させてみせます」

そう言ってから、エフゲーニアはあることに気づいた。族長は、ラリッサへの処分について何ら定めず、儀式のあとで族長の地位を自分に譲ると言った。

ラリッサへの処分を、自分に任せるということだ。

——儀式のあとで、私が考えを変えるかもしれないと思っているのだろうか。

あるいは、儀式が成功して、部族の者たちが寛容な気分になるのを待つつもりなのか。

——ともかく、任されたのだ。儀式が終わってから考えればいい。

エフゲーニアは一礼して、族長の家をあとにした。

2　集落への道程

暗がりに包まれた空の下で、三人の若者が火を囲んでいる。いずれも闇の緑星の部族だ。

火のそばには、トナカイの肉を刺した三本の串があった。脂が溶け、食欲をそそる匂いを放っている。彼らは島内の見回りを任されていたのだが、真面目に働く気はなく、集落からだいぶ離れたこの場所でほどよく時間を潰すことにしたのだった。

「そろそろ焼けたかな」

ひとりがトナカイの肉に目を向ける。もうひとりが笑って首を横に振った。

「おまえがそう言うなら、あと三十を数えるぐらいは待たないとな」

「俺も賛成だ。おまえは食いものに関してはいつも早すぎる」

三人目の男もそう言い、肉を見ていた男は不満そうにしつつも、従った。指を折りながら数を数えはじめる。男のひとりが、立ちのぼる煙に視線を向けた。

「しかし、この煙で見つからねえかな」

「この寒さだ。休憩中に暖をとるのは当たり前さ。だいたい、大極夜の時期に、この島に潜りこもうなんてやつがいるとは……」

三人目の言葉は、そこで途切れた。離れたところの茂みからもの音が聞こえたのだ。風は吹いていなかった。他の二人ももの音を聞いたらしく、そちらに視線を向ける。ひとりが緊張を帯びた表情で、足元に置いていた長柄の棒をつかんだ。

「狼かな」

「肉の匂いにつられたか」

島の中の、とてもひとが踏みこめない岩場や断崖絶壁、森の奥深くなどに、かなりの数の狼が暮らしていることは、闇の緑星で知らない者はいない。また、彼らも自らを守り、狩りに用いるために狼を飼っていた。

他の二人も、同じようにそばに置いていた長柄の棒を手に取る。無言で視線をかわし、静かに立ちあがった。いつ暗がりから狼が飛びだしてきてもいいように身がまえながら、もの音がしたあたりへ近づいていく。

すると、そこから十歩近く離れた場所で、またもの音が聞こえた。移動したらしい。

「狼らしくないな。イタチかもしれん」

三人はそちらへ歩みを進める。だが、それ以上、もの音は聞こえてこない。

ひとりが意を決して前に出て、右に左に棒を薙いだ。やはり、もの音はしない。何かが潜んでいるような気配も感じない。

「逃げられたか」

三人は顔を見合わせる。この暗がりの中で相手をさがすのは困難だし、面倒だ。自分たちに襲いかかってこなければそれでいい。

「肉、焦げちまったかな」

さきほどから肉の焼け具合を気にしていた男がつぶやいた。三人は誰からともなく急ぎ足になる。肉を焼いている場所まで戻った。

ひとりが「あっ」と声をあげて、その場に立ちつくす。

トナカイの肉が、三本ともなくなっていたのだ。


三人の若者たちから二十数歩離れた暗がりの中に、少年と少女がうずくまっている。ティグルとソフィーだ。ソフィーの手には、トナカイの肉を刺した三本の串があった。

リネアに教えてもらった洞穴を出たあと、二人はひとまず西へ進んだ。星の並びから方角はわかっても、自分たちが島のどこにいるのかはおおまかにしかわかっていない。東側のどこかだろうという推測しかできず、西に向かうしかなかったのだ。

二人の歩みはゆっくりとしたものだった。地形がまったくわからないことに加えて、いつどこで闇の緑星の部族と遭遇するか、想像できなかったからだ。リネアは善意から自分たちを助けてくれたが、誰もがそういう人間ではないだろう。

幸いだったのは、闇の緑星の者たちが明かりを持って移動していることだった。

彼らは夜目がきくが、暗闇を見通せるわけではない。狼などの脅威が島の中に潜んでいることもわかっている。それに、この時期はとくに冷える。毛皮と羊毛でこしらえた衣を身につけていても、露出した肌を冷気が撫でる。明かりを手放すことはできない。

ティグルたちは注意深く闇に目を凝らし、彼らの持つ明かりを見つけることで、危険な出会いを避けてきたのだった。

だが、いつまでも避けているわけにはいかないと、四半刻ほど前にソフィーが言った。

「何とか情報を集めないと、集落に近づくこともできないわ」

それはティグルも薄々、感じていたことだった。ここまで来る間に、森を見つけて大きく迂回し、高くそびえる断崖絶壁にぶつかって、やはり迂回した。この調子では、一刻や二刻を費やして歩き続けても、疲れがたまるだけだ。

「休んでいるひとを見つけることができれば、暗がりにまぎれて近づけるかも」

二人が、暗闇の中で立ちのぼる煙を発見したのは、それから間もなくのことだ。自分たちの松明の火を相手に見つけられないよう、茂みの陰になる形で地面に突きたてると、二人は足音を殺して煙に近づいていった。

三人の若者たちから離れたところで様子をうかがったが、そのときがもっとも危険だった。

火のそばにあるのがトナカイの串焼きだとわかった途端、ソフィーの腹が小さく鳴ったのである。慌てて自分の腹部をおさえる彼女を、ティグルは咎めなかった。彼も激しい空腹を覚えていたからだ。思えば、この島に到着してから何も口にしていない。

情報収集を後回しにして、二人は小声ですばやく打ち合わせをした。ティグルが彼らの注意を引いておびきだし、その隙にソフィーが串焼きを奪うという簡単なものだ。窃盗が罪であることはわかっているが、空腹には抗えない。

そうして二人は行動を開始し、まんまと串焼きを盗んだのだった。

「ごめんなさい」

串焼きを通して三人の若者たちに謝罪すると、ソフィーは三本の串焼きをじっと見つめる。短い葛藤(かっとう)の末に、二本の串焼きをティグルに渡そうとした。

「俺は一本でいいよ。ソフィー、お腹が空いてるんだろ」

そう言った途端、ティグルの腹が鳴った。

ソフィーはくすりと笑って、二本の串焼きを押しつける。

「食べられるときに、しっかり食べておきなさい。わたしはお姉さんだから平気」

「俺だって平気さ。それより、匂いが広がらないうちに急いで」

一本だけをひったくるように受けとって、ティグルはかじりつく。

口の中に広がる肉の味に、おもわず表情が緩んだ。身体が活力の源を得て、喜んでいる。じっくり味わうべきだと思いながらも、食欲がそれを許さず、ろくに噛(か)みもせず飲みこんだ。肉が固くて噛みちぎるのが難しかったということもある。

ソフィーもまた、串焼きをかじった。どちらかといえば、「匂いが広がらないうちに」というティグルの言葉に納得したからだったが、こちらも己の身体に突き動かされて、すぐに食べてしまう。小さく息を吐きながら、自分が飢えていたことをあらためて自覚した。

だが、ひとまず一本食べて落ち着いたのだろう、年長者としての意識を取り戻した彼女は、あらためて残った串焼きをティグルに渡そうとした。ティグルは渋面をつくったが、その間にも串焼きは冷めていく。仕方ないというふうに言った。

「じゃあ、二人でわけよう。先に半分食べてくれ。残りをもらう」

ソフィーはまじまじと串焼きを見つめる。串に刺さっている肉は切り方が大雑把で、半分というのがどのぐらいなのかわからない。とりあえず、かじってみた。

冷静になってみると、固い。いい肉ではない。塩気も強い。それでもとにかく噛みちぎろうと何度も咀嚼する。

どうにかできたときには、ティグルに渡すのをためらうような状態になっていた。

「じゃあ、もらうよ」

途方に暮れた顔で串焼きを見つめていると、ティグルが手を伸ばして奪いとる。ソフィーは恥ずかしさから顔を耳まで真っ赤にした。

「あの……気にならない？」

両手で顔をおさえながら、ソフィーがおそるおそる尋ねる。ティグルは質問の意味がわからずに首をひねったあと、「塩気が強いことか？」と、肉を頬張りながら聞いた。

ソフィーはため息をつくと、考えを切り替えて、闇の緑星の若者たちの様子をうかがう。彼らは狼か何かに串焼きを奪われたと思ったのだろう、盗人をさがしまわるようなことはせず、億劫そうな動きで松明を用意して火をつけ、焚き火を消した。

「あのひとたちに、こっそりついていってみるのはどうかしら」

ようやくトナカイの肉を飲みこんだティグルは、松明を持って歩きだした三人を見た。

――あのひとたちが、これから集落へ帰るのだとしたら、ソフィーの考えはいい。

問題は、彼らが他の仲間と合流したり、自分たちが見つかりやすいような場所へ向かったりする場合だが、自分たちの状況を考えると、多少の危険を気にしている場合ではない。

ティグルはソフィーにうなずき、自分たちの松明の火を消した。周囲が暗闇に包まれる。大気が冷たくまとわりつく一方で、緊張感が身体を熱くした。

火の消えた松明を回収したところで、ソフィーの手が自分の左手をつかむ。やわらかさとぬくもり、それから自分への信頼を感じた。自分はひとりではないと安心させてくれる手だ。

「行きましょう」

ソフィーが声を潜める。二十数歩先の松明の火を見逃さないようにしながら、二人は地面を擦って歩きだした。このあたりは平坦な野原だが、何かにつまずいて転んだり、声を出したりすれば、彼らに気づかれるかもしれなかった。

闇の緑星の若者たちは談笑しながら歩いている。そのせいか歩みは遅く、こちらに気づく様子もない。むしろ、ティグルたちにはありがたかった。

「何を話しているのかしらね」

ソフィーがつぶやいた。彼らの声は、風に乗ってかすかに聞こえてくるが、言葉まではわからない。

彼らを追ってから数百を数えるほどの時間が過ぎたころ、前方に黒い影となってそびえる二つの丘が見えた。闇の緑星の若者たちは、二つの丘の間を目指して進んでいく。

彼らを追って、ティグルたちも丘の間に足を踏みいれた。丘のふもとを通り抜けた先に、いくつかの火が浮かんでいる。若者たちは、仲間と合流するつもりだったのだろうか。

「もう少し近づいてみない？」

耳元でソフィーがささやく。ティグルは驚いたが、たしかにこの距離では、彼らが何をするつもりなのかわからない。

「やってみるか」

若者たちが歩いたところをなぞるように、慎重に進む。そこは安全だとわかっている。自分たちの身を隠せる木々や茂みがほしいと思った。

若者たちが、篝火（かがりび）のそばで歩みを止めた。目を凝らすと、彼らの他にも人影が立っている。毛皮と羊毛の衣を身につけているように見えた。

──だいじょうぶ。まだ気づかれてない。

勇気を出して、さらに距離を縮める。自分の左手を握るソフィーの手に力がこもった。彼女も緊張しているのだ。安心させたくて、握り返す。

いま、彼らと自分たちとの距離は、十五アルシン（約十五メートル）ほどだろうか。彼らに動く気配はなく、こちらに気づいた様子もない。荒くなる呼吸をおさえた。

──顔に土を塗るべきだったな。

ここまで近づいてから、以前、故郷の猟師に教わったことを思いだす。肌を土で汚して、見つかりづらくするのだ。人間にも通じるはずだった。

すぐそばに茂みがあることに気づき、歩みを止めて手を伸ばす。音をたてないように、茂みの形を確認した。地面が平らかどうかも。茂みに身を隠しても、そこが斜面であれば転がり落ちる。幸い、平らだった。「隠れよう」と、ソフィーに小声で伝える。

二人は茂みに身を潜め、腹ばいになってじりじりと動く。そうして彼らとの距離が三十チェート（約三メートル）以下になったとき、話し声が聞こえた。

どうやら、自分たちが最初に見つけた三人の若者は、見回りを任されていたらしい。手を抜くなと、篝火のそばにいるらしい男に叱られていた。この男は見張りのようだ。

──手を抜いてくれたおかげで、俺たちは助かったな。

それから、自分の後ろにいるソフィーに感心する。彼女が彼らについていこうと言いださなかったら、ここまで来ることはなかった。

「トナカイの肉を奪られた？」

中年の男のものらしい野太い声が聞こえた。おそらく見張りだ。

「嘘じゃないぞ。もの音がして、そっちを警戒していたら串ごとなくなったんだ」

こちらは若い声だ。自分たちがひそかにあとをつけた三人の誰かだろう。

「あれは獣なんかの仕業じゃない。獣なら、もっと乱暴に持っていく」

ティグルとソフィーは顔をこわばらせる。まさか、肉を盗んだのが自分たちだと気づかれたのだろうか。

「じゃあ、誰の仕業だと思ってるんだ」

見張りが聞いた。沈黙を挟んで、さきほどのとは違う若い声が答える。

「氷の舟の連中かもしれない。俺たちが見回りを任されたのは、海を渡ってひそかに入りこんでくるかもしれないあいつらを警戒するためだろう」

「おまえら、見回りに出るときは、いったい誰がこんな時期に海を渡ってくるんだ、馬鹿馬鹿しいと言ってただろうが」

見張りが呆れたふうに言った。

「言っておくが、氷の舟が島に忍びこんでくる可能性については否定しない。過去に何度かあったことだからな。だが、やつらはトナカイの肉だけ奪っておまえたちを放っておくような真似(まね)はせんよ。狼でなくとも別の獣か、あるいは精霊が持っていったのかもしれん」

　ティグルは何度か瞬き(まばた)をする。声音(こわね)だけで判断するべきではないが、見張りは、精霊が肉を持っていった可能性について、本気で口にしているようだった。

　故郷の猟師たちのことが再び思いだされる。彼らも、どうにも説明がつかない出来事に遭遇(そうぐう)すると、精霊や妖精の仕業かもしれないと、大真面目な顔で言っていた。

――さすがに申し訳なく思えてくるな。

　三人の見回りと、疑いをかけられた精霊に心の中で詫びる。ともあれ、三人は見張りの言葉に納得したようだった。

「見回りの最中にあったことといえば、これぐらいだ。他には何もない。儀式までは何も起こらないんじゃないか」

「そうあってくれればいいが、すべてが終わるまで気を抜くな。十六年前、おまえたちは三つか四つだったから覚えていないだろうが、我々は失敗した。今年こそ、夜の精霊に降臨していただかねばならぬ」

「夜の精霊が十六年の繁栄(はんえい)と安寧(あんねい)をもたらしてくれるか……」

　さきほどとは別の、若い声が尋ねる。

「いまさらだが、繁栄と安寧というのは何だ？　年寄りたちがあれだけ楽しみにしているのだから、さぞすごいことが起きるのだろうが」

問われた見張りは、期待に満ちた声で答えた。

「戦えば必ず勝ち、おおいに栄え、あらゆる不安が消え失せる。二日後の儀式がつつがなく終われば、いよいよ我々がすべての部族を統べるときだ」

ティグルは息を呑む。いま、彼は二日後と言った。いつのまにそれほど早まったのか。

それにしても、夜の精霊が与えてくれる繁栄と安寧とはそういうものなのか。最初の驚きが過ぎて、いくらか落ち着きを取り戻すと、ふつふつと怒りが湧いてきた。

――そんなもののために、ソフィーのお母さんを生け贄になんてさせられるか。

足音が聞こえた。三人の見回りが、見張りに別れを告げて歩きだしたのだ。

――見張りを置いているということは、ここは彼らの集落に通じる道なんだろうな。

氷の舟の部族の集落で聞いた話を思いだす。狼の群れに守られた一帯、落とされた吊り橋、精鋭が守る門を突破しなければ、儀式の行われる祭儀場にはたどりつけないらしい。

集落と祭儀場のどちらにソフィーの母が囚われているかわからないが、どちらかにたどりつければ、新たな情報が手に入るだろう。

ティグルとソフィーは茂みに隠れながら、これまで通り若者たちをひそかに追った。

見張りと、彼のそばにある篝火からだいぶ遠ざかったころ、茂みが途切れた。

ティグルは、三人の見回りの様子をうかがう。彼らがこちらに気づいていないことをたしかめると、距離が開くのを待って、茂みから出た。身を隠すものが暗闇だけなのは心細いが、彼らを見失うわけにはいかない。

――見つかったら終わりだ。

声をかけられて逃げれば、怪しい者がいたとして騒ぎになる。戦うなら三人同時に仕留めるしかないが、そんな真似は不可能だ。気づかれないよう神々に祈るしかない。

しばらくして、見回りたちが足を止める。立ち止まっていたのはごく短い時間で、すぐに歩きだした。ティグルは念のため、声には出さず、十まで数える。

松明の火が充分に先へ進んだと判断してから、二人は動く。若者たちが足を止めたところへ歩み寄った。そこに黒い影をした何かがある。獣に似ているが、微塵も動く気配がない。明かりがほしいと思ったが、気づかれる可能性を高めるわけにはいかなかった。

黒い影にそっと右手を伸ばすと、冷たく固い感触が伝わってくる。もしかしてと訝しんだティグルは、おもいきって左手も伸ばした。両手で撫でまわし、形をたしかめる。隣に立ったソフィーが驚いた顔で聞いてきた。

「だ、だいじょうぶなの？」

「平気だよ」と、ティグルは即答する。触れているうちに正体がわかったのだ。

「ソフィーもさわってみなよ。これは安全だ」

ティグルの言葉に、ソフィーもこわごわとそれに触れる。驚きに目を丸くし、それからティグルと同じように、それのいろいろなところをさわりだした。

「これ、もしかしてイルフィングの町にあった狼の像……？」

ラリッサの家をさがすときに目印となった狼の像と、これは同じ造形をしていた。明るいところで見たら、細かな差違が浮かびあがるかもしれない。だが、二人でさわってみたところ、同じものとしか思えなかった。

――問題は……。

ティグルは前方に視線を向けた。十数歩先から、複数の獣の気配を感じる。その数は十ではきかないだろう。二十か、もっといるかもしれない。獣たちはこちらへ向かってこないが、そこから立ち去る様子もない。

ソフィーも気づいたようで、緊張に満ちた視線を暗闇の奥へと向ける。

「ここが狼の群れに守られた一帯かしら」

「そうだろうな。この像が目印なんだ。これより先に踏みこめば……」

それ以上、ティグルは言葉にしない。言わずともわかりきったことだからだ。氷の舟の集落へ向かう途中で狼の群れに襲われた記憶は、まだ新しい。

「でも、あの三人は何も準備せずに、まっすぐ歩いていったように見えたけど」

ソフィーの目が、遠くに浮かぶ松明の火に向けられる。三人の若者たちだ。たしかに、獣の群れは彼らに襲いかかっていない。

「何かあるんだろうな。闇の緑星だけ襲わないように訓練を受けているとか」

通りかかる者に相手かまわず襲いかかるのであれば、守りには使えない。

「そうだとしたら、わたしたちは先に進めなくなるわね」

ソフィーが困ったように眉を動かす。ここで引き返すことはできない。何としてでも先に進む方法を見つけなければならなかった。

——あの見回りたちは何をやっていた？

ティグルは懸命に記憶をさぐる。三人がこの像の前に立っていた時間は短かった。だが、一度は足を止めたのだ。そこに手がかりがあるはずだった。

「ソフィー、この像をもう少し調べてみよう」

二人はうなずきあうと、像の表面を指でゆっくりなぞっていく。前方の狼たちにもだが、後方にも注意を払わなければならない。いつ、闇の緑星の部族が現れるかわからないからだ。

ほどなく、ソフィーが小さく声をあげた。

「下顎が動くわ」

慎重に、ソフィーは狼の像の下顎をつかむ。前へ引きだした。その途端に異臭が鼻をつき、二人は顔をしかめる。鼻をおさえながら、ソフィーは下顎を観察した。

「くぼみがあって、粉のようなものがたくさん入ってる」

そういうことかとティグルは理解する。

闇の緑星の部族は、狼がこちらを避けるような粉を、この像の下顎に隠していたのだ。見回りたちが足を止めたのは、粉を身体にふりかけるためだったのだろう。

――こんな単純なものがわからなかったなんて。

仕掛けがわかると、拍子抜けした気分とともに悔しさがこみあげてきた。

考えてみれば、リネアのような少女まで集落の外に出ているのだから、子供でもわかる仕組みになっていて当たり前だ。その点に思い至らなかった。

ソフィーはといえば、とくに悔しがるでもなく、二本の指で少量の粉をつまみあげる。

「頭からかけるとして、どのぐらい必要なのかしら」

「この際だ、多めに使わせてもらおう」

わずかな量しか使わなかったために狼に襲われたら、間抜けとしか言いようがない。ティグルとソフィーは二つまみほどの粉を、自分たちにふりかける。さらに、ティグルは腰から下げている小さな革袋に、ほんの少しだけ粉を入れた。もしものときのためだ。

二人は並んで暗がりを見据える。しかし、これでだいじょうぶだと思っても、狼の群れの気配は、少年と少女の足をすくませるのに充分すぎた。足が震えだす。

――この粉が効くとして、いつまでもつかはわからない。

案外、百を数えるほどの時間しかもたないのかもしれない。そうだとすれば、早く歩きださなければならない。急げと、自分を鼓舞する。

そのとき、ソフィーがティグルの手を強く握りしめた。こちらを引っ張るように、大股で歩きだす。ティグルは慌てて彼女に続いた。

「だいじょうぶよ」と、前を見据えて、ソフィーが言葉を続ける。

「わたしはお姉さんだから。何かあっても、ちゃんとあなたを守るわ」

ティグルの口が歪(ゆが)んだ。笑おうとして、失敗したのだ。白い息が吐きだされた。

「俺の台詞だ。海に落ちたのを助けてもらったお礼が、まだだからな」

その言葉には強がりが多分に含まれていたが、ついさきほどの心の声より、よほど活力を与えてくれた。恐怖に負けまいと歯を食いしばって、二人は狼の群れの中へ足を踏みいれる。

狼たちは襲いかかるどころか、近づいてこない。動きを止めているわけではない。かすかな唸り声や息遣い、足音、鎖のようなものを鳴らす音などが重なって聞こえる。何より、無数の白い目が、獲物かどうかを見定めるように自分たちを見据えている。

――二十頭……いや、三十頭はいるか。すべて鎖につながれているみたいだな。

一頭の狼が、自分たちの足元へ近づいてきた。顔から血の気が引く。狼を蹴りとばし、全力で駆けだしたいという衝動を、ティグルは懸命におさえつけた。

狼は匂いを嗅ぐように鼻を動かしたあと、踵を返して群れの中に消える。

――走っちゃだめだ。粉が吹き飛ぶかもしれないんだから。

暗がりの中で、狼の群れに左右を挟まれながら、一歩一歩をたしかめるように進む。

途中で歩けなくなったり、何かにつまずいて狼の群れの中に倒れこんだりしたら。そんな最悪の想像が何度も頭の中に浮かんでは消えた。

心臓の鼓動が早くなり、食いしばった歯の間から緊張と恐怖の息が漏れる。あとどれぐらいで抜けられるのだと、何度も思う。

不意に、左右から狼の気配が消えた。抜けたのだと理解しながら、すぐには受けいれられずに同じ歩調で歩き続ける。そうしてさらに三、四十歩ほども進んでから、足を止めた。

どちらからともなく膝に手をついて、大きく息を吐きだす。その場に座りこみたいほどに疲労感を覚えていたが、いまそうしたら動けなくなる気がして、耐えた。

暗がりの中で、喜びをにじませた緑柱石の色の瞳が、自分を見つめてくる。

「まずはひとつ突破ね」

ティグルも笑顔をつくってうなずいた。


狼の群れに守られた一帯を抜けてからまもなく、道が二手にわかれて、左手に下り坂が現れた。正面はこれまで通りの高さの地面が続いているようだ。

三人の見回りが持っている松明の火は、下り坂を進んでいた。

ティグルとソフィーは彼らを追って、下り坂に入る。急がなければと足を速めたが、すぐに勾配が厳しくなってきたので、慎重に歩くことにした。右手は断崖が続いている。

「この次は何があるって、氷の舟の族長は言ってたかしら」

「たしか、落とされた吊り橋と言ってたはずだ」

ソフィーに答えながら、自分たちも松明がほしいと、ティグルは思った。イルフィングの町を抜けだしてから今日までの間に何度も思ったことだが、暗闇の中を歩くのは心身ともに消耗する。厳密にいえば星明かりはあるが、それだけではあまりに心細い。

──疲れているんだな。

そのことを自覚し、不意に、トナカイの肉の食感が思いだされた。味ではない。味を語ると塩気が強かったぐらいの感想しか出てこないからだ。ただ、あれをかじっている間は文字通り空腹や疲労を忘れることができた。

──ソフィーも同じぐらい疲れているはずだ。弱音は吐けない。

前方に目を凝らす。若者たちが向かう先に、二つの篝火とひとつの人影が見えた。ここにも見張りがいるらしい。毛皮と羊毛の衣をまとった大柄な男だ。幸い、彼の意識は若者たちに向いているようだった。

若者たちは、篝火と人影から十数歩ばかり離れたところで一度、足を止める。ティグルとソフィーは目を丸くした。

若者たちの前に、壕のような深い穴が横一直線に走っている。彼らの松明の火が照らしだすまで、そのような穴があることなど、ティグルたちにはまったくわからなかった。

穴の幅は三十チェートぐらいか。充分に助走すれば飛び越えられるだろうが、失敗したら暗闇の底へ落ちると思うと二の足を踏んでしまう。

穴のそばには、木の柱が二本立っている。対岸にもだ。吊り橋の跡だとティグルは悟った。

――これが落とされた吊り橋か。見回りたちはどうやって穴の向こう側に行くんだ？

まさか、彼らはあの穴を軽々と飛び越えられるとでもいうのだろうか。自分たちが先へ行くためにも見逃すことはできない。

三人は、松明を掲げて大柄な男に挨拶をした。そして、吊り橋の跡には近づこうともせず、目の前に横たわる穴に向かって、ひるむ様子もなく踏みだす。

彼らが落ちると思ってティグルは身をすくませたが、次の瞬間には目を瞠っていた。三人は穴に落ちず、まるでそこに地面があるかのように、穴の上を歩いて渡りきったのだ。

「どういうこと……？」

呆然とするソフィーに、ティグルは「わからない」と、首を横に振る。

「だが、狼の像の仕掛けみたいに何かあるはずだ。正体がわかれば、何だというような」

あの穴も、子供でも容易に行き来ができるようになっているに違いない。

ティグルの言葉に、ソフィーも驚きから立ち直ったようだった。

「すぐに思いつくのは、真っ黒な橋があることかしら」

「真っ黒？」

不思議そうな顔をするティグルに、ソフィーはうなずく。

「昔、お父さんから夜羽蝶（ナトファー）の話を聞いたことがあるの。知ってる？」

ティグルが首を横に振ると、彼女は話しはじめた。

「その蝶はね、昼は羽を水色に、夜は真っ黒にするの。花畑に入ったら、やっぱり花の色に合わせて羽を赤や紫、黄色に変えるんですって」

なるほどと、ティグルは納得する。若者たちが向こう側へ歩いていったときの光景を思いだすと、横たわる穴の闇に溶けこむ色の橋というのは、たしかにありそうだ。それなら子供でも渡れるし、場所を間違えそうになっても、見張りが声をかけ、助けることができる。

──ソフィーの考えが正しいとしても、問題は、どうやって向こう側へ行くかだ。

見えない橋を渡った見回りたちは、見張りと何やら話をして、先へ行ってしまった。その姿は暗闇の中に消えて、もう松明の火しか見えない。

──いや、これは好機じゃないか。

ティグルは腰に下げた矢筒から、リネアの隠れ家で手に入れた矢を取りだした。

いま、ここには自分たちと見張りの男しかいない。見回りたちが穴の上のどのあたりを歩いたのかは、しっかりと見た。見張りが声をあげる前に射倒し、穴の上を渡る。可能だ。

黒弓に矢をつがえる。自分の矢であればともかく、この矢で確実に仕留めるなら、もっと近づいた方がいい。そこまで考えて、奇妙な息苦しさを覚えた。

グンヴァルトのことを思いだす。彼を討ちとるつもりで矢を射放つことができたのは、彼が強烈な戦意と殺意を向けてきたからだ。やらなければ、こちらがやられていた。

だが、ここにいる見張りは違う。自分に敵意も害意も抱いていない者の命を奪うことは、いまさらながらにためらわれた。

──もし見つかったら、そんなことは言ってられなくなる。

闇の緑星は、ひとさらいの一味だ。ひとさらいに容赦してはならない。

「──待って」

決意を固めて歩きだそうとしたティグルの右手に、ソフィーが自分の手を上からかぶせる。ティグルは動きを止めた。疑問を宿した瞳を彼女に向ける。ソフィーの緑柱石の瞳には、冷静さと優しさが光っていた。

「先に、他の道を見てみましょう」

「他の……？」

胡乱げな顔をするティグルに、ソフィーは諭すように答える。

「この坂を下る前に、正面にも道があったでしょう」

ティグルは納得できないというふうに、顔をしかめた。穴の先へ行く方法はわかった。仕留めなければならない相手もひとりだけだ。急がなければならないことは、彼女の方がわかっているはずなのに、どうして余計な手間をかけようとするのか。

ティグルの表情は暗がりでわからないはずなので、雰囲気から反対していることを察したのだろうか、ソフィーは両手で、ティグルの右手を優しく握りしめた。

「あなたの弓の腕を疑ってはいないわ。それでも、危険だと思う。あなたがあの見張りを討ちとって、二人で見えない橋を渡っているときに、もしも闇の緑星のひとたちが現れたら？　この場を切り抜けることができても、闇の緑星の集落は大騒ぎになるわ」

ないとは言いきれない。リネアは何らかの用事で集落の外にいた。自分たちがあとをつけている三人は、見回りに出ていた。他にそういう者がいてもおかしくない。

取りだした矢を矢筒に戻す。ティグルは息を吐きだして、肩の力を抜いた。

「わかった。ソフィーの言う通りにする」

ティグルは顔をしかめたままだったが、心のどこかで安堵していた。

「ありがとう、ティグル」

ソフィーがティグルを優しく抱きしめる。ティグルは驚き、戸惑ったが、自分は何もしていないという言葉は口の中で消えてしまって、言うことができなかった。彼女が喜んでいるのならそれでいいと、そう思った。

二人は元来た道を引き返す。幸い、闇の緑星の者が現れることはなく、道がわかれたところまで戻ることができた。平らに続いている地面の方へ足を向ける。

何かにつまずいて、ソフィーが足を止めた。転びはしなかったが、よろめいてティグルにしがみつく。驚きを残した声で言った。

「火を用意しましょう」

ティグルは迷わずうなずく。正直、限界を感じていた。火だけなら遠くからでも発見されるだろうが、彼らも火を使っている以上、近づいてきたらわかる。見つかりそうになったら、火を消して闇に姿を隠せば、ひとまずは逃げられるだろう。

火を起こし、回収していた松明に移す。明るく、暖かな火を見ただけで心がやわらいだ。何度か瞬きをして、光に目を慣らす。それから、あらためてソフィーがつまずいたものを見た。

それは、引っくり返されている木製の橇(そり)だった。子供が二人座れるぐらいの大きさだ。ティグルは橇のまわりをぐるりと回って観察したあと、橇をつかんで元に戻す。

「とくに壊れているところはなさそうだな……」

こんなものがどうしてここに転がっているのかは疑問だったが、考えこんでいる暇はない。

二人は橇をそのままに、松明を持って歩きだした。

橇が転がっていた理由は、すぐにわかった。たいして歩かないうちに、地面が下へ向けた急斜面になったからだ。その上、斜面は雪に覆われている。地面に触れてみると、雪がたいして積もっていないことはわかるが、それでも滑る危険性はあった。

「俺が下の方を見てくる。ソフィーはここで待っていてくれ」

ティグルは背負(せお)っていた黒弓をソフィーに渡し、松明を受けとると、姿勢を低くして慎重に斜面を滑っていく。二度ばかり、靴底が雪で滑りかけたが、どうにか転倒だけですんだ。

松明の火が、斜面の先を照らす。そこにも、下り坂の先で見たような黒々とした深淵が横たわっていた。ただし、下り坂にあったものよりもその幅は狭い。

——助走すれば、飛び越えられそうだな……。

穴の先に広がっている地面もこちらより低い。成功する可能性は決して小さくない。橇が転がっていたのも、向こう見ずな子供がそうした遊びをしていたのではないか。

——とはいえ、失敗すれば穴の底へ真っ逆さまだ。二度目はない。

まして、周囲は暗闇に包まれて、明かりがなければ二、三歩先も見えない状況だ。助走が足りなくなることも、地面を踏み外すことも充分に考えられる。

——でも、ソフィーはこちらを選びそうだなあ……。

イルフィングの町で、エフゲーニアとその仲間たちから逃げまわったとき、彼女は神殿の二階から他の家の屋根に飛び移ることをためらわなかった。

ソフィーのもとへ戻り、斜面の先がどうなっていたかを説明する。予想通り、彼女は迷いのない表情で明快に告げた。

「この橇で穴を飛び越えましょう」

本気かと、問うことはしなかった。本気で言っているに決まっているからだ。

「見張りのいる下り坂に戻った方が、まだ安全じゃないか？」

一応、そう言ってみたが、ソフィーは首を横に振る。橇を見下ろした。

「この橇が放っておかれていたことを考えても、極夜の間は、こちらには誰も来ないのよ。ということは、穴の向こうについても同じはず。ティグル、闇の緑星の集落はまだ先よ。わたしたちは、彼らに見つからないことを考えないと」

ティグルは返答に困って、視線をそらす。彼女の言うことは正しい。下り坂に戻るのも、いつ闇の緑星が現れるかわからないことを考えれば、安全とは言い難い。

――それに、下り坂の道を行くとすれば、あの見張りを討ちとって……。

急いで見えない橋を渡り、見張りの死体を穴にでも落として殺害の痕跡を消し、ことが発覚するのを遅らせた上で暗闇にまぎれなければならない。

ソフィーをまっすぐ見つめて、ティグルは尋ねた。

「橇で滑ったことは？」

「たくさん。冬に町の外へ出て、小さな丘で滑ったこともあるわ」

笑顔で彼女は答える。それならと、ティグルもうなずいた。

黒弓を背負って、身体に縛りつける。

雪に残った自分の足跡から方向を定めて、橇の向きを決めた。松明の火を消す。滑りだしてしまえば火は危険だ。松明そのものは持っておく。

明かりがなくなり、二人は再び暗闇に包まれた。この状態で橇を滑らせるなど、どうかしている。だが、ソフィーは微塵もためらわずに、橇に腰を下ろした。両手で縁をつかむ。

「歯を食いしばって。息を止めて。絶対に橇を離さないで」

ソフィーが強い口調で言った。半ばは自分に言い聞かせるかのようだった。ティグルはうなずき、彼女の後ろに乗りこむ。縁をつかんだ。

橇が滑りだした。そう思った次の瞬間、橇が一気に加速する。風が強烈な冷気をともなって二人の身体を叩いた。橇はすさまじい勢いで突き進み、はねとばされた無数の雪の欠片が暗闇に混じって後方へ流れていく。暗闇の中で、橇の滑る音だけが鼓膜を乱打した。

想像以上の速さに、ティグルは心の中で悲鳴をあげた。後悔する余裕すらない。橇をつかむ手に強く力をこめたのは、間違いなく恐怖からだった。

強烈な衝撃に、下から突きあげられる。浮遊感が二人を包んだ。跳んだのだと理解すると同時に、橇が空中で傾く。投げだされて、背中から地面に落ちた。何度も転がり、暗闇がめまぐるしく回転する。

ティグルは地面にうつぶせに倒れたまま、しばらく動けなかった。何も考えられずに荒い呼吸を繰り返す。いくらか落ち着いて、地面の冷たさがつらくなってきたころ、生きているという実感がようやく湧いてきた。

——ソフィーは無事か……!?

勢いよく身体を起こす。周囲を見回しても、むろん見えるのは暗闇ばかりだ。大声を出そうとして寸前で声を呑みこみ、小声で彼女の名を繰り返し呼んだ。何度目かで、こちらに近づいてくるものの音を耳が捉える。次いで、ささやくような声が聞こえた。

「ティグル……？」

「そうだよ。俺だ」

言い終わらないうちに、声の主が飛びついてきた。もちろんソフィーだ。ティグルは彼女とともに、抱きあうようにして倒れる。おたがいの身体をあちこちさわり、どちらからともなく笑った。気が抜けたからか、相手の無事を喜ぶ言葉がおかしな笑い声にしかならなかった。

やがて、ソフィーがティグルから離れて、得意そうに胸を張る。

「どう？　ちゃんと穴を飛び越えることができたでしょ」

「二度とやりたくないな」

これについてだけは、ティグルは至極（しごく）真面目に答えた。

「それより急ごう。いまの音を聞きつけて、誰かが来るかもしれない」

自分たちが降りたところは、見張りがいた場所からそれほど離れていないだろう。橇が地面に落下した音は、とくに響いたに違いない。あの見張りでなくても、誰かが様子を見に来る可能性は大きい。

すばやく火を起こす。目立ってしまうが、少しでも早く離れるには、やはり火が必要だ。自分もソフィーも身体のどこかを捻（ひね）ったり、骨折したりしなかったのは幸運だった。

火を移した松明を持って、周囲に視線を走らせる。ゆるやかな斜面を、二人は駆けおりた。

ティグルとソフィーがその大木の前を通りがかったのは、橇で跳んだ場所からだいぶ離れたころだった。幸い、二人はここまで誰にも見つかることなく進むことができている。大木の前で足を止めたのは、身を隠すのによさそうだと思ったからだった。

「ティグル、火を近づけて」

何かに気づいたらしいソフィーが、大木を見つめる。ティグルは何だろうと思いつつ、言われた通りにして、軽い驚きに襲われた。

大木には、緑色の縄が何本も巻きつけられていたのだ。色褪(いろあ)せた古い縄もあれば、まだ真新しい縄もある。それらの縄は、植物の蔓を何本もよりあわせてつくったもののようだった。

「何かしら、これ。闇の緑星にとっては、何か意味のあるものだと思うけど」

ティグルも不思議に思って、大木というより巻きつけられている縄を観察する。

ふと、顔をしかめた。ささやき声のようなものが聞こえたのだ。

――これは……。

耳に手をあてる。この声をはじめて聞いたのは、氷の舟の部族の集落に向かう途中で、精霊の氷滝を見たときだ。海に落ちたときにも聞いた。

耳から入ってくるのではなく、意識に直接、送りこまれる不思議な女性の声。何を言っているのかはまったくわからない。

戸惑った表情で立ちつくしていると、頭痛と目眩がティグルを襲った。視界がぼやけ、松明を取り落として、その場に膝をつく。頭が揺さぶられる感覚に意識が遠のきかけたが、目をつぶり、拳を強く握りしめて耐えた。負けてたまるかと己を鼓舞する。

——正体を突き止めることができないとしても、せめて手がかりぐらいはつかんでやる。

何を言っているのか、単語ひとつだけでも聞きだしてやる。

女性の声は、一定の調子で同じ言葉を繰り返している。優しげであり、同時にひどく恐ろしそうでもあり、また荘厳さをも感じさせて、聞くたびに、身体中に震えが走る。だが、漠然とではあるが、相手が何を言っているのか、わかったような気がした。

——呼べと言っている……？

それならばと、心の中で呼びかける。

——教えろ。おまえの名前を。

その瞬間、女性の声が途絶えた。頭痛が治まり、身体が軽くなる。

困惑を覚えながら顔をあげて、起きあがった。驚きの叫び声をあげて、周囲を見回す。

ティグルは暗闇の中に立っていた。ソフィーの姿は見えず、気配も感じない。取り落とした松明も、すぐそばにそびえている大木も見えない。

――何が起きた……？

夢だろうかと思ったが、それにしては感覚がはっきりしている。自分ひとりだけが、まったく違うところへ連れ去られたような気分だった。

息を吸って、大声でソフィーの名を呼ぶ。声は不自然に反響しながら、暗闇に吸いこまれていった。

誰かいないのかと叫んでみる。結果は変わらない。薄気味悪さと不安が、胸の奥から這いあがってきた。一刻も早くここから逃げだして、戻らなければ。

ふと思って、自分が立っている場所を何度か踏みつけた。固いが、地面の固さではない。しかし、石だとすれば驚くほど滑らかで、わずかな歪みもない。

とりあえず、急に崩れることはなさそうだ。身がまえながら前へ歩きだす。すると、前方から視線を感じた。眉をひそめたが、ティグルの足は己の意志に従わず、まっすぐ進んでいく。

視線の主が姿を現した。ティグルの足がひとりでに止まる。

少年は愕然(がくぜん)として、その場に立ちつくした。

顔を三つ持ち、薄衣をまとった女性の像が目の前に立っている。夢で見たものだ。

――女神……。

夢の中でティグルが呼びかけたとき、この像はそう答えた。自分は女神だと。

――じゃあ、これは夢なのか？

違うと、直感のようなものが訴えてくる。これは夢ではないと。

――夢でないとしたら、本当に女神が……？

女性の像を見上げて、思案を巡らせる。

――イルフィングの町で見たエリスの像は、俺の知らない姿をしていた。銛を持ち、胸と腰に布を巻きつけ、長い髪をなびかせていた女神の像を思いだす。海に面した町ではこういう姿が多いと、ソフィーが言っていた。

目の前の像は、自分の知るエリスやモーシア、ヤリーロのどれとも合わないが、自分の知らない姿をしているだけという可能性はある。

――だが、ティル＝ナ＝ファと考えた方が納得できる。

ティル＝ナ＝ファの司っているものは、夜と闇と死だ。死はともかく、夜と闇は、大極夜が訪れたこの大地で、常にどこにでもある。いま、自分が置かれている状況にしてもそうだ。

呼吸を整え、怯えていないことを主張するように胸を張って、女神を見据える。

「ティル＝ナ＝ファなのか？」

尋ねた瞬間、視界が歪むほど、身体が激しく揺さぶられた。自分を包む暗闇が急速に薄まっていき、視界が明滅する。遠くから声が聞こえ、靴底から伝わってくる感触が変わった。冷たい大気がまとわりついてくる。

「しっかりして、ティグル」

焦点の定まった両目に、ソフィーの切迫した顔が映った。ティグルが彼女を見つめて何度かうなずくと、安堵したように表情を緩める。

「だいじょうぶ？　どこか苦しいの？」

「平気だ」と答えたが、声がかすれた。ふらついて、地面に座りこむ。ソフィーが、水の入った革袋を差しだした。洞穴の近くを流れていた川から汲んだものだ。受けとって喉を潤す。

自分たちを取り巻く闇は、極夜のもたらした夜のそれだ。すぐそばには大木があり、足元には松明が転がっている。

――戻ってきたのか？

そう思った。あの空間も、女神の像もたしかに存在して、自分はそこにいた。

「ありがとう、ソフィー。助かった」

ソフィーに礼を言ったものの、すぐに立ちあがる気力が湧かないほど、ティグルは疲労を感じていた。彼女は心配そうにティグルを見つめていたが、意を決して松明の火を消す。

「休憩しましょう」

驚くティグルに、ソフィーはそう告げた。

「きっと、自分で思ってるよりもわたしたちは疲れてるわ。狼の群れも、吊り橋も突破できたんだもの。ここで一度、休みましょう」

「そうだな……」

この状態で先を急いでも、ソフィーの足を引っ張ってしまう。それに、自分の身に起きたことを、いまのうちに話しておきたかった。

「ソフィー、俺はいったいどうなっていた？」

おかしな質問に聞こえたのだろう、ソフィーは一瞬、沈黙する。ティグルは釈明しなければならなかった。

「いまは本当にだいじょうぶだよ」

そう言うと、彼女はやっと説明してくれた。

「あなたは松明を落として、急に地面に膝を突いたの。わたしがどうしたのって聞いても返事をしてくれなくて……。どうしたらいいのかわからなくて困っていたら、急に立ちあがったんだもの。びっくりしたわ。それで、慌てて身体を揺すって名前を呼んだのよ」

今度はティグルが驚いた。自分は一千を数えるほどの時間、あの暗闇の中にいた。計ったわけではないが、それぐらいの時間は過ぎたはずだ。しかし、ソフィーの説明では、一千どころか五十を数えるほどの時間も過ぎていなかったらしい。

「ソフィー、俺自身、何がなんだかわかっていないんだが、聞いてくれないか」

あまり彼女を不安にさせたくなかったが、このような体験をうまくごまかせる自信がない。自分の見たものを、できるかぎりそのままに説明した。

「また、女性の声が……？」

ソフィーは口元に指をあてて何か考えこんでいたが、慎重な口調でつぶやいた。

「精霊の氷滝は、死者の眠る滝という話だったわね」

彼女は顔をあげて、真剣な表情で大木を振り返る。

「もしもこの木が、闇の緑星にとっての精霊の氷滝のようなものだとしたら……」

「どういう意味だ？」

ソフィーが何を考えているのかわからず、ティグルは渋面をつくった。彼女は大きく息を吐きだして、ティグルに向き直る。

「ごめんなさい。怖がらせてしまって悪いと思うけど、ティグルの思った通り、呼びかけてきたのはティル＝ナ＝ファ……じゃないかしら」

女神の名を口にするとき、ソフィーの声はわずかに震えた。彼女でも、その名を口にすることはためらわれるのだ。内心の衝撃と動揺を押し隠して、ティグルは尋ねる。

「どうして、そう思ったんだ？」

「海に落ちたわたしたちは、なぜ助かったのか」

それは、答えを出せなかったために結論を保留にしていた疑問だった。

「女神よりも精霊が助けてくれたと考える方が、まだ納得できると思っていたけれど……。精霊は、あくまでこの地のひとたちにとって身近な存在であって、わたしたちにとっては違う。それに、精霊の氷滝には、女神の司る三つのものがそろっていたでしょう」

舟から落ちたときについては、ソフィーは言及しなかった。あの場合の死は、フロールヴのことを指すからだ。ティグルもそれを察して、新たな疑問をぶつけた。

「なぜ、ティル＝ナ＝ファは俺たちを助けてくれたんだ」

「わからない」

ティグルの疑問に、ソフィーは首を横に振る。

「あなたは精霊の氷滝で、家宝の弓から声が聞こえた気がしたと言ったけど、その弓は、ティル＝ナ＝ファにまつわる何かなのかもしれない。あるいは、弓は無関係で、ティル＝ナ＝ファがおとぎ話に出てくる妖精のように、気まぐれで助けてくれたのかもしれない」

ティグルは困り果てた顔で、背負っている黒弓を手に取る。以前から薄気味悪さを感じていた家宝だが、その感覚がティル＝ナ＝ファに由来すると思うと怖くなった。

もしもこのことを父に言ったら、信じてもらえないどころか、おかしくなったと思われるだろう。二度とこの弓にさわらせてもらえなくなるに違いない。

どうしたものかと悩んでいると、ソフィーの両手が自分の肩に触れ、次いで頬を包んだ。

「わたしが言うことじゃないかもしれないけれど、あまり気にするのはやめましょう」

「ソフィーは怖くないのか？」

頬から伝わってくる感触に気を取り直しながら、ティグルは尋ねる。暗闇の中で、彼女が微笑を浮かべたような気がした。

「そうね。正直な気持ちを答えると……怖さと心強さが半分ずつ、かな」

ティグルは意表を突かれた。心強いとはどういうことだろう。沈黙によって先を促すと、ほのかな戦意を帯びた言葉が返ってきた。

「わたしたちを助けてくれたのが本当にティル＝ナ＝ファなら……本当に困ったときに助けてもらえるのなら、お母さんを助けて、この島から脱出できるかもしれない」

呆然と、ティグルはソフィーを見つめる。彼女の心の強さに、あらためて呆れ、そして感心してしまった。さきほどまで抱いていたティル＝ナ＝ファへの恐怖が薄れていく。

「ティル＝ナ＝ファは、この先も俺たちを助けてくれるかな？」

「一度、助けてくれたとはいえ、あまりあてにすると、機嫌を損ねるかもしれないわね。まずは自力で何とかしましょう」

「これがエリスやモーシアなら、もっと頼りにできたのかもな」

ティグルがぼやくと、ソフィーは明るい声音で応じる。

「ティル＝ナ＝ファでよかったわ。命の恩人に対して言うことじゃないけど、よほどのことがなければ助けを求めようという気にならないもの」

ひどい言い草だと思いながらも、ティグルは心から同意して笑った。

†

休憩を終えた二人は、南に足を向けた。遠くに小さな火が見えたからだ。

松明には、再び火を灯す。その上で、隠れるための木々や茂みをさがしながら歩いた。

不意に、遠くの火が見えなくなった。火を消したのだろうかと思いつつ、歩みを進めると、道幅が徐々に狭まってきた。右手が見上げるような急斜面になり、左手が底の見えない下り坂になる。ティグルはいやな予感がした。

ソフィーが小さく声をあげて、足を止める。

二人の視線の先では、巨大な岩が道をふさいでいた。大人が数人がかりでも持ちあげることは困難だろう大きさだ。岩の周囲には大小いくつもの石が転がっているので、落石らしい。

「何とか乗り越えられないかしら」

巨岩を見上げて真剣に検討しはじめるソフィーを、ティグルは強い口調で止めた。

「やめよう。こういう岩の上は、想像以上に滑るんだ。体勢も崩しやすい」

ひとつ間違えれば、左手の下り坂に落ちてしまう。極夜の下でやるべきではない。

二人はやむを得ず引き返す。道幅が狭まる前まで戻り、慎重に暗がりを照らすと、別の道が見つかった。他のところより平らで、雑草が少ない気がする。

意を決して、その道に踏みこんだ。しばらくはゆるやかな上り坂だったが、途中からゆるやかな下り坂に変わる。しかも、大きな曲線を描いていた。

「闇の緑星のひとを見つけられたら、この道が正しいかどうかわかるのにね」

「こんなところで顔を合わせたら逃げようがないな」

再び、遠くに火が見えた。二人は大きく息を吐きだして休憩をとる。身体をほぐし、しばらくぼんやり夜空を眺めたあと、歩きだした。

下り坂が平らな地面になったころ、自分たちが見たものは篝火だとわかった。篝火の周囲は開けており、左右に、ティグルの背の三倍はあるだろう石柱がそびえたっている。

「あれが、精鋭が守る門かしら」

ソフィーの顔に緊張がにじんだ。そうだとしたら、あの篝火の先に祭儀場がある。

――こちらの道で正しかったということか？

ティグルは釈然（しゃくぜん）としない気分を抱きつつ、闇に目を凝らした。あの二本の石柱が門ならば、それを守る精鋭がいるはずだ。だが、人影らしきものは見えない。

そのことをソフィーに話すと、彼女は明快に答えた。

「わたしが見てくるわ。この衣を着ているんだから、いきなり襲われることはないと思うの。あなたはここで待ってて」

ティグルは反対したかったが、とっさに代案が思いつかない。「くれぐれも気をつけて」と言って、茂みに隠れてソフィーを送りだした。

ソフィーは駆け足で石柱の前にたどりつく。呼吸を整えながら周囲を見回して、驚きに身をすくませた。右の石柱の根元に、狼がうずくまっている。

――違う。ひとだわ……。

よく見ると、狼の毛皮をかぶった小柄な人間だった。毛皮の主は頭部こそこちらに向けているが、うずくまった体勢で身動きひとつせず、声も発さない。一見したところでは、起きているのか眠っているのかすらもわからなかった。

――起きているなら、わたしに声をかけてきてもよさそうなものだけど……。

ソフィーが判断に迷ったとしても、それはほとんど一瞬だった。自分だけが通過できても意味がない。ティグルもいっしょでなければ。意を決して、毛皮の主に声をかける。

「あの……眠ってるんですか？」

一呼吸分の間を置いて、毛皮の主がのそりと身体を起こす。毛皮と羊毛の衣から、染みと皺のある細い手足が伸びている。老人だったのかと、ソフィーは意外に思った。

「どうしたね、おまえさん」

しわがれてはいるが聞きとりやすい声で、老人が尋ねる。毛皮を目深にかぶっているのと、鼻の下が白い髭で覆われているので、表情はわからない。ソフィーは無難な反応をした。

「ごめんなさい。もしかして、寝てるところを起こしちゃいましたか」

「うん、まあ、寝ていた。おまえさんは？　これから薪拾いにでも行くのかね」

薪拾いという言葉に、自分たちを助けてくれたリネアの姿が思い浮かぶ。ソフィーは首を横に振って、「ちょっと抜けだして休んでました」と、ごまかすような笑みを浮かべてみせた。

これなら、叱られたとしても、ひとを呼ばれることはないだろう。

「この忙しいときに仕事を放りだすとは、可愛い顔して仕方のねえ娘だな」

老人は白い髭を震わせて笑った。ソフィーに一歩、歩み寄る。

「おまえさん、わしを背負って集落まで運んでくれんかな。そうしたら、いまの話は聞かなかったことにしてやる」

「それはいいけど……」と、ソフィーは篝火や石柱に視線を向ける。

「ここは誰が見張るの？」

「そろそろ次のやつが来る。なに、ここはついでの門だからな。心配はいらねえさ」

ついでという言葉が引っかかったが、へたに聞けば怪しまれると思って、質問は避ける。ソフィーは彼に背を向けて、その場にしゃがみこんだ。

直後、風が鳴るような音を、ソフィーは聞いた。視線を動かせば、縄のようなものが視界に現れ、自分の身体に何重にも巻きつく。両腕を封じられ、逃げようにも後ろから縄を引っ張られて身動きがとれなくなった。

「おまえさん、わしらの衣を身につけておるが、どこのもんだね？」

老人が背後から訊いてくる。だまされたことを、ソフィーは悟った。

「優しい子だ。わしらの者だったら、背負ってくれなんてわしに言われたら、鼻で笑うわ」

老人はソフィーを地面に転がすと、縄を引いて、篝火のそばまで引きずっていく。ソフィーは悲鳴をあげそうになったが、歯を食いしばって声を呑みこんだ。騒ぎにしてはならない。

「どれ、こんな時期に島に入りこんだ不届き者の顔を、よく見せておくれ」

老人がソフィーの肩に手をかけて、引っくり返す。目を丸くして、篝火に照らされた彼女の顔を、より正確には緑柱石の瞳を見つめた。

「なんという見事さだ……」

声を震わせて、老人は感嘆のため息をつく。

「精霊の依女(ひめ)よりもきれいな瞳だ……。おまえさん、どこの者だ？」

しかし、彼はその答えを聞くことはできなかった。いつのまにか、彼の背後に忍びよっていたティグルが襲いかかったからだ。老人がかぶっていた狼の毛皮をつかんで、その顔を覆うようにずらす。そうして目と口を封じてから、全体重をかけてのしかかった。

完全な不意打ちに、老人は体勢を崩してうつ伏せに倒れる。ティグルは彼に馬乗りになり、後頭部と左腕をおさえこんだ。

ソフィーは自分を拘束している縄を急いで取り去る。見ると、縄の両端には丸く磨いた小石が取りつけてあった。このようなつくりだから、不思議な軌道を描いたのだろう。その縄を使って、老人を縛りあげる。ティグルが猿轡をした。

老人を茂みの陰に押しこむと、ソフィーはティグルに怒ったような声で言った。

「いつのまに近くに来てたの？　待ってて、って言ったのに」

「いや、やっぱり心配になって……」

ティグルはしどろもどろに弁明する。実際、その判断は正しかった。ティグルが不意打ちを仕掛けなかったら、ソフィーはどうなっていたかわからない。

「そういえば、あのお爺さん、ソフィーを縄で縛ったあとに何をしてたんだ？」

ティグルがそう聞いたのは話をそらすためだったが、気になっていたことでもあった。老人があれほど無防備な体勢でなかったら、奇襲は成功しなかっただろう。

「わたしの瞳がきれいだって言ってたわ。お母さんよりも、って……」

憮然とした顔で、ソフィーは答えた。

同じことをリネアにも言われたが、あのときは不快ではなかった。だが、いまは恐怖に襲われた。母が生け贄にされるということを、あらためて突きつけられたからだろう。

「あと少しだ」

励ますようにティグルが声をかけると、ソフィーは無言でうなずく。その瞳には、強い決意が宿っていた。

3　再会

門を突破してほどなく、南西に複数の篝火(かがりび)が見えた。ひとの気配も一気に増えてきて、二人は手近な茂みに身を隠す。

闇の広がる極夜(きょくや)の空の下、多くの人々が篝火の明かりを頼りに、忙しく動きまわっていた。

「集落みたいね」

緊張と、かすかな興奮の入りまじった声でソフィーがつぶやく。ティグルはうなずいた。

祭儀場でないのは意外だが、ソフィーによると、二本の石柱の門にいた老人はついでの門と言っていたらしい。おそらく祭儀場は、落石でふさがれていた道を進んだ先にあるのだ。

――この集落で、ソフィーのお母さんの居場所を調べるのか……。

難しいと、ティグルは思う。篝火の数やひとの気配から考えても、集落はかなり大きい。どこに何があるのかもわからない自分たちでは、情報を集めるのにそうとう時間がかかる。

だが、猶予はない。誰かがついでの門に行けば、老人が見当たらないことを訝(いぶか)るだろうし、老人を発見すれば異変に気づく。

ティグルが悩んでいると、ソフィーが凛とした表情で、言った。

「わたしが行くわ。てきとうに声をかけて、それとなく聞いてみる」

ついでの門にひとりで向かって危機に陥りかけたばかりだというのに、また単独で動くというのだ。ティグルは呆れつつ、彼女のへこたれなさに感心した。

「だいじょうぶ。今度はうまくやってみせるわ。お姉さんだっていいところを見せたいもの」

こちらを安心させるように、ソフィーが微笑みかける。説得するべきか迷ったが、闇の緑星の衣をまとっていないティグルでは、近づくだけでも危険だ。

それに、さきほどは老人にだまされたが、リネアの好意を得たことといい、ソフィーがひとと話すのがうまいのはたしかだ。

「頼む」

「任せて」

ソフィーは気軽な口調で答えて、茂みから飛びだした。小走りに駆け、いかにも用事をすませて帰ってきたという態度で集落に足を踏みいれる。

点在する篝火に照らされた闇の緑星の部族の集落は、家々のつくりがほとんど同じということもあって、氷の舟の部族の集落を思いださせた。大きな箱や袋を抱えて足早に歩いている男がいれば、家のそばに集まって談笑している女たちがいる。

不審に思われて声をかけられるのではないかと緊張したが、いまのところ、疑いの目を向けてくる者はいない。

——叔母さんがくれた、この衣のおかげね。

心の中で叔母に感謝し、篝火に顔を照らされないよう気をつけながら、ソフィーは近くにいる女たちの談笑にそっと耳を傾けてみた。

「地震のせいで落石があったんだって?」

「そうなのよ。精鋭が守る門の先なんだけど、見事に通れなくなってってね。儀式が終わるまではついでの門を使うって決まって、門番たちが愚痴ってたわ」

やはり、自分たちが通ってきた門は、精鋭が守る門とは違うものだったのだ。

笑いの花を咲かせながら、女たちが話を続ける。

「そういえば、祭儀場の近くで喧嘩があって、櫓に穴が開いたと聞いたけど?」

「ええ。だから、いま急いで直してるって話よ。儀式が急に二日後になったせいで、どこもかしこも慌ただしいわね」

再び笑いの花が咲く。ソフィーは彼女たちから離れた。

——このひとたちは、いろいろな話を知っていそうだけど。

話好きの主婦は、ソフィーが生まれ育ったルブリンの町にもたくさんいた。だが、こういうひとたちは、得てして好奇心でこちらの事情を詮索してくる。接触すべきではない。

ごく自然な態度で歩きながら、行き交う人々の様子をうかがう。複雑な顔になった。

見回りをしていた若者たちの話を盗み聞きしていたときにも思ったことだが、彼ら、彼女らは自分たちと変わらない存在だとわかる。リネアも優しい娘だった。

――でも、このひとたちはわたしのお母さんを生け贄にしようとしている。当然のように。

　不意に、怒りと悔しさがこみあげる。笑顔をかわして平和に暮らしながら、なぜわたしから母を奪おうとするのと叫びたくなる。篝火を蹴りとばしてやりたくなる。

――お母さん。お父さん。

　母と父に会いたい。自分がどんな旅をして、どれだけ苦労したのか、何度、絶望を感じたのかを聞いてほしい。自分ひとりでは、もっと早く行き詰まっていた。

――そうよ、わたしひとりじゃ……。

　ティグルの顔が脳裏をよぎって、ソフィーはどうにか冷静さをいくらか取り戻す。

　自分はひとりでここまで来たのではない。いまここで感情のままに暴れたら、ティグルはいったいどうなるのか。わかっているのに、怒りで忘れかけた。

――いまは、お母さんをさがして助けることだけを考える。他のことは全部後回し。

　そのとき、後ろから二人の男が歩いてきた。

「へえ、もう仕事終わったのか」

「ああ。だから明日はゆっくり休む。明後日の儀式に備えてな」

「十六年前は失敗に終わったからな。今回はちゃんと成功してほしいもんだ。そういえば、精霊の依女は見たか？　けっこうな年齢なのに、なかなかの美人だったぞ」

「精霊の依女だぞ。そういう目で見るんじゃない」

ソフィーはおもわず男たちを目で追ったが、精霊の依女は集落のどこにいるのかと問い詰めたい衝動を、懸命におさえこんだ。

——焦っちゃだめ。あと少しなの。お母さんは、すぐそこにいるのよ。

失敗は許されない。手を強く握りしめて、周囲に視線を巡らせる。大きな麻袋を両手で抱えて運んでいる子供の後ろ姿を見かけた。子供と思ったのは、自分より小柄だからだ。

——子供だったらだいじょうぶかしら。

当たり障りのない言葉をかけてみて、反応次第では人違いということにして、その場から離れようと決める。これだけひとがいるのだ。間違えてもおかしくはない。

声をかけようとしたら、その子供が何気(なにげ)ない動きでこちらを振り向いた。ソフィーは目を瞠(みは)り、おもわず動きを止める。

子供は、リネアだった。彼女もまたソフィーを見て驚き、その場に立ちつくす。おたがいに言葉が出てこず、二人は見つめあった。

両者の間に横たわった沈黙を破ったのは、第三者だった。

「どうしたんだ、リネア？」

長い黒髪を持ち、腰の帯に二丁の手斧を吊した女性が、こちらへ歩いてくる。ソフィーは知らないが、戦姫にしてヴェトールの客人であるイリーナ＝タムだった。

その瞬間、リネアは弾かれたように前に出た。

「それだったら、あっちだよ。急いで行った方がいいよ、ほら」

　麻袋を抱えたままの両手を大きく横に振りながら、慌てた口調で暗がりを示し、麻袋で押すようにソフィーをせきたてる。ソフィーは戸惑（とまど）いつつも、「ありがとう」と言って、リネアが示した方向へ小走りに駆けだした。

　十数歩ばかり走ってから振り返ると、リネアは知人らしい女性と何か話していた。その光景を見て、ソフィーは理解する。

――わたしのことを隠してくれたのね。

　得体の知れないよそ者である自分と知りあったことを、他人に知られたらまずいという思いもあったのだろうが、彼女はソフィーのことを誰にも知らせず、見逃してくれた。心の中で礼を述べ、それからごめんなさいと付け加える。

　連れだって歩いている女たちにぶつかりそうになって、慌ててかわす。そのとき、彼女たちの会話の断片が聞こえてきた。

「何だって、精霊の依女をよそ者の……イルフィングの長の屋敷に閉じこめるのかね」

「十八年前に逃げた女だからさ。また逃げられるわけにはいかないだろう。集落の外にあるとはいえ、あれ以上の家はないからね」

　衝撃がソフィーの身体を突き抜けた。母は、ヴェトールの屋敷に閉じこめられている。

　ソフィーは暗がりにまぎれて、ティグルの待っている集落の出入り口へ急いだ。

ソフィーの行動を、暗闇に溶けこみながらひそかに見張っている者がいた。

イリーナだ。ソフィーが走り去ったあと、彼女はリネアと少しだけ話をした。少しだけで切りあげたのは、リネアが何も話したがらない様子だったことに加え、ソフィーのことが気になったからだ。そこで、リネアと別れたあと、ソフィーのあとを追い、見つけてからも接触するのは避けて、動きをさぐっていたのである。

「あの子供、闇の緑星の衣をまとっていたけど、違うな」

イリーナは、明確な証拠を発見したわけではない。彼女自身がよそ者であることに加えて、情報収集のために集落にいる者たちをずっと観察していたために、ソフィーのまとう雰囲気が闇の緑星の者たちと違うことに気づいたのだ。

「よそ者とはいっても、リネアのような者ではない。さて、どうしたものか」

客人の立場としては、エフゲーニアあたりに知らせて対処してもらうべきだろう。

「だが、あの子供は使えそうだ」

つぶやいて、黒髪の戦姫は不敵な笑みを浮かべた。

無事に帰ってきたソフィーを見て、ティグルはほっと胸を撫で下ろした。彼女が集落に入ってから、とくに騒ぎなどは起きていないので、うまくいっているはずだと自分に言い聞かせてはいたものの、気が気でなかったのだ。

「お母さんがいる場所がわかったわ」

息せき切って、ソフィーが説明する。ヴェトールの屋敷と聞いて、ティグルはイルフィングの町にある彼の屋敷に忍びこんだときのことを思いだした。

「やっぱり警備は厳重なのかな」

「そうともかぎらないわ。この島には、伯爵の敵はいないはずだもの」

ソフィーの言葉に、ティグルは納得してうなずいた。たしかに、守りを固めすぎれば、ヴェトールが闇の緑星を信用していないように見えてしまうだろう。

自分もソフィーも万全の状態にはほど遠い。だが、やるしかない。

――いよいよだ。

「――ティグル」

気を引き締めたところで、ソフィーが自分を呼んだ。

ティグルは怪訝（けげん）そうな顔で彼女を見つめる。ことさらに冗談めかした笑みを浮かべた。

「まさか、ここまで来てひとりで行くとか言いださないだろうな」

「そんなことは言わないわ」と、ソフィーは首を横に振る。淡い金色の髪が風に揺れた。

「最後まで……お母さんを助けてこの島を出るまで、いっしょにいてほしい。それが、いまのわたしの願いよ」

ソフィーがティグルを抱きしめる。ティグルも両腕を伸ばして、抱きあった。

「俺も同じ気持ちだよ。最後までいっしょだ」

抱擁を解いたとき、ソフィーの頬は赤く染まっていた。ティグルはそのことに気づかなかったが、彼女の雰囲気から、話したいことがまだあるらしいと察して、待つ。

ややあって、ソフィーはおもいきったように言った。

「氷の舟の部族の集落で話したこと、覚えてる？　恋人同士なのよね、わたしたち」

思いもよらない言葉が彼女の口から出てきて、ティグルは慌てた。

肯定するのはあまりに気恥ずかしいが、否定するのはいやだ。恋人同士だと氷の舟の者たちに言ったのは事実だからと自分に言い聞かせて、「そうだよ」とうなずく。三十を数えるほどの時間、葛藤していた気分だったが、実際にはほとんど一瞬だった。

「それじゃ……」と、ためらいを先立たせて、ソフィーが聞いてきた。

「接吻、する？　景気づけに」

接吻は景気づけにするものなのかという疑問が湧きあがったが、ティグルは即座にそれを放り捨てた。景気づけは必要だ。何としてでも成功させなければならないのだから。

「うん」と、勢いよく首を縦に振ると、ソフィーはくすりと笑ったようだった。それから彼女は両手を胸の前で合わせて、両目を閉じる。

ティグルは息を呑んだ。どうやら自分から動かなければならないらしい。

――どうすればいいんだ……？

ティグルには接吻の経験などない。父と亡き母がしているところを見たことはあるし、故郷で若い恋人同士がしているのを偶然見かけたこともある。どんなものなんだろうと想像したこともあった。だが、それだけだ。

――と、とにかくやってみるしかない。

ソフィーの両肩に手を添える。彼女が身体を強張（こわば）らせたのがわかった。ティグルは呼吸を止めて、彼女に顔を近づけた。自分の唇が何かに触れたと思った瞬間、顔を離す。

――やった。

大きく息を吐きだし、真っ赤になった顔で、「どうだ」と笑ってみせた。半分はやり遂げた達成感によるものだが、半分は心臓が早鐘（はやがね）を打っていることを隠すための虚勢（きょせい）だ。

ソフィーはといえば両目を開き、どこかぼんやりした顔でティグルを見つめている。ややあって、彼女はやわらかく微笑んだ。

「ありがとう」

礼を言うのは自分の方ではないかとティグルは思ったが、頭が熱くなっていてそれ以上は考えられず、緩みきった笑みを返したのだった。

暗がりにまぎれて、ティグルたちは集落の外側を走る。ほどなく屋敷が見えてきた。

――これが伯爵の屋敷か？

集落の家々にくらべれば大きいとはいえ、イルフィングの町にある屋敷とはくらべるべくもない平屋でこぢんまりとした影に、ティグルは意外な思いを隠せなかった。故郷のアルサスにあるヴォルン家の屋敷だって、もっと大きくてしっかりしたつくりだ。

――いや、別荘（ダーチャ）のようなものと考えれば、こういうものか。

そもそも、ここは蛮族の支配する島であって、ヴェトールの領内ではない。一時的に滞在する場所として、必要なものが最低限あればいいということなのだろう。

まず、遠くから屋敷のまわりをぐるりとまわって観察する。出入り口は正面と裏手の二ヵ所で、どちらにも篝火が置かれ、見張りの兵たちが立っている。だが、彼らは壁に寄りかかっていたり、よそ見をしながらあくびをしたりと、だいぶ気が緩んでいるようだ。

――安全な巣穴に潜りこんだ兎みたいだな。

ティグルは笑みを浮かべた。この島に来てから、彼らは何も起こらない日々を過ごしていたのだろう。これなら何とかなりそうだ。

――とはいえ、出入り口は二ヵ所しかない。気をつけないと……。

騒ぎが大きなものになれば、闇の緑星も駆けつけてくるだろう。彼らに出入り口を二ヵ所ともふさがれたら終わりだ。

「どうやって忍びこもうかしら」

「闇の緑星を装って、正面から堂々と入る手はどうだろう」

ティグルの提案に、ソフィーは瞳を輝かせる。

「儀式の準備で必要になったということにして、お母さんを連れだすのね。その手でいきましょう。ティグルは黙っていてね、わたしがごまかすから」

ソフィーが屋敷に向かって歩きだす。ティグルは一歩遅れて、彼女に付き従った。

屋敷の正面にある両開きの扉の前には、二人の兵が立っている。彼らは暗がりから現れたティグルたちを見ても、とくに警戒する様子を見せなかった。槍をかまえもしない。

ソフィーは彼らの前まで歩いていくと、会釈をして言った。

「あの、エフゲーニア様から言いつかって、精霊の依女を連れてくるようにと……」

顔を伏せ、上目遣いで遠慮がちに告げる。顔をはっきり見られないための行動だが、二人の兵は感心したような声を出した。

「蛮族の子供にしては、ずいぶん礼儀正しいな。他の連中はもっと横柄なのに」

「言葉もなかなかのもんじゃないか。町にけっこう来てるのか？」

予想外の反応にソフィーは内心で慌てたが、どうにか遠慮がちな態度を崩さずに答える。

「はい。ラリッサから、上出来だと言われました」

「そうだろうな。俺から見てもうまいと思うぞ。そっちの子は？」

見張りのひとりが、うつむきがちに立っているティグルに視線を向けた。ティグルは目を合わせることだけはしたが、口は開かない。ソフィーが答えた。

「て、手伝い、です。わたしとこの子の二人で連れてこいと。この子は、狩りに出ようとしていたところだったんだけど……」

「へえ、毛皮じゃなくて外套か。蛮族にしては珍しいな」

もうひとりの見張りが、ティグルのまとっている外套に好奇の目を向ける。ソフィーは言葉に詰まった。ティグルも焦ったが、必死に考えを巡らせて、あることを思いだす。

「氷の舟と戦って、得た」

ぼそぼそとした声で、答えた。

思いだしたのは、氷の舟の小舟に乗ったときのことだ。小舟の底に置かれていたランプについて、「麦粥族の村を襲ったときに手に入れた」と、ベルゲはこともなげに言った。

この外套も、略奪品ということにすればごまかせるのではないかと、ティグルはとっさに考えたのである。イルフィングの人間から奪ったといえば彼らを不愉快にさせるだろうから、氷の舟から奪ったことにしたのだ。

「なるほど。よく見ると、かなり汚れてるな」

イルフィングの町でソフィーと出会ってからは、洗ったり手入れをしたりする余裕はまったくなかったので、汚れているのは当然だ。ともあれ、彼らは納得したようだった。

ひとりが扉を開ける。ソフィーは二人に頭を下げながら、さりげなく尋ねた。

「精霊の依女はどの部屋にいますか？」

「何だ、聞いてないのか。左の廊下のいちばん奥だ」

見張りの兵は訝る様子もなく答える。ソフィーは礼を言って、開かれた扉をくぐった。

──こっちの正体を疑われるかもしれないような質問を、よくやるなあ……。

ソフィーの大胆さに感心しながら、ティグルは首をすくめて彼女についていく。

扉の先は広間になっており、燭台(しょくだい)に灯った火がわずかに闇を払っている。広間からは左右に廊下が延びていて、どちらにも等間隔に明かりがあった。

左の廊下にひとの姿はないが、扉がいくつか見えるので、ティグルたちは慎重に歩く。精霊の依女を連れていくために来たと言えば納得してもらえるのはわかっているが、ここにいる者たちの注意を引かずにすむなら、その方がいい。

途中で食べものの匂いがして、厨房があるらしいことはわかったが、緊張しているせいか空腹を覚えなかった。いちばん奥にたどりつく。

部屋の扉を見て、二人は顔を強張らせた。取っ手の下に鍵穴がある。

ソフィーが祈るような表情で、そっと取っ手をつかむ。ひねると、鍵がかかっていることを示す硬質の音が聞こえた。二人は不安と焦りに満ちた顔を見合わせる。

「この部屋の鍵って、誰が持ってるのかしら」

「伯爵と、他にいるとすればエフゲーニアかな……」

途方に暮れた顔で、ティグルは応じた。考えてみれば、鍵をかけるぐらい当然のことで、自分たちがうかつだったのだ。

「どうする？　表の兵たちをごまかして、出直すか」

「だめよ」と、ソフィーは首を横に振る。

「出直すまでの間に、闇の緑星の誰かがこの屋敷に来たら、わたしたちのことがエフゲーニアに知られる恐れがあるわ」

「だが、ここで立ちつくしているわけにはいかないだろう」

ティグルの声は強い焦りを含んだ。ソフィーは渋面をつくり、扉を睨みつけて考えこむ。

ティグルはヴェトールをさがして奇襲をかけることも考えたが、すぐにその案を捨てた。無謀にもほどがあるし、彼のそばに護衛の兵がいる可能性は大きい。

十を数えるほどの時間はすぐに過ぎ、二十を数えるほどの時間も過ぎた。いまにも見張りの兵たちがこちらへやって来るのではないかと思って、ティグルは何度も広間に視線を向けてしまう。幸い、そのようなことはなく、ソフィーは何かを思いついたように顔をあげた。

「厨房に行ってみましょう。彼らは、お母さんに毎日食事を用意していたはずよ」

たしかに、大切な生け贄を飢えさせるはずがない。そして、ヴェトールやエフゲーニアが、マーシャにその都度、食事を運んだというのは考えにくかった。

逸る気持ちをおさえて、厨房に向かう。食べものの匂いのおかげで簡単にわかった。

ソフィーは松明を用意すると、廊下を照らしている燭台の火を移す。厨房を覗きこみ、誰もいないことを確認すると、二人はすばやく中へ入りこんだ。

狭い厨房の中には、簡単なつくりのかまどと、水などを入れた壺、大きなテーブルがある。テーブルの上には何本かのナイフと食器、重ねた深皿、麻の袋に陶製の瓶があった。匂いのもとは麻の袋と瓶のようだ。

戸口のまわりを見回して、ソフィーは壁に引っかかっている鍵の束を発見する。ティグルはテーブルの上をじっと見つめていたが、「行くわよ」と、ソフィーに声をかけられると、二本のナイフをくすねて腰のベルトに差した。厨房を出て、さきほどの部屋へ戻る。

片端から鍵を試して、三本目で待ち望んでいた音が聞こえた。

緊張と不安に胸を締めつけられながら、ソフィーは扉を押し開ける。暗闇に包まれた部屋の奥で、何ものかが動いた。ソフィーは松明を掲げて、おそるおそる呼びかけた。

「お母さん……？」

息を呑む気配が伝わってきた。驚愕と混乱によるわずかな間を挟んで、声が聞こえた。

「ソフィー……？」

最後まで聞かずに、ソフィーが部屋の中へ飛びこむ。

ティグルが慌てて放りだされた松明を拾いあげると、縛りあげられた女性にすがりついているソフィーの姿が、炎に照らしだされた。

「お母さん、お母さん……」

母親を抱きしめ、その胸に顔を埋めて、ソフィーは泣いた。

以前に、彼女は言ったことがあった。「次に泣くのは母を助け、父と会ったときに決めている」と。その誓いを忘れてはいなかったが、あふれる涙を押しとどめることができなかった。

――このひとが、ソフィーのお母さんのマーシャか。

ティグルも母子の再会を心から喜んだが、見つけた以上は、急いでここから逃げださなければならない。二人に歩み寄り、そのそばに膝をついた。

「はじめまして。突然ですが、ここから逃げます」

帯に差しこんだナイフを手に取って、マーシャを拘束する縄を断ち切る。使いやすい刃物がほしかったので厨房からくすねたのだが、これほど早く役に立つとは思わなかった。

自由を得たマーシャはソフィーを抱擁したが、すぐに解いた。落ち着いた態度でティグルに「ありがとう」と、礼を述べる。

「逃げだす前に聞きたいのだけど、お父さん……ウィクターはどうしたのかしら」

おもわぬ質問に、ティグルは顔をしかめた。ソフィーも不思議そうな顔になる。

「お父さんがどうかしたの？」

今度はマーシャが顔に困惑を浮かべた。愛娘に尋ねる。

「あなたたちは、お父さんといっしょじゃないの？」

ようやくティグルは彼女が誤解していることを悟った。ソフィーも首を横に振る。

「違うわ。わたしたちは二人でお母さんを助けに来たの」

詳しい説明が必要かと思ってティグルは不安になったが、マーシャはソフィーをじっと見つめて、小さくうなずいた。娘の言葉を信じることにしたようだ。

「わかったわ。悪いけど、少しだけ時間をちょうだい。あのひと……お父さんは、この屋敷のどこかに閉じこめられているはずなのよ」

冷静さを微塵も崩さずに、マーシャは恐ろしい要望を口にした。

ティグルは顔を引きつらせ、ソフィーは顔を青ざめさせる。大声を出しそうになった。

彼女を助けだすだけでも、想像以上に時間をかけてしまっている。見張りの兵たちもいい加減に、異常に気づくだろう。とうてい承諾できる願いではない。

だが、ティグルは拒絶の言葉を口にできなかった。それは、ウィクターを見捨てることに他ならない。ここにいる三人だけで逃げだしたら、エフゲーニアは確実にウィクターを人質として利用し、その果てに殺すだろう。

――伯爵の屋敷に忍びこんだとき、あのひとは俺とソフィーを逃がしてくれた。

　ここで見捨てれば、恩を仇で返すことになる。何より、ソフィーを悲しませる。額に汗が浮かび、胸の奥が痛んだ。こうして悩む時間すら、とにかく惜しい。

「わかりました……」

　震える声で、ティグルはうなずいた。覚悟を決めるしかない。阻む者を、誰であろうと打ち倒す覚悟だ。捕まったら、自分もおそらく殺されるだろう。彼らにとって、自分を生かしておく理由はない。この島の中で殺してしまえば、外に伝わることもない。

「ごめんなさいね」

　マーシャは表情を緩めて、申し訳なさそうな微笑を浮かべた。自分を拘束していた縄を手に取って立ちあがる。それを見て、ソフィーも気を取り直した。涙で濡れた緑柱石の瞳が、強い意志の輝きを放っている。

「お父さんがどこに閉じこめられていると、お母さんは思う？」

「三つか四つ隣ね」

　マーシャは即答した。驚く二人に、彼女は縄を腕に巻きながら、こともなげに説明する。

「一度、私の前に連れてきたのよ。私とあのひとをまとめて脅すためにね。そのときに足音を聞いたのだけど、それぐらいの距離のはず」

　ティグルは呆気にとられた顔で、マーシャを見上げた。たっぷり一呼吸分の時間をかけて、こういうひとなのかと理解する。

勘違いをしていた。遠い南の地からここまで連れ去られ、生け贄にされ、閉じこめられて、絶望しているものだと思いこんでしまっていた。

そうではなかった。愛する家族と引き離され、夫とともに脅されても、二日後に儀式が迫っていようとも、彼女は何もかも諦めていなかったのだ。

――考えてみれば、ラリッサさんの姉だものな。

それに、ソフィーの心の強さは母親譲りだったのかと思うと、妙に納得してしまう。そのソフィーは、いままでの疲れなど吹き飛んだかのような顔で、母親の隣にいる。

三人は廊下に出た。依然としてひとの姿はない。どうか自分たちが逃げきるまで怠けていてくれと、ティグルは切実に願った。

三つ隣の部屋まで歩くと、マーシャは扉にそっと耳をあてた。首を横に振り、もうひとつ隣の部屋の前まで足を進める。同じように扉に耳をあてたあと、ソフィーに手を伸ばした。鍵の束を受けとり、次々に鍵穴に差しこんでいく。ほどなく、鍵の外れる音が聞こえた。

扉を静かに開けて、マーシャは部屋の中に滑りこむ。ソフィーが続き、最後にティグルが入って、すばやく扉を閉めた。部屋の中へ視線を戻し、目を瞠る。

ひとりの痩せた男が、小さな部屋の中央に倒れていた。薄汚れたズボンだけの格好で、髪は乱れ、髭は伸び放題で、上半身にはいくつもの傷跡がある。両足は鉄の鎖でつながれていた。

――何てことを……。

痛ましい姿に、ティグルは拳を握りしめる。ソフィーは言葉が出ずに立ちつくした。

即座に動いたのはマーシャで、彼女は男のそばに歩み寄って、抱きあげる。気を失っていたらしい男が目を開けた。やつれた顔を驚愕に歪め、信じられないというふうに尋ねる。

「マーシャか……？」

その声は、老人のようにしわがれていた。マーシャが悲しげに微笑む。最愛の夫が生きていたことの喜びと、この事態を引き起こしたことへの申し訳なさが同居した表情だ。しかし、彼女は頭を振って感情を整理すると、いま必要なことだけを短く告げた。

「話はあとよ。逃げるわ」

疲労で濁っていたウィクターの両眼に、生気の輝きが灯る。咳きこみながらも、彼は妻に支えられ、気力を奮いたたせて立ちあがった。だが、マーシャの助けがなければ、立っているのもつらそうだ。ヴェトールが行わせた拷問、蓄積された疲労、服もなく、食事もろくに与えられない環境のすべてが、彼の身体を徹底的に痛めつけていた。

ティグルとソフィーが駆け寄ると、彼はようやく二人に気づいて、目を細める。ソフィーが「お水よ」と言って差しだした革袋を受けとり、少しだけ水を口に含んだ。口の中を潤してからゆっくり飲む。大きく息を吐きだして、娘に笑いかけた。

「ありがとう」

その一言に万感の想いがこめられている。ソフィーは目に涙をにじませてうなずいた。

ティグルは、笑顔を向けあう親子三人を黙って見つめている。いまはひとつ数える時間すら惜しいのだとわかっていたが、それでも声をかけるのははばかられた。この瞬間こそ、三人が何より待ち望んだものだったのだから。

ウィクターがこちらに視線を向ける。ティグルは何を言えばいいのかわからず、黙って会釈をした。ウィクターは温かい微笑を浮かべてうなずいた。

マーシャがその場に膝をつき、ウィクターの両足を観察する。左右の足首にそれぞれ鉄の輪をはめて、それを鉄の鎖でつないでいる形だ。鎖は短く、歩くことはできても走ることはできない。このままでは、逃げることは不可能だろう。

鉄の輪は、前後から合わせて錠前で固定するつくりになっている。錠前を外せば、鉄の輪も取り去ることができそうだ。マーシャは手元にある鍵の束を見たが、鍵の大きさが違った。

ウィクターは、いたわるように妻の肩を軽く叩くと、ティグルに声をかけた。

「ナイフを貸してくれ。細い方だ」

ティグルが厨房からくすねたものだ。言われるがままにナイフを渡すと、ウィクターはマーシャの肩を借りながら、その場にしゃがみこんだ。ナイフの先端で錠前を何度か突くと、軽い音が響いて錠前が外れる。呆然とする三人に、ウィクターが弱々しい笑みを浮かべた。

「痛めつけられたあとは放っておかれていてな。時間だけはあったから、どうにかしてこいつを外せないか、ずっといじり回していたんだ」

外した鉄の輪を、ウィクターは手に持った。武器として使おうという判断のようだが、彼が痛みに耐えるように顔をしかめたのを、ティグルは見逃さなかった。

「手は、だいじょうぶなんですか?」

「指を何本か折られはしたが、これぐらいは持てるさ」

まったくたいしたことではないというふうに、ウィクターは答える。己の負傷について正直に言ったのは、へたに隠せば妻と娘を心配させるだけだとわかっているからだろう。それを悟って、ティグルは畏敬の念を新たにしつつ、うなずくだけに留めた。

「まわりの状況は?」

「表に見張りが二人います」

ウィクターの問いかけにティグルが答え、ソフィーが補足する。

「わたしとティグルは闇の緑星のふりをして、命令されたからお母さんを連れだすって言って入ってきたの」

「あなたも連れていくように私が言い張った、というあたりでごまかせないかしら」

マーシャの案に、ウィクターは小さくうなずいた。

「それでいこう。敵が出てきたら力ずくで突破する」

二人とも、もはや一刻の猶予もないとわかっているようだった。

廊下に出る。ソフィーが松明を持って先頭に立ち、マーシャとウィクターがおたがいを支えあって続く。ティグルはその後ろについた。

「十八年前を思いだすな」

　ウィクターが小さく笑う。マーシャが言葉を返した。

「あのときも大変だったわね。集落を抜けだして、海岸にたどりつくまでに何度、もうだめかもしれないと思ったか……」

「君は、私が思っていた以上に暴れてくれたよ。よくも悪くもね」

　苦笑したらしいウィクターに、マーシャは「役に立ったでしょう」と、軽口で応じる。

　騎士であるウィクターはともかく、マーシャがおびえる様子を見せないどころか、手慣れているかのように落ち着いているのは不思議だったが、合点がいった。

──そうか。この二人には、こういう状況から抜けだした経験があるんだ。

──これなら、きっとうまくいく。みんなで無事に逃げだせる。

　時間がかかったことについて見張りの兵たちに問われたら、ウィクターも連れていくことになったからだと言えばいい。足の枷についても、外していいと言われていたということにして押し通す。彼らも、まさかウィクターがナイフで錠前を外したとは思わないだろう。

　緊張とかすかな興奮で、心臓の鼓動が早くなる。ところが、あと少しで広間に出るというところで複数の足音が聞こえた。四人は反射的に足を止めて、暗がりに身を潜める。

　広間にいくつかの人影が現れた。ティグルたちの顔に驚きと困惑が浮かんだのは、彼らが見張りの兵などではなかったからだ。「闇の緑星ね」と、マーシャがつぶやいた。

　毛皮と羊毛の衣を着た大柄な男が三人。そして、彼らに付き従っている少女がひとり。男たちは顔に傷や痣(あざ)をつくっているが、いずれも威圧的な雰囲気をまとっている。少女は嫌々ながらも従うしかないというふうに、顔を歪めていた。

「リネア……？」

　燭台の火に照らされた少女の顔を見て、ソフィーがつぶやく。見間違いではなく、そこにいるのは彼女を二度も助けた闇の緑星の少女だった。

　マーシャとウィクターは無言で視線をかわす。いったい彼らはどのような理由で屋敷に入ってきたのだろうか。もしもエフゲーニアあたりから何かを命じられたというのであれば、はなはだまずいことになる。焦る気持ちはあるが、様子を見るということで意見を一致させた。

　リネアが顔を強張らせて、三人の男を見上げる。

「どうしてあたしをここに連れてきたの？」

「そう怯えるなよ。いくつか聞きたいことがあるだけだ」

　男のひとりが威嚇(いかく)するような笑みを浮かべた。

「ここにはよそ者しかいないからな。何を話しても外に漏れる心配はない」

「集落の中だと、おまえみたいな半端者(はんぱもの)を守ろうってやつもたまに出てくるからな」

　他の二人がそれぞれ言って、男たちはリネアを取り囲む。

「おまえ、集落に入りこんだよそ者を助けたんだって？」

ソフィーは愕然（がくぜん）とした。集落の中で、自分とリネアが顔を合わせたところを見ていた者がいたのだ。その人物は、自分が闇の緑星ではないことまで見抜いている。

「何のこと……？」

リネアは否定したが、その顔は青ざめている。男のひとりが彼女の肩を乱暴につかんだ。リネアが苦痛の声をあげるが、無視して問い詰める。

「今朝、薪拾いに行ったときも帰りが遅かったし、様子もおかしかったな。そこでもよそ者と会ってたのか」

「し、知らない。なんであたしにそんなことを……」

肩をつかまれる痛みに耐えながら、リネアは懸命に首を横に振る。

「老人衆が言ってた通りだ。おまえみたいな半端者の町暮らしは、儀式の重要さをてんでわかっちゃいないから何をしでかすかわからないと。とくに、おまえはあのラリッサに可愛がられているからな。警戒しておいて正解だった」

「もっとも、おまえの怪しい行動を教えてくれたのは、そのよそ者だったがな」

ひとりが不機嫌そうに吐き捨てて、横からリネアにすごんでみせる。

「今日、おまえが見聞きしたものを残らず話せ。許せる内容なら棒打ちぐらいですむが、そうでない場合、狼の群れに放りこむか、穴に投げこむ」

ソフィーが松明を握りしめて駆けだす。マーシャとウィクターが止める暇もなかった。ティグルも背負っていた黒弓を握りしめて飛びだす。

自分たちの行動は、かえってリネアを危険な立場に追いこむかもしれない。だが、目の前で起きていることに対して見て見ぬふりなどできなかった。

一歩目で矢筒から矢を引き抜き、二歩目でつがえ、三歩目で弓弦を引いて、四歩目で放つ。不安定な動作から射放ったにもかかわらず、矢は狙い過たず、男のひとりの腕に突き立った。

男が短い叫びをあげて、腕をおさえる。他の二人がこちらを見て、目を瞠った。だが、突然のことに理解が追いつかないようで、そろって棒立ちになる。

ソフィーが、リネアの肩をつかんでいる男への距離を詰めた。容赦なく松明を突きだす。火の粉が踊り、男は悲鳴をあげ、リネアから離れてのけぞった。

ティグルが新たな矢をつがえて射放つ。矢は、三人目の肩に突き立った。

――この勢いのまま、一気に逃げる。

三本目の矢を矢筒から抜きだしながら、ティグルは考える。騒ぎになってしまった以上は、この状況を利用すべきだ。

「この野郎っ……！」

腕に矢を受けた男が、顔を怒りに染めて、ソフィーにつかみかかろうとする。ソフィーは松明を振りまわして男を牽制した。そして、その間に動きだしたマーシャが、娘の隣に立つ。

マーシャの動きは、戦い方をまったく学んだことのない素人のそれだと、ティグルにもわかるようなものだった。だが、彼女は思いきりがよかった。勢いよく前に踏みこみ、縄を巻きつけていた手を振り抜く。縄の端が鞭のように大気を裂いて、男の顔をしたたかに打った。

「わたしたちに用があるなら、追いかけてきなさい」

男たちを見据えて、ソフィーが言い放つ。三人に遅れて、ウィクターも走ってきた。

男たちは混乱し、ひるんでいる。リネアも何が起きているのかわからないという顔で、ソフィーを見つめていた。

だが、さすがに騒ぎが大きくなりすぎた。廊下に面している扉がいくつか開いて、兵たちが姿を見せる。そのうち、屋敷の外にいる闇の緑星の者たちも異変に気づくだろう。

再びマーシャがウィクターを支え、四人は正面の扉へ駆けだそうとする。だが、そこに何ものかが立っていることに気づいて、踏みとどまった。

長い黒髪を持つ長身の女性だ。左右の手にそれぞれ手斧を持っている。優しげな微笑を浮かべているが、その両眼には獲物を見つけた狩人を思わせる鋭い輝きがあった。

戦姫イリーナ＝タムだ。もっとも、ティグルたちは彼女の名を知らない。

「いい見世物だった」

手斧を軽く振りながら、彼女はティグルたちに笑いかける。

「イルフィング伯爵に一泡吹かせた子供というのは、君たちのことだろう。まさか、すでに屋敷の中に潜入を果たしていたとは思わなかった。そればかりか――」

　イリーナの視線が、マーシャとウィクターへと向けられた。

「精霊の依女と、その旦那まで逃がそうとするとはね。たいしたものだよ。だが、それもここで終わりだ。武器を捨てて降伏しろ」

　ティグルは黒弓に矢をつがえた体勢で、イリーナとの距離を測る。だいたい十歩ほど。いまなら、彼女が間合いを詰めてくる前に矢を当てることができるだろう。

　だが、ティグルが弓弦から指を離す前に、右手の廊下から複数の足音が近づいてきた。

　新たな明かりとともに五人の男が現れる。その中で兵は四人、もうひとりは屋敷の主であるヴェトール＝ジールだった。兵たちは小剣を持ち、ヴェトールは剣を腰に帯びている。

「何ごとだ」

　視線を巡らせて、ヴェトールが問いかけた。何が起きたのかは瞬時に把握している。その上で聞いたのだ。答えたのは黒髪の戦姫だった。

「侵入者と、脱走……いや、脱獄者と言うべきだな。なかなか見事な腕前だ」

「感謝する、戦姫殿。さすがだ」

　イリーナに礼を述べながら、ヴェトールが腰の剣を抜き放つ。同時に、自身を守る兵たちに視線で命令を下した。兵たちがティグルたちを遠巻きに囲む。

「礼を言われるようなことはしていない。私はここに立っていただけだ」

イリーナが肩をすくめた。だが、彼女の微笑はこれ以上、続かなかった。

「戦姫……？」

疑問だけでかたちづくられたその声は、それほど大きくなかったにもかかわらず、緊迫した空気の中でよく響いた。その言葉を発したウィクターは、訝しげな視線でイリーナを貫く。

「あなたが戦姫だと？」

「そうとも」

答えたのはイリーナではなく、ヴェトールだった。

「貴様の前にいるのは、ブレスト公国を治め、『羅轟の月姫（バルディッシュ）』の異名を持つ戦姫イリーナ＝タム殿だ。名前ぐらいは知っているだろう」

ウィクターは視線だけを動かしてヴェトールを一瞥（いちべつ）すると、すぐにイリーナを見据える。

「かつて一度だけ、お目にかかったことがある。たしかに容姿は同じだ。だが、戦姫ならば必ず持っているものを、この方は持っていない」

不気味な沈黙が広間に舞いおりる。イリーナの表情から笑みが消え、眉がわずかに動いた。

ウィクターは声を高めるでもなく、淡々と続ける。

「竜具（ヴィラルト）。我が国が地上に興（おこ）って以来、戦姫として選ばれた者に歴代の王が貸し与え、受け継がれてきた七つの武器だ。建国神話で語られる戦姫と竜具は、幼子でも知らぬ者はいない。ブレストを治める戦姫は、斧の竜具を持つと聞いている」

「イリーナ殿は手斧を持っているだろう」

ヴェトールの声に嘲弄(ちょうろう)が混じった。ウィクターの言葉によって生じた不安を消し去ったと思ったからだろう。だが、ウィクターは首を横に振った。

「私が見た竜具は、あのようなものではない」

「あいにく、私の竜具には形を変える力が備わっている。見せる気はないが……」

諭(さと)すような口調でイリーナは言ったが、その表情からは余裕がいくらか欠けていた。

「形のことではない」

ウィクターが憐れむような眼差しを、イリーナの手斧に向ける。

「私ははじめて竜具を見たとき、近寄りがたい、言葉で表すのが難しい雰囲気にひるんだ。自分の目に映っているのは人智(じんち)を超えた恐ろしいものだと、理性ではなく直感で悟った。まさに伝説に語られる竜の爪や牙を、私たちにとってわかりやすい形にしたのが竜具なのだと」

ウィクターは顔をしかめ、首に手をあてて咳をする。長く喋(しゃべ)って、喉が痛んだらしい。息を吐きだすと、手斧からイリーナへ視線を戻した。

「あなたの斧は、もしかしたら名工の手による優れた一品かもしれない。だが、あのとき、私が竜具に感じたものを、その斧からはまったく感じない」

「言いたいことはそれだけか」

ヴェトールが苛立(いらだ)ちをにじませて前に出る。イリーナも二丁の手斧をかまえた。

ティグルが緊張に表情を引き締めたとき、ウィクターが自分たちにだけ聞こえるような小さな声で、ぼそりと言った。

「扉のそばの火を頼む」

言い終えたときには、彼と、そしてマーシャが行動に移っている。

ウィクターは右手にある燭台を狙って、持っていた足枷つきの鉄の鎖を投げ放った。マーシャは左手にある燭台に、てきとうに結んでいびつな球状にした縄を投げつける。二人の狙いは正確で、燭台に灯されていた火が消えた。

二人に一瞬遅れてティグルも矢を射放つ。言われた通り、扉のそばに置かれていた燭台を狙って。矢は蝋燭を弾きとばして床に落とす。火が消えた。ソフィーも、持っていた松明を床に落として火を踏み消す。

広間に、音もなく暗闇が広がった。完全に光が失われたわけではない。火の灯っている燭台が一本残っているし、兵たちが持っている松明の明かりもある。だが、急激な視界の悪化は、兵たちを動揺させるのに充分だった。彼らは反射的に身を守ろうとして、動きを止める。

――何てひとたちだ。

ティグルは感服せずにはいられなかった。さきほどのウィクターの話は、おそらくイリーナやヴェトールを明るさに慣れさせるためのものだったのだ。それにしても、マーシャはよくウィクターの意図に気づいて、行動を合わせられたものだ。夫婦だからなのか、それとも十八年前にも同じようなことをやったのか。

彼らの隙を突いて、ティグルたちはまっすぐ駆けだした。扉の前にはイリーナが立ちはだかっているが、数の力で強行突破するつもりだ。

イリーナは横へ跳んで、ティグルたちの突撃を避けた。そうして二丁の手斧を振りかざし、横合いからウィクターに斬りつけようとする。

ウィクターは動じなかった。左手に持っていた細いナイフをイリーナに投げつける。足枷の錠前を外したあとも、相手に見せないように持っていたのだ。

イリーナは身体を傾けてナイフをかわしたが、それによって踏みこみが浅くなる。手斧の刃はウィクターの腕をかすめ、鮮血が飛散したが、浅い傷しか与えられなかった。

このとき、ヴェトールも動いている。彼は暗がりの中で走りだすような真似はせず、手近にあった燭台をつかむと、その体格にふさわしい膂力で投げつけた。燭台は扉にぶつかってはね返り、ティグルの左腕に当たる。

ティグルは鈍い痛みを感じたが、気にしなかった。気にするどころではなかったというのが正確かもしれない。立ち止まってしまえば兵たちが襲いかかってくるのだから、足を止めるわけにはいかなかった。

マーシャが扉を開ける。そこには二人の見張りが立っていた。こちらを向いて槍をかまえてはいるが、その顔は緊張を通り越して青ざめている。広間で争う音は聞こえたものの、中に踏みこむ勇気までは持てず、警戒の姿勢をとるので精一杯だったのだろう。

「どきなさい！」

マーシャはためらうことなく彼らに肉迫し、乱暴に突き飛ばして道を切り開く。ティグルとソフィーはウィクターを支えながら、彼女に続いた。

「こっちよ！」

マーシャが左に曲がる。そちらには暗闇が広がっており、明かりは見当たらない。つまり、ひとがいないということだ。ティグルたちは闇の中を走る。先頭に立っているマーシャの後ろ姿は、黒い影にしか見えない。彼女を見失わないよう懸命に目を凝らした。

爪先が小石を蹴る。続いて、雑草らしきものを踏んだ。ひとがあまり歩かないところに踏みこんだらしい。屋敷から充分に離れられただろうか。

ようやく目が慣れてきて、闇に濃淡がつき、おおまかな地形がわかるようになってきた。

マーシャが振り返らずに告げる。

「左に行きすぎないでね。斜面になってるから、転げ落ちるわ」

ティグルはうなずこうとして、できなかった。後ろに恐ろしい気配を感じたのだ。

足を緩めて振り返る。暗がりの中、星々の光を浴びて白銀の仮面が浮かんでいた。

——エフゲーニア……！

臓腑が凍りついたような驚愕に、ティグルは息を呑む。

屋敷の広間でヴェトールやイリーナと対峙していたとき、彼女の姿はなかった。おそらく騒ぎを聞きつけて屋敷を訪れ、事情を聞いて自分たちを追ってきたのだろう。それにしても、自分たちがこちらに逃げているると、どうやってわかったのか。

――精霊の力というやつなのか？

明かりを持っていないというのに、エフゲーニアは恐ろしい速さで追ってくる。疲労困憊の自分たちでは早々に追いつかれるだろう。

――それはだめだ。

ティグルは心の中で叫ぶ。引き離されていた親子三人が、やっとそろったのだ。もう誰も、彼女に捕まえさせてはいけない。

ティグルは足を止めた。ウィクターから離れて、エフゲーニアに向き直る。こうなったら、自分が足止めするしかない。身体ごとぶつかって、少しでも時間を稼ぐのだ。

――やつの手につかまれたら気絶して終わりだ。とにかく、それだけは避ける。

エフゲーニアがまっすぐ距離を詰めてくる。来いと、つぶやいた。くらいついてやる。

刹那、左に気配を感じたかと思うと、ティグルは右側へ――マーシャが言っていた斜面に、おもいきり突き飛ばされた。完全な不意打ちに、大きく体勢を崩す。

傾く視界の端に、ソフィーの姿が映った。自分を突き飛ばしたのは彼女だったのだ。

――どうして？

混乱したまま、ティグルは斜面を勢いよく転がっていく。茂みに飛びこんだ。無数の小枝を折りながら、のろのろと身体を起こす。困惑した顔で斜面の上を見つめた。

——どうしてなんだ、ソフィー……。

斜面の上は、暗がりに包まれてほとんど何も見えない。あるものだけを除いては。

白銀の仮面が浮かんでいる。ソフィーが立っていたあたりに。

まさかと思い、全身が冷たくなる。呆然と立ちつくしていると、斜面を滑り降りてくる音が聞こえた。誰かが駆けてきて、ティグルの腕をつかむ。

「走って!」

叫び声。それで、自分の腕をつかんだのがマーシャだとわかった。

手を引かれて、言われるがままに足を動かす。視界が定まると、彼女の隣にウィクターもいるのがわかった。

——ソフィーは……?

ソフィーの声は聞こえない。気配も感じない。それなのに、マーシャもウィクターも足を止める気配がない。茂みに身体を引っかかれながらも、懸命に走っている。

——どうして……。

心の中で、そのつぶやきを繰り返した。答えはわかっている。

ソフィーは、自らエフゲーニアに捕まることで、ティグルたちを逃がそうとしたのだ。マーシャとウィクターは娘の意を汲んだ。だから、自分の手を引いている。

振り返って、斜面の上を見上げた。エフゲーニアがこちらを見下ろしている。追ってくる様子がない。それはなぜか。ひとまず、追ってくる必要がなくなったからだ。

奔騰（ほんとう）した感情が身体中を駆け巡って、涙があふれる。ティグルはソフィーの名を叫ぼうとしたが、荒れ狂う激情と乱れた呼吸が、言葉を奪った。開いた口からは、叫びになりそこねた嗚咽（おえつ）しか吐きだされなかった。

引き返したかった。エフゲーニアの前まで駆けていき、ソフィーを取り返し、彼女の手を引いて逃げたかった。しかし、それは不可能だ。自分も捕まるだけだ。

前を向いた。泣きながら、逃げることに専念する。そのときになって、マーシャの目の端に光るものを発見した。

──それはそうだ。当たり前だ。

悲しいに違いない。悔しくて、腹立たしくて、我慢ならないに違いない。それでも、彼女は振り返らない。涙を後ろへ置いていく。

マーシャがティグルの手を離して、夫を左側から支えた。屋敷を飛びだしたときから、ウィクターの動きは不安定だった。いまも上体が左右に揺れている。そのことに気づいたティグルは彼の右側に回りこんだ。

集落のある方角から喊声が聞こえた。マーシャが苛立たしげに吐き捨てる。

「追っ手を出したわね」

木々の間を通り抜け、斜面を駆けおり、何度もつまずきながら荒れ地を走る。

どれぐらいの時間が過ぎたのかわからないが、荒れ地を抜けて開けた場所に出たとき、ティグルたちはもう走れなくなっていた。こんなところで倒れるわけにはいかないという思いで身体を支え、足を引きずるように歩く。

ウィクターなどはマーシャの肩を借りた上で、一言も発さず、足を動かすことに残った力を注ぎこんでいる。もとより疲れきっていることに加えて、ズボンだけのままで冷たい夜気の中を歩いているのだ。むしろ、まだ意識を保っているのは驚くべきことだった。

二人に合わせて歩きながら、ティグルはぼんやりと夜空を見上げる。

――ソフィーが自分を犠牲にして逃がしてくれたのに……。

このままでは追っ手に捕まるか、どこかで力尽きて倒れるかのどちらかだ。

「隠れることができて、寒さをしのげるところを知りませんか？」

マーシャを見上げて尋ねる。彼女は十八年前までこの島で暮らしていたのだから、何か知っているかもしれない。

「私が知っているところは、すべて彼らに知られていると思うわ……」

マーシャは残念そうに首を横に振ったが、そこで何かを思いだしたように顔をしかめる。

「いえ、東の海岸の近くにある洞穴なら……。ラリッサが誰にも教えてなければ」

その言葉に、今度はティグルが顔をしかめる番だった。リネアが案内してくれた洞穴は、この島の東にあった気がする。あの洞穴を出たあと、自分たちは星の並びで方角を確認しながら西へ向かったのだ。

「ここは、島のどのあたりですか？」

そう聞いたとき、土を蹴るような足音が聞こえた。心臓がはねあがりそうなほどの驚きに背筋を貫かれ、慌ててそちらを見ると、複数の火が暗がりの中に浮かんでいる。

「見つけたぞ」

火のそばから、威圧感を帯びた男の声が聞こえた。感じる気配は、その男だけではない。

――四人？　五人か……？

ティグルはマーシャたちを守るように立って、黒弓をかまえる。その途端、左腕に強い痛みを覚えた。矢をつがえるどころではなく、弓を取り落とさないようにするのが精一杯だ。

――もしかして、あのときか。

屋敷から逃げだそうとしたとき、ヴェトールの投げた燭台が扉にぶつかってはね返り、ティグルの左腕にあたった。あのときに鈍い痛みを感じた気がする。骨が折れたのかもしれない。

――そうだとしても……。

歯を食いしばって痛みに耐え、黒弓をかまえる。左腕が震えた。

この状態では、正確に矢を当てられるか自信が持てない。それに、ひとりを倒しても残りの者たちにおさえこまれれば終わりだ。

「俺が時間を稼ぎます。少しでも遠くへ逃げてください」

マーシャたちに背を向けたまま、ティグルは言った。いま、振り返っている余裕はない。

「ふざけないで。二度も子供を見捨てろと言うの」

マーシャは毅然とした声で、ティグルの提案をはねのけた。

「だいたい、あなたがひとりを足止めしても、他の連中が追ってくれば変わらないわ」

言われてみれば、その通りだ。そのていどのことも考えられなくなっていたらしい。

「すみません」と短く謝り、最後まで戦い抜こうと決める。

火をゆらめかせながら、地面を擦るような複数の足音が近づいてきた。

そのとき、風を切る涼やかな音がティグルの鼓膜をくすぐった。「がっ」と、短い悲鳴があがり、ひとが倒れるような音が続く。

追っ手たちが動きを止めた。彼らが驚き、警戒する気配が伝わってくる。

――何だ？

驚いたのは、ティグルも同じだった。この暗闇の中に、自分たちと追っ手たち以外に誰かがいる。それも、追っ手たちに気取られずに矢を当てられる技量の持ち主が。

「貴様らに問う」

自分たちから十数歩ほど離れたところから、声がした。鋭さと不遜さを帯びた若い声が。そちらに視線を向ければ、大きな岩の上に、弓をかまえた人影が立っていた。

「氷の舟のベルゲを知っているか」

よく通る声が問いかける。追っ手たちの口から驚愕の声が漏れた。

「氷の舟⁉」

「馬鹿な！　なぜ、氷の舟が」

彼らの反応に、問いかけた若者――ベルゲはつまらなそうに鼻を鳴らした。

「知らないのか。ならば、氷の舟の名とともに俺の名を、貴様らの集落へ持っていけ」

弓に新たな矢をつがえて、放つ。追っ手たちが松明を持っているため、矢を当てることは彼にとって造作もなかった。二人目の追っ手が喉を貫かれて崩れ落ちる。

追っ手たちは松明を投げ捨てた。だが、その次の判断を誤った。逃げるのではなく、ベルゲを仕留めようと考えたのだ。

暗闇の奥から近づいてくる複数の足音を聞いて、ベルゲは敵たちが飛び道具の類を持っていないことを見抜いた。三本目の矢を弓につがえながら耳をすませて、彼らの位置をさぐる。

追っ手たちが充分に接近してきたと判断すると、ベルゲは立っていた岩場から軽やかに飛び降りた。闇に目を凝らし、動くものを捉える。矢を放つと、くぐもった悲鳴が聞こえた。

三人目が倒れる音を聞いて、残った二人は考えを変えた。仲間の死体をそのままに、足音を殺して逃走に移る。

ベルゲは彼らの気配が遠ざかっていくのを察したが、追わなかった。

「助けを求めて大声でも出してくれたら、やつらの精霊のもとへ送ってやったんだがな」

念のために気配をさぐって、他に敵がいないことをたしかめると、ベルゲは地面に転がっている松明を拾いあげる。それから、彼が助けた者たちに向かって歩きだした。

ベルゲが追っ手たちを仕留めている間、ティグルたちは動かなかった。それだけの体力が残っていなかったし、事態を理解するのに時間がかかったからだ。ティグルのやったことは、警戒しているマーシャに、ベルゲが味方であることを伝えたぐらいである。

自分たちから数歩離れたところで、ベルゲが足を止める。

「貴様らはどこの者だ？　追われていたところを見ると、闇の緑星ではあるまい」

その問いかけに、ティグルは泣きだしたくなった。安堵感と、彼と再会できた喜びに。

「ベルゲ、俺だ。ティグルだよ」

言葉を返した拍子に、涙があふれた。ベルゲの驚く気配が伝わってくる。彼は用心深くこちらへ近づいてくると、松明に照らしだされたティグルを見て、目を瞠った。

「精霊よ、俺は本当に生者を見ているのか……」

ベルゲが早足で歩いてくる。ティグルは彼の手をとって、礼を言おうとした。

だが、張り詰めていたものが切れると、もう言葉を紡ぐ体力すら残っていなかった。ベルゲの手を握ったまま、ティグルの意識は闇の底へと沈んでいった。

　あまり広いとはいえない部屋に、三人の男女がいる。

　ヴェトールとエフゲーニア、イリーナだ。彼らはそれぞれ椅子に腰を下ろして、自分以外の二人を見つめていた。

　ここはヴェトールの屋敷の一室だ。燭台の火が照らす中、ヴェトールは憮然としており、イリーナは微量の困惑をにじませた微笑を浮かべている。エフゲーニアは仮面をつけているので、どのような表情をしているのかは本人にしかわからない。

　室内は険悪な空気に満ちているが、それには二つ理由があった。

　ひとつは、ついさきほど帰還した闇の緑星の戦士たちから、ティグルたちに逃げられたという報告がもたらされたためだ。

　もうひとつは、今夜の出来事について話しあった結果、三人にそれぞれ落ち度があったとわかったからである。ヴェトールは、兵たちの気が緩んでいることに気づかなかった。

　エフゲーニアは、ティグルとソフィーを仕留めそこなっていた。加えて、マーシャとウィクターを逃がさないようにするための処置が甘かった。

　イリーナも、ティグルたちを捕らえることができなかった。彼女は客人であって、そうしなければならない立場ではないが、戦姫として不甲斐ないとの誹りはまぬがれない。

そのようなわけで、三人とも苛立ちを心の中に抱えることしかできなかったのだ。

「マーシャとウィクターには逃げられたか。あの少年にも……」

ヴェトールが忌々しげに吐き捨てる。苛立ちの余波を受けて、椅子が軋んだ。

「ですが、マーシャの娘を捕らえました。儀式に支障はありません」

エフゲーニアが淡々と答える。イリーナがさぐるような視線を彼女に投げかけた。

「あの娘は、精霊の依女として使えるのかな」

「瞳の色の輝きを思えば、むしろマーシャよりふさわしいとさえ言えるでしょう。ただ、一点だけ問題があります」

「問題？」

ヴェトールが眉を動かす。エフゲーニアはうなずいた。

「精霊の依女には、それにふさわしい装束を着せます。ですが、用意させていた装束はマーシャの身体に合わせたもの。あの娘の身体に合わせるための調整が必要になります」

「時間がかかるというわけか。どれほどだ？」

「一日は必要です。儀式は二日後の予定でしたが、三日後に」

「イルフィングの町で話しあったときより、まだ早いぐらいだな」

ヴェトールは安心したように椅子に座り直すと、二人に意見を求めた。

「マーシャたちは、我々から娘を取り返そうとするだろうな」

「間違いなく来る。一目散に逃げていったのが、その証拠だ」

断言したのはイリーナだ。エフゲーニアも小さくうなずいて同感であることを示した。

「あの三人だけなら対処は難しくありません。氷の舟についても、彼らに協力しているのがごく少数なら脅威にはなり得ないでしょう。ですが、もしも部族を挙げて力を貸しているなら、部族同士での戦いになります。そうなっても、儀式は予定通りに行いますが」

エフゲーニアの言葉に、ヴェトールは小さく唸る。

「町に使いを出して、兵を呼ぶか？」

「お心遣いだけいただいておきます。ひとつ懸念がありまして」

氷の舟の部族が、この島ではなくイルフィングの町を狙うかもしれないと、エフゲーニアは述べた。

「閣下がこちらへ兵を呼べば、それだけ町の守りは手薄になります。閣下の配下の兵に加えて傭兵がいるとはいえ、極夜の下では苦戦をまぬがれないかと」

「だが、氷の舟の戦士たちが大軍勢でこの島に攻めよせてきたら、闇の緑星の戦士たちで守り抜けるのか？」

「閣下と戦姫殿はご覧になったでしょう。この集落を守っているのは戦士たちだけではありません。狼の一帯や、奈落があります。門を守る精鋭も、他の場所への守りにつけました」

エフゲーニアの返答に、イリーナが疑問をぶつけた。

「しかし、あの子供たちは、それらを突破してここまで入りこんだのだろう」

「こちらに油断があったことは認めます」

エフゲーニアはうなずいた。

「監視と見回りを強化します。それによって、今夜のような事態は防げるかと」

「そう願いたいものだな」

イリーナがそう言って、話しあいは終わった。

エフゲーニアとイリーナが、それぞれ会釈して退出する。ひとりになったヴェトールは、しばらくの間、不機嫌な顔で燭台の火を睨みつけていた。

──大きな問題は起きていない。

マーシャには逃げられたが、ソフィーが手に入った。儀式は中止にならない。

マーシャたちだけで、儀式を止められるとは思えない。自分の配下の兵もそうだが、闇の緑星の戦士たちも、今夜の汚名を返上するため、儀式が終わるまで気を引き締めるはずだ。そう考えれば、この失態はよかったとすらいえる。

──しかし、不安が拭えぬ。

ひとつは、イリーナのことだ。ウィクターは、彼女を戦姫ではないと言った。

追い詰められた男が、こちらを動揺させようと苦しまぎれに虚言(きょげん)を弄(ろう)した。そう笑いとばしていいはずだが、ヴェトールにはできなかった。

彼はブレスト公国に行ったことがない。いまこの屋敷にいるイリーナ＝タムしか知らない。ウィクターの発言の真偽をたしかめる手段がない。

もしも彼の言葉が事実であれば、自分は計画の重要な部分に詐欺師の話を組みこんだ道化ということになる。

――何を思いわずらうことがある。当初の計画に、彼女の存在はなかったではないか。北海王国を興す野望は、エフゲーニアと、アスヴァール王国の密使との出会いから生まれたものだ。ヴェトールがイリーナと出会ったのは、計画を進めている最中のことである。

儀式が成功して、闇の緑星が蛮族を束ねれば、アスヴァールの支援が得られる。イリーナが偽者だとしても計画が揺らぐことはない。

そう自分に言い聞かせると、ヴェトールは椅子から立ちあがる。燭台の火を消して、己の部屋に戻った。

部屋のテーブルには、昼過ぎまで目を通していた書物が置かれている。蛮族たちの言葉を、父が文字にしたものだ。彼が抱く夢の一片となるものだった。

蛮族と戦い続けた祖父、その逆に蛮族との交流を増やした父を思う。祖父も、父も、己の信じた道をまっとうした。自分もこの道を迷わず進むべきだ。望んだものを、今度こそつかみとるために。

自分の部屋に戻ったイリーナは、ベッドのそばのテーブルに燭台を置くと、二丁の手斧を床に横たえて、ベッドに腰を下ろした。

——田舎者の伯爵や蛮族をだますことができて、油断していたな。

まさか、戦姫イリーナ＝タムと会ったことのある人間がこの地にいるとは思わなかった。

彼女にとって幸いだったのは、その発言をしたウィクターが敵であることと、発言の内容が感覚的なものだったことだ。自分が戦姫ではないという明確な証拠を彼が持っていたら、いったいどうなっただろうか。

——エフゲーニアはもちろん、伯爵も私を生かしておかないだろうな。

苦笑を浮かべて、足元の手斧を見つめる。

——それに、竜具というものを軽く見ていた。気をつけなければ。

イリーナは、本物の戦姫イリーナ＝タムではない。本物は、彼女が治めるべきブレスト公国にいるはずだ。

ここにいるイリーナは、戦姫とも竜具とも関係なく生きてきた人間だ。生まれはブレスト公国だが、父親は墓荒らしと詐欺師を生業としており、母親は学者の娘だった。

墓荒らしといっても、父は真夜中に墓地へ足を運んで、墓石を引っくり返すような真似はしない。もっと巧妙で、ある意味では悪辣だった。

ときに神官に化け、または占い師を装って裕福な者の家を訪ね、あなたの亡き両親や亡き祖父母の墓が呪われているなどと吹きこむのだ。相手をだますために、もっともらしい祈りの言葉を並べたり、占いをやってみせたりする。

そうしてだました相手に墓を掘りださせ、亡骸とともに埋められていたさまざまな装飾品を「善意で」引き取った。むろん、それらの装飾品は他の町で銀貨や銅貨に化けるのである。

そうした演技は、思いつきだけではできない。すぐに見破られる。知識や知恵の面で父を支えたのは、母だった。

母は謹厳な家庭で生まれ育ったらしいが、十代の半ばで、家の中に満ちている堅苦しさに嫌気がさしたらしい。偶然知りあった父と意気投合して、駆け落ちした。

母と出会うまでの父は、下手な吟遊詩人であったり、下手な詐欺師であったりしたが、母と出会ってからは、墓荒らしと詐欺師を兼ねた生き方を貫くと決めたらしい。

「どの国に行っても金持ちは必ずいる。墓も必ずある。あとは獲物を見つけるだけだ」

詐欺で生きている以上、両親は一つところに留まるということをしなかったし、同じ町に立ち寄ることもなかった。

だが、母がイリーナを身籠もったことで、二人は生き方を変える必要に迫られた。

見知らぬ町に、吟遊詩人とその妻として潜りこみ、神殿に頭を下げて生活の場を求めた。

イリーナが生まれたころには、父は下手な吟遊詩人だが、重労働でも引き受けてよく働く男として生きていた。母も、神殿の蔵書の写本(しゃほん)や、薬草の手入れなどをやっていた。神殿に勤める神官たちにも信頼されており、すっかり神殿での生活に溶けこんでいるようだった。

だが、イリーナは十歳になるころには、両親の正体に気づいていた。娘だからこそ、まっとうではない生き方をしてきた人間だけが持つ雰囲気に気づけたのかもしれない。

十二歳のとき、イリーナはさりげなさを装って、両親に聞いた。この町で暮らす前は、どんなことをしていたのかと。

両親は視線をかわすと、一切を隠さずに話した。イリーナは驚き、身体を震わせたが、それは嫌悪ではなく、緊張と興奮からだった。彼女は目を輝かせて、両親の話に聞き入った。

両親が話をはじめたのは日没直前だったが、終えたときは真夜中になっていた。「だいぶ端折ったんだがな」と言ってから、父はイリーナに告げた。

「俺たちはここから去る。たとえ娘相手でも詐欺師であると明かした以上、留まるわけにはいかんのだ。夫婦そろって十二年以上、働いた。ここのひとたちは、おまえを邪険(じゃけん)にはしないだろう。おまえはおまえで身の振り方を決めろ」

そのときは冗談だと思ってイリーナは笑い、冗談めかして尋ねた。

「もしも、お父さんたちと同じ生き方をすると言ったら?」

「好きにすればいいさ。ただ、そうだな」

がらにもなく、父親らしいことを言わなければならないとでも思ったのか、父は続けた。

「どうせなら、大きな獲物を狙ってみろ。墓荒らしは俺の性に合ってるが、おまえもそうだとはかぎらん。もぐらは……何と言ったかな、母さん」

「もぐらは己の身体に合った穴を掘る、でしょう」

母が苦笑まじりに言い、イリーナは大きくうなずいた。

そうして夜が明けたとき、両親は姿を消していた。娘を頼むという置き手紙を残して。

両親の言った通り、神官たちは自分の面倒を見てくれると言った。

そこで、イリーナは考えた。彼女は両親の仕事をよく手伝っていたし、そばで見てもいた。あるていどは代わりが務まる。そう申し出れば、神殿で暮らし続けることができるだろう。

しかし、彼女の心は、昨夜聞いた両親の話であふれそうだった。

幼いころから、好奇心が強かった。行ったことのない路地を見ると、危険だと思っても進んでみたくなるのだ。それでごろつきに絡まれたことも一度や二度ではなかったが、イリーナは機転が利き、器用だったので、そのたびにうまく逃げおおせた。

やってみようじゃないかと、イリーナはあっさり答えを出した。彼女が両親からもっとも強く受け継いだのは、倫理や道徳をためらわずに捨てていけるところだったのかもしれない。

半年だけ神殿に残り、働いて、旅の資金を貯めた。

そして、両親を真似て、お世話になりましたという手紙だけ残して、町を飛びだした。

墓荒らしはやらなかったが、だいたいの悪事は働いた。人助けをしたこともあれば、詐欺を働いたこともある。ものを盗んだこともあれば、誰かにほどこしたこともあった。危険とわかっている話に首を突っこんで命を落としかけたこともあれば、傭兵として戦場に身を置いたこともあった。

自分が、戦姫イリーナとよく似た容姿をしていることを知ったのは、四年ほど前だ。そのとき知りあった吟遊詩人と酒を飲んだとき、彼がおもしろそうに言ったのだ。

「その顔で、名がイリーナか。ブレストの戦姫さまみたいだな」

「そんなに似ている？」

「ああ、顔はそっくりだ。髪と瞳の色も。背丈もちょうどおまえぐらいだったぞ。ちょっと上品な感じで笑ってみろよ」

言われて、それらしい笑顔をつくってみた。笑うだろうと思ったが、吟遊詩人は感心した顔になり、驚きを示すように何度もうなずいた。

それまで戦姫など気に留めたこともなかったイリーナだが、興味が湧いて公都へ行った。幸運にも、到着して数日後に、戦姫が市街を視察する場面に遭遇した。

目を瞠った。金糸と銀糸で見事な装飾がほどこされた絹服をまとい、長く艶やかな黒髪を風になびかせて、颯爽と馬を進める戦姫の顔は、よく似ているどころではない。まさに自分と瓜二つだった。背丈も体格もほとんど同じで、こんなことがあるのかと恐ろしい偶然に震えた。

――自分と同じ顔の人間に会ったという旅人の話は、珍しいものではないが……。

自分が当事者になるとは思わなかった。それも、相手は戦姫である。

彼女に興味を抱き、自分とどこまで同じなのか、もう少し知りたいと思うようになった。違いがあるとして、それを埋めていって、彼女により近づくことはできるだろうか。

公都でもっとも安い宿屋の一室を拠点とした。戦姫によく似た女がいると注目されるのは避けたいので、髪型を変え、名前と素性を偽（いつわ）った。荒事には慣れていたし、手先の器用さはますます磨かれていたので、日銭を稼げる仕事はいくらでも見つかった。

そうしてしばらく戦姫を間近で見る機会をさがしたのだが、相手は公国の統治者だ。そうそう近づける機会など、あるわけがない。

イリーナはおもいきった手を打った。戦姫が日々の生活を過ごす公宮に忍びこむことにしたのである。これまでに盗みもすれば、詐欺を働いたこともある身だ。抵抗はなかった。

公宮に足繁（あししげ）く出入りしている商人に雇われて、木材や燃料などの物資の運び入れを行った。運び入れとはいえ、一定の信用が必要な仕事であり、誰にでも紹介されるものではない。それまでどのような仕事でも引き受け、地道にやってきたことが思わぬ形で評価されたのだ。

イリーナはこの仕事も、もちろん真面目にやった。だが、仕事が終わったあと、他の者とともに公宮を出るふうを装って、その逆に奥へと入りこんだ。

夜になるのを待ち、暗闇にまぎれて公宮の中を歩きまわった。

そうしてついに、戦姫の寝室にたどりついた。騒ぎを起こすつもりはないので、顔を合わせようとは思わない。戦姫は誰かと話をしているようだったので、気配を消し、扉に耳をあてて声を聞いた。

声は、自分のそれに似ていた。話し方は女らしくなく、もっとはっきり言ってしまえば男らしかった。話の内容は国王への不満のようだったが、興味を持てなかった。

ともあれ満足して、イリーナは公宮を抜けだした。

その後、二、三度、戦姫になりすましてみた。

戦姫が着ていたものとまったく同じ服を用意することはできなかったので、それなりに質のよい絹服と外套を身につけて、お忍びだとか、密命で動いているといった理由をつくった。

悪事は働かず、むしろ人助けをして、自分を見た者には固く口止めをした。これは、どこまで自分を戦姫に見せかけることができるかどうかの実験だ。つまらぬことで露見(ろけん)しては意味がない。悪事に用いるときは、よほど大きな話にすべきだった。

この島の昔の地図を手に入れたのは、ジスタートの北部をあてもなく旅していたときだ。

どうせなら、大きな獲物を狙ってみろという父の言葉が、胸の奥でよみがえった。

イリーナは髪型を変え、化粧をほどこして、蛮族と交易をしている商人に雇われ、仕事の合間に蛮族たちと接触した。さまざまな話を聞き、闇の緑星の儀式について知った。秘宝の存在に確信を持ち、自分がそれを手に入れられないかと考えた。

さまざまな情報を集め、ヴェトールと闇の緑星の部族が、何らかの契約を結んだらしいということを知ったとき、イリーナは長い間、隠し持っていた切り札を使うときだと悟った。

戦姫イリーナ＝タムの名と顔を使うのにふさわしい仕事だ。


戦姫を騙ってはじめてヴェトールに会ってから今日までのことを、イリーナは暗闇を見つめながら振り返る。自分ひとりがそうだと言ったところで、信用されるわけがないのはわかっていた。だから、考えられるかぎりの手を打った。

仕事を変え、名前も変えて、ヴェトールについて詳しく調べた。彼が国王に対して不満を抱いていることを知ると、自分も同じ考えを持っていることにして接触することを決めた。

騎士だった経歴を持つ口の固い者を雇って、自分の使者に仕立てあげた。

もちろん、ヴェトールは簡単に信用したわけではない。イリーナが本物の戦姫なのか疑い、ブレスト公国の政情をはじめ、さまざまな質問をしてきた。イリーナは、彼を納得させるだけの答えを用意してみせた。ブレストの公都に長く滞在した経験が活きたのだ。

ヴェトールが愚かだったとはいえない。イリーナも、これまでの人生で培ってきたものをすべて駆使して、彼の疑いを丁寧に潰していったからだ。

また、ことを内密に運ぶ必要から、連絡を取りあう方法をイリーナが決めることができたのも大きかった。もしもヴェトールがブレスト公国に使者を向かわせたら、イリーナが偽者であると即座に露見しただろう。だが、イルフィングからブレストは遠すぎた。

——伯爵は、私を捕らえなかった。まだ心のどこかで信じているのだ。

あるいは、敵であるウィクターの言葉を信じたくないというだけなのかもしれない。いずれにせよ、イリーナはこの機会を可能なかぎり活かすつもりだった。

——しかし、リネアには少し悪いことをしたな。

罪悪感を微塵も感じさせない顔で、イリーナは肩をすくめる。

リネアがよそ者の少女——ソフィーを逃がそうとしているのを見たとき、イリーナはヴェトールやエフゲーニアに先んじて、彼女からソフィーの話を聞くべきだと考えた。

だが、よそ者の自分が相手では、ふつうに訊いても、おそらく彼女は話さないだろう。そこで以前からリネアを嫌っており、気性の荒い若者たちをけしかけたのだ。目立つのを避けるために伯爵の屋敷を使うといいと助言もした。

イリーナとしては、てきとうなところで姿を見せて彼らを止め、リネアに恩を売って話を訊くつもりだったのだが、ここで思わぬ出来事が起こった。ティグルとソフィーが、とうに屋敷に潜入していたのだ。このことにイリーナは気づかなかった。

ティグルたちが逃げたあと、エフゲーニアはリネアと若者たちを詰問し、リネアがよそ者たちを助けたことがあきらかになった。

ここでも、イリーナにとって意外なことがあった。エフゲーニアは若者たちを叱ったが、リネアを叱らなかったのだ。リネアがよそ者を助けたのは、ティグルとソフィーを仕留めそこねた自らの過失だとして、彼女を解放した。

「あなたにも優しいところがあるのだな」

からかうようにそう言ったイリーナに、エフゲーニアは「目障りなよそ者には優しくできませんが」と、言葉を返してきた。

──おとなしくしていなかったら殺すという警告だな、あれは。

そのときのことを思いだして、イリーナは口の端を吊りあげて笑う。

あのていどの脅しで秘宝を諦めるつもりはない。それに、事態は自分に有利になった。儀式を行う日が一日延びただけでなく、エフゲーニアや闇の緑星の戦士たちはティグルたちを警戒するから、動きやすくなる。

──儀式までに、何としてでも秘宝を見つけてみせる。

心の中でつぶやくと、イリーナはベッドに横になる。ほどなく寝息をたてはじめた。

†

エフゲーニアから解放されたあと、リネアは自分の家にまっすぐ帰ることはしなかった。集落の中央近くにある家に向かう。そこは少し前まで空き家だったが、いまはある人間を閉じこめるために使われていた。

家の前には見張りを務める男が立っている。リネアは彼に頭を下げて、中へ入れてほしいと頼んだ。男は承諾したが、「少しの間だけだぞ」と付け加えることを忘れなかった。

闇に包まれた家の中にリネアが入ると、「誰だね」と、あからさまに面倒くさそうな声が聞こえた。

「リネアだよ、ラリッサ」

リネアが答えると、暗がりの中でもそもそと動く気配が伝わってきた。

この空き家に閉じこめられているのは、マーシャの妹であり、ティグルたちに協力したラリッサだった。この処置は、むろんエフゲーニアによるものである。もっとも、彼女はラリッサの行動の自由を奪う以上のことはせず、部族の者が会いに来るのも許していた。

「帰って寝な。私は眠いんだ」

ラリッサはそっけなく答えて、追い払うように手を振る。だが、リネアは食い下がった。

「話を聞いてくれるだけでいいから。お願い」

今日は朝から本当にいろいろなことがあった。驚き、怖くなり、緊張した。そして、今日のことは誰にも言わないようにとエフゲーニアに強く言われた。

だから、せめてラリッサに聞いてほしかった。リネアにとって彼女は恩人であり、家族と同じぐらい大切なひとだ。

自分が町で生活できるようにいろいろと取りはからってくれたのも、島の東にある秘密の隠れ家を教えてくれたのもラリッサだった。半端者と蔑まれる自分を、可愛がってくれた。

ラリッサにになら、他のひとに話せないことでも話せる。

暗闇の中で、おおげさなほどのため息が聞こえた。

「勝手に話しな」

毛皮に身をくるんで横になっているラリッサに、リネアは覆いかぶさるように抱きつく。毛皮の感触と温かさを感じながら、リネアは今日の出来事を順番に語った。

「私が助けた二人はソフィーヤとティグルといってね。ソフィーヤは私たちの衣を着てたんだけど、ティグルなんて名前、聞いたことがないから、よそ者だってすぐにわかったの」

「こいつは私も焼きがまわったね」

ラリッサがぼそりとつぶやいたが、リネアはその意味がわからなかったので、話を続ける。ソフィーがエフゲーニアに捕まったと聞くと、ラリッサは小さく唸った。その反応に、リネアは不安そうな声で尋ねる。

「ラリッサ、私はいけないことをしたのかな」

「どうしてそう思うんだい」

「エフゲーニアも、私に詳しいことを話せって言ってきたひとたちも怒ってた。それに、ラリッサもいま……」

「私はちょっと驚いただけだよ。なに、気にすることはないさ」

ラリッサが右手でリネアに触れる。腕、肩、頬と移動して、頭を軽く叩いた。

「人助けがいけないなんてことはない。おまえはいいことをした。怒った連中は、おまえとは関係ないところで虫の居所が悪かっただけさ」

「うん」と、リネアは元気なくうなずく。ラリッサが自分を励ましてくれるのは嬉しいが、彼女が強がっているのがわかってしまって、素直に喜べなかった。

「リネア」

いくらかの間を置いて、ラリッサが自分を呼んだ。「何?」と、言葉を返す。

「まだ聞いたことがなかったね。今度の儀式について、おまえはどう思ってるんだい」

「わからないよ……」

十三歳のリネアにとっては、失敗に終わったと聞いている前回の儀式でさえ、生まれる前の出来事だ。大人たちが皆、熱心に準備を進めているので、いいことで、必要なことなのは間違いない。祭儀場を見たときには驚いたし、何が行われるのだろうと、緊張と期待の入りまじった思いを抱きもした。だが、どう思うと問われれば、そう答えるしかない。

精霊の依女を夜の精霊に捧げることについては、素直に受けいれられないところがある。

大人たちが名誉なことだと言っているので、その通りなのだろう。だが、その相手がラリッサの姉であり、そのせいでラリッサが不機嫌そうにしているのを見ると、大人たちの言っていることは正しいのかと疑問が生じる。

三年前に姿を消した両親のことを思う。

闇の緑星である父は、大事な儀式だから、どこにいようと参加しなくてはならないと言っていた。それなのに、いまだに島に戻ってこないのだからひどい話だ。

母からは、とくに記憶に残るようなことを聞いた覚えがない。もしかしたら、内心では儀式を快く思っていなかったのではないか。あるいは、父も。

考えこんでいると、ラリッサが自分を呼んだ。

「おまえ、ソフィーヤの友達になってもらえんかね」

「どういうこと？」

リネアは首をかしげる。エフゲーニアが自分に言ったことなどを思いだすと、ソフィーは精霊の依女になる。逃げたマーシャの代わりに。友達になるも何も、彼女はいなくなる。

闇の中で、ラリッサが肩をかすかに震わせる。笑ったようだった。

「先のことはわからないからね。儀式が終わったあとにあの子が無事だったら、どうだい。遠い世界の話が好きなおまえとは、気が合うと思うのさ」

「ラリッサがそう言うなら……」

よくわからないままに、リネアはうなずく。今日の出来事をすべて彼女に話して、気が楽になったという思いも、彼女を後押しした。

「いい子だ。それじゃ、そろそろ帰りな」

ラリッサに頭を軽く撫でられて、リネアはうなずいた。立ちあがり、何かにつまずいたりしないように気をつけて家を出る。見張りの男に頭を下げて、家へ駆けていった。

リネアがいなくなったあと、ラリッサは寝返りを打つ。意地の悪い笑みを浮かべた。

「思いがけないことは起きるものさ。十八年前もそうだった」

姉のマーシャがイルフィング島から逃げだすことを、ラリッサは想像すらしなかった。

「マーシャが、それにあの坊やが、おとなしく引き下がるものかね」

リネアの話を聞いている間、ラリッサは努力して驚きを隠さなければならなかった。イルフィングの町でソフィーとティグルに手を貸したときは、二人が本当にマーシャを救出してのけるとは思っていなかったのだから。

「期待させておくれよ」とつぶやいて、ラリッサは目を閉じた。

†

ぼんやりとした視界に映ったのは、淡い金色の髪と緑柱石の瞳だった。

「ソフィー……？」

朦朧(もうろう)とした意識で、ティグルは彼女の名を呼ぶ。ソフィーは少し驚いたようだったが、すぐに微笑を浮かべて自分の額に手を当てた。

「起きたの？」

戸惑いを覚えた。ソフィーの声ではなく、亡き母の声に聞こえたのだ。

「母上……？」

自分のつぶやきが、闇の底に沈んでいた思考を浮上させる。意識がはっきりしてきて、目の焦点も定まった。

自分を見つめているのは、ソフィーではない。髪と瞳の色は同じだが、ソフィーよりずっと年上だ。彼女はくすりと笑った。

「母上なんて呼ばれたのは、はじめてね」

その言葉で、ようやく相手が誰なのかを理解する。ソフィーではない。マーシャだ。

ティグルは慌てて身体を起こす。その拍子に左腕が痛みを訴え、悶絶しかけた。

「急に動くと危険よ」

マーシャが膝立ちでティグルに歩み寄り、ゆっくりと背中をさする。ティグルは慌てたが、それでも徐々に落ち着きを取り戻すことができた。自分の左腕を見れば、添え木をされて、粗末(そまつ)な布を幾重(いくえ)にも巻かれている。

――ここはどこだ？

視線を巡らせる。自分たちはどこかの洞窟にいるようだ。視界の端には焚き火がゆらめいていて、そのそばでウィクターが眠っている。彼は毛皮と羊毛の衣をまとっていた。

「ベルゲは……？」

ようやく意識を失う直前のことを思いだして、尋ねる。自分たちは闇の緑星に追い詰められたところを彼に助けられた。そして、自分は気絶したのだ。

「偵察に出ているわ」

答えながら、マーシャは服の袖の中から何かを取りだして、ティグルに差しだす。干し肉のようだった。

「氷の舟のあの子がくれたものよ。ゆっくり、時間をかけて食べて。その間に、詳しい話を聞かせてもらいたいのだけど」

干し肉を受けとってかじりながら、ティグルはうなずく。トナカイの肉だと、匂いと味でわかった。かなり獣の匂いが強い上に固いが、それすらも、「肉を食べている」という思いに変わる。よほど自分は空腹だったらしい。

「ここはどこなんですか？」

「集落のずっと北、海岸近くにある洞窟よ。連中に知られている可能性はあるけど、すぐ海に逃げられるから、安心して」

ソフィーはどうなったのかと聞こうとして、うつむいて首を横に振った。自分を突き飛ばした瞬間の、彼女の姿が脳裏によみがえる。複数の感情が激しく入り乱れ、左腕の痛みがまるで気にならないほど身体が熱くなった。ソフィーの名を叫んで地面を殴りつけたかったが、かろうじて思いとどまる。目に浮かんだ涙を乱暴に拭って、顔をあげた。

「あの、どこから話せばいいでしょうか」

「あなたのことをすべて。ティグルと呼ばれていたけど、それがあなたの名前？」

ティグルはおもわずマーシャをまじまじと見つめる。言われてみれば、あのときはとにかく逃げるのに必死だったので、自己紹介すらしていなかった。

背筋を伸ばすと、左腕がかすかに痛んだ。顔をしかめつつ、ティグルは名のる。

「俺はティグルヴルムド＝ヴォルンといいます。ブリューヌ人で、アルサスの地を治めるウルス＝ヴォルン伯爵の息子です」

一呼吸分の間を置いて、マーシャは口元に手を当て、「まあ」と驚きの声を漏らした。

「ブリューヌ貴族のご子息？　どうしてこんなところに来たの？　氷の舟の子からは、あなたとソフィーが私を助けようとしていて、手を貸してこの島に来たとしか聞けなかったのよ」

ベルゲはずいぶん大雑把な説明をしたらしい。ティグルは首をすくめると、自分がイルフィングの町に来ることになった理由から話をはじめた。

マーシャはティグルに何度か水を用意し、焚き火に薪を足しながら話を聞いてくれた。すべてを話し終えるのに、四半刻以上はかかっただろうか。洞窟の中にいて、外はずっと闇に包まれているので時間の感覚がわからない。

マーシャは首を左右に振って唸ったあと、率直に聞いてきた。

「どうして娘に、ソフィーに手を貸してくれたの？」

ティグルは難しい顔になって、視線を空中に泳がせる。当然の疑問だ。気恥ずかしいが、言わないわけにはいかない。

「俺の母は、二年前に病で亡くなりました」

母と子が離れ離れになってはだめだ。そう思った。そう答えると、マーシャは両腕を伸ばしてティグルを抱きしめる。

「いい子ね。あなたのお母様と、それからお父様にも、お礼を言わないと」

ティグルは顔を真っ赤にしながら、消え入りそうな声で礼を述べた。ソフィーがよく自分を抱きしめてきたのは、母親の影響だったのだろうか。

彼女が抱擁を解くと、ティグルは呼吸を整えながら、気になっていたことを尋ねる。

「俺は、どれぐらい眠っていたんですか？」

「いまは夜が明けたかどうかというところだから、二、三刻というところじゃないかしら。もっと休んだ方がいいと思うけど」

「あの、ウィクターさんは……？」

焚き火のそばでぴくりとも動かない彼に視線を向ける。不安そうなティグルとは対照的に、マーシャは笑って答えた。

「無事よ。ひとまず死ぬことはない、というところだけど」

　身につけているものは、ベルゲが倒した追っ手たちから剥ぎとったものだという。体型が合わなかったので、ベルゲから短剣を借りて切りこみを入れるなどして調整したのだそうだ。

「いまは少しでも休んでもらわないとね。指が何本か折られてるから戦うのは無理だけど」

　そう言ってから、マーシャはティグルに厳しい眼差しを向ける。

「あなたもよ、ティグルヴルムド……ええと、どう呼べばいいかしら？」

　本当にわからないらしい表情のマーシャを見て、ティグルはおもわず笑みを浮かべる。

「ティグルと呼んでください。ソフィーにもそう呼んでもらっています」

「わかったわ」と、マーシャは優しい笑みを浮かべた。

「ティグル、ありがとう。あなたがあの子を支えてくれたこと、心から感謝するわ」

　ティグルは照れくさくなって、くすんだ赤い髪をかきまわす。そのとき、出入り口の方からもの音がした。見ると、ベルゲが入ってくるところだった。

「起きたのか」

　表情を緩めるベルゲを見て、ティグルは立ちあがる。彼の前まで歩いていく。

　手を差しだして、ありがとうと言おうとした。だが、それ以上に言いたかったことが、感情とともに口をついた。

「ごめん」

差しだしかけた手を下ろして握りしめ、肩を震わせて、ティグルは詫びた。

「俺のせいで、フロールヴが……」

ベルゲは首を横に振って、ティグルの肩を叩く。

「おまえがフロールヴのことを思ってくれるのなら、悲しむのではなく、誇ってくれ」

そう言ったベルゲの表情は、いつになく優しいものだった。

「何が起きたのかはこれから聞かせてもらうが、大事なのは、おまえもあの娘も生き延びたということだ。フロールヴは仲間を守るという、戦士として成すべきことを為した。やつの名誉は輝けるものとなった」

ティグルは呆然と、ベルゲを見つめる。未知の考え方だった。だが、まったく理解できないわけではない。ベルゲが続ける。

「それでも申し訳がたたないというなら、やつの家族にやつの勇敢さを語り、精霊の氷滝にやつの活躍を報告しろ。そうして、魂の安らぎを祈れ」

それはたしかに、自分がやらなければならないことだ。故郷のアルサスでも、野盗の討伐に参加した領民が命を落としたとき、父はその領民の遺族のもとへ足を運んで、彼の戦いぶりを伝え、遺品とともにいくばくかの金銭を渡し、神々に祈っていた。

ティグルは強くうなずく。あらためて彼に手を差しだし、握手をかわした。

　ウィクターも目覚め、四人は焚き火を囲んで食事をとった。ベルゲが、大きな干し肉を四つにちぎってティグルたちにわける。彼によると、洞窟からあるていど離れても、闇の緑星の者の姿はなかったという。

「さっそくだが、おまえはどうして海に落ちたのに助かった？」

　ベルゲが身を乗りだして聞いてくる。ティグルとソフィーが海の中に消えたところを見た彼にしてみれば、当然の疑問だった。

　ティグルは、手元に置いた黒弓をつかむ。気絶したときに落とさなかったか心配だったが、ベルゲが拾っておいてくれたのだ。

「俺自身、信じられない話なんだが、この弓には不思議な力があるみたいなんだ」

　夢で見たティル＝ナ＝ファのことを説明する。マーシャは不思議そうに首をかしげ、ウィクターは眉をひそめた。ウィクターの方が常識的な反応であろう。ベルゲはといえば、疑うことなく彼なりに納得した。

「麦粥族にとっての精霊が力を貸したということか」

「そういうことになるのかな……」

　ティグルはいままでティル＝ナ＝ファに祈ったことなどない。十柱の神々に祈ったということならあるが、そのときでさえティル＝ナ＝ファを思い浮かべたことはない。力を貸してもらう理由などまったくないだけに、申し訳なさと不安が同時にこみあげてくる。

「神の声を聞き、神と対面したという人間は、はじめて見るが」

そう言ったのはウィクターだ。顔を強張らせるティグルを安心させるように、彼は続けた。

「君の話を聞くかぎり、ティル＝ナ＝ファは君に何かをせよと求めてはいないのだろう。ことさらに怖がることはない。もしかしたら、君のご先祖さまが熱心な信徒で、君に力を貸そうと気まぐれで思ったというだけかもしれないのだからね。しかし、君をつきあわせた我が娘も娘だが、君もずいぶん無茶をしたものだ」

「この子に感謝しているなら、もっとはっきり言いなさいな」

横からマーシャが口を挟む。図星だったようで、ウィクターはティグルに深く頭を下げた。

「伯爵の屋敷では言葉をかわす余裕もなかったが、娘を守ってくれたこと、感謝する」

「いえ、そんな、俺がやりたくてやっただけですから」

ティグルは慌てて右手を振る。話題を変えようと、ベルゲに視線を向けた。

「俺が海に落ちたあと、ベルゲはどうしていたんだ？」

思い返してみると、まさしく間一髪だった。彼が姿を見せるのが少しでも遅ければ、自分たちは追っ手たちに捕まるか、殺されていた。そのことを想像すると背筋が寒くなる。

「フロールヴの亡骸を引きあげたあと、俺は集落へ引き返した」

ティグルとソフィーの身体は浮かんでこなかったし、島に近づこうとすれば、エフゲーニアが長弓で狙ってくるのは明白だった。ベルゲにとって、他に選択肢はなかったのだ。

幸い、エフゲーニアは遠ざかっていく小舟に対して矢を射放ってこなかった。撃退できたと判断したのだろう。

船着き場にたどりついたベルゲは、フロールヴの亡骸を背負って集落に帰還した。驚く人々に戦友の亡骸を任せると、自身は族長のもとを訪ねてことの次第を話し、闇の緑星と戦うべきだと訴えた。

しかし、族長は首を縦に振らなかった。

「フロールヴの仇をとるなというのか」

ベルゲは激昂して族長に詰め寄り、戦士たちに取り押さえられた。だが、戦士たちの中にはベルゲに賛同する者も少なからずいた。彼らの視線を受けて、族長は告げた。

「ならば、客人らの目的を貴様ひとりで果たしてみせよ」

囚われの身となっているマーシャを救出するようにと、彼は言ったのだ。

「それを為し遂げたなら、貴様に従ってもよいという者たちを連れていけ」

闇の緑星は、間違いなく氷の舟を警戒しているだろう。その場にいた戦士たちでさえ顔色を変えるほどの苛烈きわまる命令だった。

だが、ベルゲは臆することなく承知した。マーシャの救出については、もとよりそのつもりだったのだ。それを為し遂げてこそ、ティグルとソフィーへの手向けになり、フロールヴの魂も戦士として扱われるであろう。

出発は夜になってからと決まった。大極夜の下では昼と夜にさしたる違いはないが、ベルゲが休息をとる必要があった。往復で三刻近くも小舟を漕いで、さすがに疲労していたのだ。それに、昼より夜の方が、闇の緑星も気が緩むのではという期待があった。

ベルゲが休息をとっていた間、彼に同情した戦士たちは、小舟を黒く塗り、ささやかな工夫を凝らした。浅く平たい桶を用意して、小舟に縄でつないだのだ。そして、小舟の底にあったランプを、桶に載せて固定した。敵がこちらの明かりに気づいて矢を射放ってきても、最初に狙われるのは桶であって、小舟は一度だけ助かるというわけだ。

ベルゲは彼らの気遣いに感謝し、食糧や燃料をはじめ必要な道具を小舟に載せて、あらためて出発した。

まっすぐ西に向かうのではなく、相手に気づかれにくくするために島の北側を目指す。時間はかかったものの、ベルゲは見つかることなく島への上陸を果たした。

小舟を引きあげて隠し、島の中央近くにある集落を目指す。狼の群れに守られた一帯や、落とされた吊り橋などのことは聞いていたが、彼はひとつ疑問を抱いていた。

「闇の緑星の者たちが、ひとり残らずそのようなところをいちいち通って集落の中と外を行き来しているとは考えにくい。他に道があるはずだ」

ベルゲが目をつけたのは、島の中央へ向かって延びている一本の川だった。

安定した水の確保は、闇の緑星にとっても重要な問題だろう。川沿いに歩みを進めた。川は森の中を貫いたり、山と山に挟まれた隘路を通っていたりして、ベルゲも判断を間違えたかと思ったが、集落らしき明かりが遠くに見えて、安堵の息をついた。

そうして集落に近づいたところで騒ぎを聞きつけ、身を隠す場所をさがしていたら、ティグルたちと追っ手たちを見つけたのだ。

「おまえが気を失ったあとは、マーシャがここへ案内してくれた。俺が歩いたところよりはるかに楽で、しかも見つかりにくい道を知っていてな、感心した」

ティグルはあらためて、ベルゲに頭を下げる。「ありがとう」と、熱を帯びた声で言った。

「さて、これからどうする？」

聞くまでもないがという顔でベルゲが尋ねる。もちろん、ティグルの意思は決まっていた。

「ソフィーを救いだす。絶対に、絶対にだ」

決意に満ちた顔で、三人を見回す。ベルゲが満足そうにうなずいた。

「いい面構えだ。やはり自分の女は己の手で取り返さなくてはな」

「自分の女？」

マーシャとウィクターが声をそろえてティグルに怪訝そうな目を向ける。ティグルは焦り、困った顔でベルゲとマーシャたちを交互に見た。少年の心情にまったく気づかず、ベルゲは当然のことを話すような顔で説明する。

「聞いていなかったのか。おまえたちの娘はティグルの恋人だ。氷の舟の者ならほとんどが知っている。だいたい、好きでもない女のために命がけの勝負をする男や、好きでもない男のために海に飛びこむ女などいるか」

その通りだとは思うが、ティグルとしては、ソフィーにはっきり想いを告げてはおらず、告げられてもいない。女の子として好きなのかと問われれば、好きだと断言できるし、景気づけとはいえ、接吻だってしてした。だが、恋人といってしまっていいのか。

しかし、悩んでいる暇はない。複雑な想いを胸の奥にしまって、ティグルは顔を真っ赤にしながら、氷の舟の集落でのことをマーシャたちに話した。さきほど語ったときは、恥ずかしかったので省いていたのだ。

「恋人、恋人か……」

さすがにウィクターは渋面をつくって唸ったが、マーシャは楽しそうに微笑んだ。

「あら、私はいいと思うわよ」

その発言には、ウィクターだけでなくティグルも驚いた。ウィクターは憮然として、妻に説明を促(うなが)す。ティグルはひとまず黙って二人の話を聞くことにした。

「話したでしょ。この子とソフィーがどうやってこの島に来たのか。あなただって、伯爵の屋敷でこの子を見たと言っていたじゃない。この子以上に、ソフィーにふさわしい男が現れるとは思えないわ」

「そうかもしれないが、この子はブリューヌ貴族の子息だ。立場というものがある」

「立場なんて誰にだってあるわよ。十八年前にあなたが私をここから連れだしてくれたとき、おたがいの立場を深く考えたの？」

　この言葉は強烈だったらしい。ウィクターは手で額をおさえ、無言で降参する。マーシャは優しい微笑を浮かべて、夫の肩を軽く叩いた。

「この子は成長したら、きっと立派な殿方になるわ。ソフィーのためを思うなら、いまのうちに決めておかないと。待つべきときに待つことの大事さ。動くべきときに動くことの大事さ。両方とも、あなたが私に教えてくれたのよ」

　ウィクターは、どちらかといえば自分に言い聞かせるように何度かうなずくと、謹厳な表情でティグルを見た。

「マーシャから聞いた話だと、君のお父君はイルフィングの町にいるそうだね」

「ええと、もしかしたら伯爵から逃げて、町の外にいるかも……」

「だとしても、いずれは君を助けるために戻ってくるわけだ。そのときに、今回のことをお話しさせていただこう。私たちの番は終わり、君たちの番が来たというなら、それでいい。ただ、私たちも苦労しなかったわけではないのでね。それまで君たちが倣うことはないだろう」

　ティグルは神妙な顔で頭を下げる。何を言えばいいか、わからなかった。

ソフィーを救出するために、具体的にどのような行動を起こすかについては、すぐにまとまった。理由は簡単で、できることがかぎられているからだ。

四人の中で、全力で戦える者はベルゲだけだ。ティグルは左腕が折れて弓が持てず、ウィクターは指の何本かが折れていて武器が持てない。マーシャは体力こそあるが、戦いの役には立たないという具合である。

「氷の舟の戦士の助けは得られないの？」

マーシャの質問に、ベルゲは首を横に振った。

「ここから集落と連絡をとる手段がない。火を起こせば、闇の緑星の連中が先に気づく。かといって、海を渡って帰還し、またこちらへ向かうのは危険だ」

「氷の舟がいるとわかった以上、闇の緑星は海岸の見張りを強化するだろう。エフゲーニアは儀式の準備のために集落から動けないだろうが」

ウィクターも難しい顔で唸る。そのとき、ティグルが言った。

「嫌がらせなら、できるかもしれない」

三人の視線がこちらに向くのを待って、ティグルは続けた。

「闇の緑星は、ベルゲの上陸を許してしまった。でも、これから島全体を調べて、他に氷の舟の戦士がいないかどうかを調べるのは難しいと思う」

「なるほど」と、ウィクターがひとの悪い笑みを浮かべる。

「こちらから煽るのか。彼らに聞こえるように、『氷の舟の戦士は他にもいるぞ』と。彼らは聞き流すことができない。東の海岸などに戦士を割かなければならなくなる」

ティグルもまた不敵な笑みをにじませた。

「俺たちを逃がした以上、やつらは儀式を行う祭儀場の守りをできるかぎり固めるでしょう。こちらは、その守りを少しでも弱めるしかない」

「あとは儀式を行う直前に火を放って騒ぎを起こし、いかにも氷の舟の戦士が来たように思わせて、混乱を生みだすぐらいか」

ベルゲの言葉に、ティグルはうなずいた。

「かなり苦しい賭けね。昔を思いだすわ」

マーシャが笑った。言葉に反して楽しそうな表情だ。娘を助けるために、どのような手段も厭わないと、緑柱石の瞳が語っている。

三人の顔を見ながら、ティグルは静かに闘志を燃やす。それから、ソフィーを想った。自分を助けて、エフゲーニアに捕まることを選んだときの、彼女の顔を思いだす。

――待っていてくれ、ソフィー。

右手で黒弓を握りしめる。すべての力を尽くすと誓った。

†

闇の緑星に捕まったソフィーは、想像していたほどには手荒な扱いをされなかった。

ラリッサからもらった衣を奪われ、何か目的があるのか身体を採寸(さいすん)されたあと、毛皮の衣を与えられて、目を潰すことがないようにと両腕を拘束された。暴力をふるわれるようなことはなかったが、ラリッサからの贈りものを失ったのが悔しく、悲しかった。

閉じこめられた場所は、集落にある空き家だ。竈や炉の類はなく、床には毛皮が敷かれ、他に厚手の毛布が二枚置かれていた。

翌朝、エフゲーニアが現れた。

「海に落ちて、どうやって助かった？」

それが彼女の最初の質問だった。ずっと疑問に思っていたらしい。

ソフィーは迷った。うかつにティル＝ナ＝ファのことを話すのは危険だ。わからないと答えてごまかすべきだろうか。

「言っておくが、私を守る精霊に偽りは通じない」

こちらの考えを読みとったかのように、エフゲーニアが言った。ソフィーは肩をびくりと震わせたが、負けまいと気力を奮いたたせて口を開く。

「女神がわたしたちを助けてくれた。そう思ってるわ」

「女神？」

「ジスタートと、それからお隣のブリューヌで信仰されている女神よ」

「貴様がいまここにいることを考えると、その女神とやらも万能ではないようだな」

エフゲーニアは皮肉を投げかけてきたが、少なくともソフィーの言葉が嘘ではないと判断したらしい。女神について問い質してくることはなく、次の質問に移った。

「あの少年はいったい何者だ？」

これには素直に答える。ティグルがブリューヌの使節団の関係者だというのは、とうに知られているからだ。彼の弓の技量については、聞いたことをそのまま話した。

「幼くとも生粋（きっすい）の、しかも天性の狩人というわけか。町にいる間に仕留めるべきだったな」

エフゲーニアが仮面の奥でそっとため息をついたのが、かすかに聞こえた。

そのあとは事務的な説明が続いた。

「儀式は二日後に行う。明日、貴様には身を清め、装束に着替えてもらう。このあとの食事は何がいい？　パンとトナカイの肉、他に麦粥（マナカーシャ）も用意できるが」

いらないわと反射的に答えようとして、ソフィーは思いとどまる。母も、父も絶望的な状況に置かれながら、希望を失っていなかった。父などは、錠前を外す方法を考え続けていた。

自分もそうすべきだ。二日後に生け贄にされると言われて、食欲など湧くはずもないが、無理にでも食べるのだ。投げやりになってはいけない。

「麦粥(マナカーシャ)がほしいわ。トナカイの乳をたっぷり入れて」

虚勢(きょせい)を張って、そう答える。仮面の奥で、エフゲーニアは笑ったようだった。

「マーシャの娘らしいな。いいだろう。言っておくが、外には見張りがいる。おとなしくしていることだ」

そうしてエフゲーニアが去ると、ソフィーは闇の中にひとりで取り残された。さすがに恐怖がこみあげてくる。きっとティグルたちが助けに来てくれると信じているが、一方で、ティグルたちにはこのまま無事に逃げてほしいという思いもあった。

毛布に身をくるんで、自分に言い聞かせる。

――いまは耐えるのよ。

夜の精霊に命を奪われるその瞬間まで、諦めない。

――きっと光が射すわ。

ふと、リネアのことを考える。あのあと、彼女はどうなっただろうか。無事であればいいのだが。そんなことを思いながら、ソフィーは眠りについた。

一刻後、注文した通りに麦粥が運ばれてきて、ソフィーは勢いよく平らげた。

翌朝、ソフィーが閉じこめられている家に、二人の女性が現れた。ひとりは、漆黒を基調とした衣を大切そうに持っている。

「着ているものを脱いでくださいませ」

言われるがままに毛皮の衣を脱ぐ。肌を刺す冷たい空気に耐えていると、女性のひとりが漆黒の衣をソフィーの身体に重ねた。この衣は、精霊の依女のための装束らしい。

衣は袖がなく、胸元から腰までは身体に密着するようにできていて、腰から足元までは左右が開かれたスカート状になっている。随所に銀糸で複雑な模様が縫いこまれていた。

女性はさまざまな角度からソフィーと衣を観察して、満足そうにうなずいた。

「大急ぎで調整しましたが、うまくできましたね」

捕まった日に身体を採寸されたのは、このためだったのだ。ソフィーは腹立たしい思いに駆られたが、ここで暴れても、すぐに取り押さえられるだけだ。体力の温存と心の中で唱え、忍耐力を発揮しながら、毛皮の衣を再び身につけた。

「では、お身体を清めていただきます」

彼女たちに前後を挟まれて、家を出る。二人の見張りがソフィーの左右に立った。

二人の見張りは、それぞれ手桶を持っている。右にいる見張りの手桶は空だが、左にいる見張りの手桶には何やら入っていた。

――そんなふうに囲まなくても、逃げられないわよ。

両腕を縄で拘束され、その縄の端は後ろにいる女性が持っている。どう足掻いても逃げようがない。だが、彼女たちにしてみれば、万が一のこともあってはならないのだろう。

先頭に立つ女性が松明を掲げて歩きだす。ソフィーも歩くように促された。

――身を清めると言っていたけど、どこへ連れていかれるのかしら。

五人は集落を北から出て、森を避けてまっすぐ歩く。

このころには、ソフィーは開き直っていた。護衛がついていると思えばいい。彼らは精霊の依女である自分に何もできないのだから。

四半刻ばかり歩いただろうか。川にさしかかったところで、先頭の女性が足を止めた。

見張りのひとりが手桶で水を汲んできて、ソフィーの前に置く。女性が感情をうかがわせない声音(こわね)で告げた。

「衣を脱ぎ去り、水を頭からかぶる。それを三度やっていただきます」

ソフィーは手桶と女性を交互に見つめて、顔を強張らせる。

「凍えてしまうわ」

「ご安心を」と、女性は首を横に振った。

「精霊の依女を凍えさせるわけがございません。準備はできております。――衣を」

重ねて要求され、ソフィーは拒否できないことを悟った。へたに逆らえば、力ずくで衣を剥ぎ取られるかもしれない。

「わかったわ。でも、せめてそちらの二人には後ろを向いてもらって」

　ソフィーは二人の見張りに警戒の視線を向ける。断られる可能性も考えていたのだが、女性はすぐに見張りたちへ指示を出した。見張りたちも即座に後ろを向く。

　これでは、こちらも従うよりない。さっさとすませてしまおうと、ソフィーは衣を脱いで、一糸まとわぬ姿になる。外の空気の冷たさに、おもわず身体を両腕で抱きしめた。

「それでは――」と、女性のひとりが手桶を持って近づいてきた。見張りのひとりが持っていたものだ。手桶の中には何本かの瓶と、厚手の布が入っていた。彼女は一本の瓶を取りだし、ふたを開けて、中に入っていた粉をソフィーに頭からふりかけた。

「緑晶粉（グロクス）と私たちは呼んでいます。これを身体に擦（す）りこんでくださいませ」

　せめてもの反抗としておもいきり顔を歪めながら、かけられた粉をてのひらで擦りこむ。すると、肌が奇妙な熱を帯びてきた。

「これ、何でできてるの？」

　女性たちは答えない。答える必要を認めないということのようだ。ソフィーは水の入った手桶をつかむと、勢いよく水を浴びた。驚くべきことに、冷たくない。

　女性が空の手桶を受けとって、水を汲んできたので、また浴びる。その作業をもう一度、繰り返して、身を清める行為は終わった。厚手の布を渡されて身体を拭く。

　衣を着ると、女性たちはうやうやしく頭を下げた。

「では、戻りましょう。安らかにお休みいただくための用意はできております」

　静かな死の宣告に全身が引きつり、足が震える。ソフィーは両足の指に力をこめて震えをおさえ、胸を張って、気丈にうなずいてみせた。

†

　ソフィーが身を清めているころ、イリーナはひそかに集落を出て、以前に見つけた石柱のもとへ向かっていた。幸い、彼女に対する監視は緩んでいる。エフゲーニアは、逃げたティグルたちをさがすために人手を割いたのだ。

　ソフィーたちが避けた森に、彼女は入っていく。森を抜け、丘を越えた。目当ての石柱を見つけたところで、念のために周囲に視線を走らせる。エフゲーニアの気配はない。それでも警戒しながら、彼女は石柱に歩み寄った。

　イリーナの背とほぼ同じ高さの石柱は六つの面を持ち、それぞれの面に奇妙な模様が刻まれている。イリーナはあらためてひとつひとつの意味を読みとっていった。

　――三つは、イルフィング兄弟の事蹟だ。

　残り三つの意味については、以前は調べる余裕を得られなかった。

　いまは、いくらかわかる。考える時間を得られたからだろうか。

　――儀式は明日だ。何とか今日中に、秘宝について知りたい……。

静かに、熱心に、イリーナは読みこんでいく。

やがて、意味のわかる箇所をすべて読み終えた彼女は、その場にしゃがみこんだ。石柱の根元を指でほじくり、露出した模様に手を伸ばす。その部分をつまんで引っ張ると、取り外すことができて、小さな空洞が出現した。イリーナはその中に指を入れて、何かを取りだす。

それは、銀色に輝く金属製の円環（サリンガ）だった。汚れてはいるが錆（さ）びてはおらず、不思議な光沢を放っている。表面には二重の三日月が刻まれていた。闇の緑星において、夜を示す模様だ。

「こんなところに隠すとは、なかなか意地が悪い……」

そうつぶやいたイリーナの口元には、達成感にあふれた笑みが浮かんでいる。これこそ、彼女が探しもとめていたものだった。言うなれば、秘宝に手を伸ばせる鍵だ。

しばらく円環を見つめていたイリーナだったが、不意に表情を引き締めて立ちあがる。腰に吊していた手斧を握りしめた。ひとの気配を感じたのだ。

円環を見つけたことを、たとえばエフゲーニアあたりに知られるわけにはいかなかった。闇の緑星の者が偶然ここを通りがかっただけだとしても、始末しなければならない。

視線を周囲に走らせる。気配の主はすぐに見つかった。いや、隠れようとしていなかった。十数歩ほど離れたところに、二人の少年が松明を持って立っている。ティグルとベルゲだ。

イリーナはベルゲについて知らないが、ティグルの顔は覚えている。敵ならば面倒がなくていい。そう思いながら、円環を服の中にしまって、手斧を抜きだした。彼らがもう少し距離を詰めてきたら、投擲することも可能だ。

だが、二人は近づいてくる様子がない。それどころか、敵である自分を前にして武器すらかまえていない。これにはさすがにイリーナも訝しさを覚えた。

はたして、ティグルたちには戦う気がなかった。息を吸って、大きく叫ぶ。

「氷の舟の戦士たち約五百人が、南からこの島に向かっているぞ！」

「イルフィングの町と島を分断した上で、貴様らの儀式を台無しにしてやる！」

そう言い捨てると、松明の火を消した。彼らの姿は暗闇に溶けこんで見えなくなる。

イリーナは警戒を解かずにいたが、遠ざかっていく足音を聞いて、ようやく彼らの意図を悟った。苛立ちから、つい舌打ちをする。

「攪乱(かくらん)か……」

彼らの目的は、さきほどの言葉を自分に聞かせることだ。

儀式を明日に控えて、闇の緑星は神経を尖らせている。そこへ、あのような情報がもたらされれば、知らせないわけにはいかない。氷の舟の戦士たちが本当に南から攻めてきたとき、責任を追及されるからだ。

闇の緑星も、このような情報を無視できない。そちらの守りに戦士を割(さ)くことになる。

――いま、闇の緑星の戦士たちは彼らをさがして島中を歩きまわっている……。

おそらく、彼らの前にもティグルたちは姿を見せて、たとえば氷の舟の戦士たち約一千人が北から島に向かっているなどと、てきとうなことを言うだろう。だが、そう言われれば、闇の緑星は北へひとを向かわせるしかない。

――ひとりや二人でも、儀式を行う祭儀場から遠ざけようというわけか。

いじましい努力だと笑うこともできるが、イリーナはそんな気になれない。むしろ、ティグルたちに感謝したいぐらいだった。祭儀場の守りが薄くなるほど、イリーナが目的に手を伸ばすことができるからだ。

指でほじくった地面を元に戻すと、イリーナは悠々とした態度で集落へ帰り着いた。

島の見回りから帰ってきた者をつかまえて話を聞いてみると、予想通り、ティグルたちは他の者の前にも現れて、氷の舟の戦士の脅威を伝えて逃げるということを繰り返しているようだった。彼の前には、マーシャとウィクターが姿を見せたという。

――精霊の依女だったあの女は、島の地形についてかなり詳しいみたいだな。

その上、大極夜の闇を味方につけているのだから、中途半端な捜索では捕まえることなどできないだろう。自分のためにも奮戦してほしいと、イリーナは意地悪く思った。

†

儀式を前日に控えた昼過ぎ、ティグルたちは、島の東の海岸に近い洞穴に集まった。

そこは、ティグルとソフィーがリネアに連れてきてもらった、「秘密の隠れ家」だ。マーシャが自分たちをここに案内したとき、ティグルは驚きを禁じ得なかった。

「この洞穴、マーシャさんも知っていたんですね」

感心するティグルに、マーシャは首をかしげた。そういう仕草はソフィーに似ている。

「あなた、この洞穴に来たことあったの？」

「俺とソフィーを助けてくれたリネアという子が、この洞穴を教えてくれたんです」

その説明に、彼女は納得したように笑った。

「ラリッサがその子に教えたのね。私たちしか知らない場所のはずだから」

ティグルは驚いたが、ありそうだと思った。ラリッサなら、リネアが闇の緑星とジスタート人の間に生まれたことなどまったく気に留めないだろう。

ティグルたちはこの洞穴を最後に休息をとる場所と決め、ティグルとベルゲ、マーシャとウィクターの組みあわせで二手にわかれて、今朝まで闇の緑星の戦士たちを攪乱していたのだ。

いま、洞穴の出入り口近くでは、ベルゲが火を起こして食事の用意をしている。ウィクターがそれを手伝いながら、彼と何か話していた。

ウィクターはこれまで氷の舟の部族と接触する機会がなかったので、いろいろと話を聞きたいらしい。ベルゲは最初こそ面倒そうな態度だったが、ウィクターの話し方がうまいのか、話を切りあげずにつきあっていた。

「そういえば、マーシャさんはそこの部屋の石板について、知ってるんですか？」

ティグルが何気なく尋ねると、足をほぐしていたマーシャは不思議そうに首をかしげた。

「石板？」

戸惑ったティグルは、壁にかかっていた布をめくりあげる。そこに現れた穴を見て、マーシャは目を丸くした。

「この穴、奥まで掘ったのね……。私がここを遊び場にしていたころは、子供でも肩ぐらいまでしか入れないほど浅かったのに」

ベルゲとウィクターも話を中断して、穴を見つめる。ベルゲが聞いた。

「この先に何があるんだ？」

七枚の石板だと答えると、彼は首をひねる。

「集落から遠く離れたこんなところに？　集落が襲われたときに備えての処置と思えば、ありえないとは言いきれないが……」

「判断するのは、その石板を実際に見てからにしましょう」

マーシャは穴をくぐれそうだが、ウィクターは無理だったので、彼はベルゲとともに、何かあったときに備えてこの場に留まると言った。

ティグルとマーシャだけが穴をくぐって、石板のある部屋に出る。松明で部屋の中を照らしたマーシャは、深いため息をついた。

「こんな部屋があったなんて。もっと早く知りたかったわ」

彼女はティグルとともに、石板を一枚一枚、丹念に観察した。ときどき、指を伸ばしてそっと絵をなぞる。

そうして、壁の模様とすべての石板に目を通したとき、彼女は深刻な表情になっていた。

「闇の緑星の歴史について刻みこんだものね」

「歴史、ですか……」

「ええ。私たち──闇の緑星は、ジスタート人のように文字を持たないから、意味を持つ模様を石板や石柱に彫りつけて残したのよ。集落の近くにも石柱があって、それは見たことがあったんだけど、これははじめてね」

「何が書かれているんですか？　俺やソフィーには何もわからなくて……」

ティグルがそう聞いたのは好奇心ではなく、明日の戦いに備えて少しでも勝機につながるものがほしいという思いからだった。それを見てとったマーシャは少年の肩を軽く叩き、「落ち着いて」と、微笑を浮かべて諭す。

「いまの私たちにはたぶん役に立たない。でも、いつか、どこかで役に立つかもしれない。それぐらいの気構えでいた方がいいわ」

ティグルは赤面して頭をかいた。

「まず、これは夜を示す模様よ」

マーシャが右の壁に彫られた、二重の三日月を指で示す。それから左の壁に彫られている、曲線を上にした半円に視線を向けた。

「こちらは夜明けの太陽、つまり朝ね。これらの石板は右から左へ見ていくということになるんだけど……」

そこで彼女は顔をしかめる。自分の出した答えが正しいのかを疑う表情だ。

「昔……どれぐらい昔のことかはわからないけれど、この島はいまより大きかったらしいわ。島の北東に地面が延びていたんですって。そのころは魚もたくさん獲れていたみたい」

彼女の視線が、石板の一枚目と二枚目、六枚目と七枚目を往復する。ティグルも彼女のように四枚の石板を見比べたあと、正面に並ぶ三枚の石板を見た。つまり、この三枚に描かれていることが起きて、島が小さくなったのだ。魚も獲れなくなった。

「何が起きたんですか？」

「この石板が示しているのは、たぶん儀式よ。横になっている人間が精霊の依女ね。目が大きく描かれているのは、目の色の重要性を強調しているのだと思うわ」

その説明に、ソフィーのことが脳裏をよぎる。やはり、これらの石板は自分たちに重要な何かを教えてくれるかもしれない。そう思ってマーシャを促した。

「四枚目と五枚目は、それぞれどういう意味なんですか？」

「それがわからないのよ」

髪をかきながら唸るマーシャに、ティグルも間の抜けた声を漏らす。

「何もわからないんですか？　まったく？」

「わかることはあるけど、つながらないというのが正確ね。こちらだけど」

そう言って、マーシャは四枚目の石板を見つめた。二重になっている三日月を掲げている二人の人間を描いたと思われるものだ。

「この模様の意味は英雄や勇者、優れたひと。五枚目は、精霊や力」

五枚目に描かれているのは、上半身が人間で、下半身が横に引いた三本の波線だ。精霊といわれたら、そう見えないこともないかもしれないと思うような絵である。

「英雄や勇者が精霊と戦って、島の形が変わったとか……？」

ティグルは首をひねって、どうにか石板の示す意味をつなげてみる。

「そんな勇ましい話なら、石板だけじゃなく、いろいろな形で言い伝えが残ると思うわ。昔は島の形が違ったなんて聞いたこともない……」

そこまで言って、マーシャは何かを思いついたというふうに難しい表情になった。

「逆ならありえるかもしれないわね。何か理由があって公に語れなくなったから、こういう形でこんな場所に残したのかも」

ティグルは無言で石板を見つめる。明日、行われる儀式には、何か恐ろしいことが起きる可能性があるのか。それが起きたとき、ソフィーを助けることはできるのか。

　そのとき、穴の向こうから、「何かわかったのか」と問うベルゲの大声がして、ティグルは我に返った。すぐに戻ると彼に言葉を返して、マーシャを見上げる。

「戻りましょうか」と、彼女はティグルを安心させるように笑った。

「それと、あまり深刻にならないこと。怖がらせるようなことを言ったのは私だけど、ただ大昔のことを伝えただけ、なんて可能性もあるんだから」

　ティグルはうなずき、二人は穴をくぐって洞穴へと戻る。見たものをベルゲとウィクターに話したが、二人はそれだけでは判断のしようがないという反応を示した。

「とにかく、明日の役に立ちそうなものではないわけか。期待外れだな」

　鼻を鳴らすベルゲを、ウィクターが穏やかな口調でなだめる。

「私は安心しているよ。降って湧いた幸運は、判断力を狂わせるという点では思いがけない不運と同じぐらい危険だからな」

　こうなれば早々に休もうという話になり、ベルゲが食事を用意した。トナカイの干し肉と木の実と野草を煮こんだものだ。他に、湯をたっぷり飲んで身体を温める。

　見張りの順番を決めて、交代で眠りについた。

　この洞穴から集落に向かうにはいくつかの道があるが、マーシャはもっとも彼らに見つかりにくく、それだけ時間のかかる道を通ると言った。夜明け前にここを発ち、夜までに集落にたどりついて、潜りこむという。儀式は夜遅くに行われるそうだ。

ティグルはウィクターと見張りを務めた。ソフィーを嫁にしたという話を聞いたときこそ彼は憮然としていたが、いまでは打ち解けている。

「左腕の調子はどうだ？」

焚き火を挟んで向こう側にいるウィクターが聞いてきた。ティグルの左腕は当然ながら折れたままだ。添え木をあてて、包帯代わりの布を巻いている。黒弓は変わらず持てない。

「だいじょうぶです。ひとつだけ手を考えつきましたから」

ティグルが自分の考えを話すと、ウィクターは感心したように目を細めた。

「それが本当にできるならたいしたものだが、もうひとつ手があった方がいいな」

彼の提案に、ティグルは目を瞠って大きくうなずいた。いまからでも用意できるものだ。

「ありがとうございます。ところで、ウィクターさんの方は……？」

「私はだめだな。武器を持つことはできん」

ウィクターは首を横に振った。彼の指も、依然として回復にはほど遠い。

「だが、両手以外は問題ない。できることをやるさ」

「無理はしないでください」

そう言いながら、ティグルは申し訳なさそうな顔になる。

ウィクターには、離れたところで騒ぎを起こし、闇の緑星の人々の注意を引きつけてもらう役目を頼んだ。ウィクターの願いが、祭儀場に自ら飛びこんで、その手で娘を助けることだとわかっていたが、それは無理だと判断したのだ。彼はわかったと言って、従ってくれた。

ベルゲとマーシャが起きあがる。交代の時間らしい。

ティグルはそばに置いていた黒弓を抱きかかえて横になる。

ソフィーの救出が成功するようにと、神々と、母の魂に祈った。


ティグルは夢を見た。夢の中で、いつか見た女神の像と向かいあっていた。

——ティル＝ナ＝ファ……。

驚いたティグルだったが、落ち着きを取り戻すと、背筋を伸ばして深く頭を下げる。

嫌っている女神に祈り、あてにする。都合のいい態度なのは百も承知だ。それでも、ソフィーを助けるために、どんなものにでもすがりたかった。

夢だからだろうか、顔をあげたとき、女神の像が微笑んだような気がした。

4　精霊の降臨

数刻前まで東の空にあった月が、輝きを増しながら空を昇っていき、いよいよ中天（ちゅうてん）に達しようとしている。夜がもっとも深まるときであり、儀式がはじまる瞬間だ。

集落のはずれにある祭儀場では、集まった者たちが儀式が行われる瞬間を待っていた。

祭儀場の中央には、祭壇が設（しつら）えられている。石を積んで土台をつくり、太い木の枝を組みあわせて形を整え、緑色に染め抜いた敷布をかけたものだ。敷布は、土台を覆って地面に広がるほどに大きかった。

ソフィーはその上に横たわっている。漆黒を基調とした生け贄の衣に着替え、額には小さな緑柱石を埋めこんだ額冠（がくかん）を、胸元には土色の首飾りをつけていた。衣に縫（ぬ）いこまれた銀糸の模様が、篝火（かがりび）を反射して光っている。

昨夜、ソフィーは微量のフーニブを混ぜた葡萄酒（ヴィノー）を飲まされた。たった一口だったが、少量でも身体が動かなくなるような薬である。いま、彼女の意識はもうろうとしており、その表情は虚ろだった。

祭壇のまわりには、族長とエフゲーニアに選ばれた者たちが膝をそろえて座っている。その数は十人。彼らは顔に緑の塗料で模様を描き、黒く染めた毛皮と羊毛の衣をまとっていた。

彼らの外側には五つの篝火が、大きな円を描くように、等間隔に置かれている。儀式がはじまると、火がひとつずつ消えていく。すべての火が消えたとき、夜の精霊は降臨するのだ。

篝火の外側には、一千近い数の男女が、やはり祈りを捧げるために集まっていた。これは事前にくじによって選ばれた者たちだ。祭儀場に、闇の緑星の者がすべて入ることはできないのでこのような形になっていた。

くじで選ばれなかった者は、集落で祈りを捧げるのが通常の習わしだが、今回は戦士たちが集落から離れている。氷の舟の一団が上陸しそうな海岸や、島の中の要所に待機していた。ティグルたちの言葉を無視できなかったのだ。

祭儀場のそばにも戦士たちは控えている。その数はおよそ百人。これで敵の妨害に対処できると、エフゲーニアは考えていた。

祭儀場には、リネアとラリッサもいる。くじで選ばれたのではなく、エフゲーニアがそうするよう命じたのだ。二人のまわりには、エフゲーニアに忠誠を誓っている者たちがいる。状況次第では、二人をティグルやマーシャに対する人質として使うつもりだった。

エフゲーニアが命令を下し、祭壇のまわりにいる者たちが大声で祈りはじめる。

祭壇に横たわるソフィーは、ぼんやりと夜空を見上げていた。

このとき、ティグルとベルゲはひそかに祭儀場に潜りこんでいる。篝火が近くにない隅の暗がりに身を隠していた。

ティグルは黒弓を背負い、矢筒を腰に下げている。ベルゲはというと、短い枝を何本か革紐で縛って、腰に吊していた。この枝には氷の舟に伝わる特別に調合した粉が擦りこんであり、火に放りこむと大量の煙を出すのだそうだ。

二人とも顔といわず服といわず泥だらけだったが、そのおかげで闇に溶けこんでいる。

「あのマーシャという女、惜しいな」

緊張をやわらげようというのか、ベルゲがしみじみとつぶやいた。

「この島の地形に精通しているというだけじゃない。人間が面倒くさがって避けるような道をよく知っている。しかも、足腰がしっかりしている。誰の嫁でもなく、かつ、あのラリッサの姉でさえなければ、嫁に望む者は多いだろうに」

彼の言うように、マーシャは誰も入らないような森の中を抜け、丘を越え、ときに洞窟を抜けて、集落を目指した。どうしてこんな道を知っているのかと聞いたら、十八年前、島から抜けだすための方法をいろいろ考えていたときに見つけたものだという。彼女がいなかったら、ティグルたちが誰にも見つからず、ここに潜りこむことはできなかっただろう。

ちなみに、マーシャとウィクターはここにいない。集落の外で騒ぎを起こす予定だった。

祭壇の前にエフゲーニアが立つ。その瞬間、静寂が祭儀場を包みこんだ。夜風と、篝火の燃える音だけが大気を震わせる。ティグルとベルゲも固唾を呑んで祭壇を見つめた。

エフゲーニアが両手を掲げる。仮面の奥から厳かな声が放たれた。

天の下に形を持たぬものよ。地の上を自由に渡るものよ。

日に背を向け月を仰ぐものよ。闇をまとい星を従えるものよ。

静寂と眠りをふりまくものよ……。


彼女が何かに呼びかけるたびに、篝火のゆらめきが激しくなる。祭儀場に漂う空気が変わりつつあることを知覚して、ティグルの額に汗がにじんだ。


我らの祈りに応えて、捧げたる命を受けとりたまえ。

我らの願いに応えて、捧げたる生をむさぼりたまえ。

我らに勇と力をもたらしたまえ。我らに喜びと恵みを与えたまえ……。


祭壇のまわりにある五つの篝火の、ひとつが消えた。誰かが消したのではない。風によって消えたのでもない。あたかも闇に吸いこまれるように、火は消えたのだ。

――マーシャさんは、火が五つすべて消えたら、夜の精霊が降臨すると言っていた……。

ティグルは焦りを覚える。だが、ここで飛びだすのは無謀だった。祭儀場のそばに控えている闇の緑星の戦士たちがたちまち襲いかかってきて、自分とベルゲはすぐに取り押さえられるだろう。そして、儀式はそのまま続行される。それだけはあってはならない。

「落ち着け」

ベルゲが冷静な声をかけてくれた。視線を祭壇から離さずに、うなずく。

エフゲーニアが、さきほどの祈りの言葉を最初から繰り返す。二つめの火が消えた。

ティグルは息苦しさを覚える。マーシャとウィクターは、まだ動かないのか。闇の緑星の者たちが想像以上に警戒していて、動けないのか。

三つめの火が消えた。

そのときだった。闇の緑星の若者が祭儀場に駆けこんできて、エフゲーニアに報告する。

「集落で火事が。いくつかの空き家が激しく燃えています」

エフゲーニアの返答はそっけなかった。

「集落にいる者たちで対処せよ」

火事ならば、集落にいる者たちで対処できるだろう。

エフゲーニアは祭壇に視線を戻そうとしたが、また別の男が祭儀場に入ってきて、新たな報告をもたらした。篝火に照らされた男の顔には焦りが浮かんでいる。

「氷の舟の戦士たちと思われる集団が東の海に現れました。数は一千以上かと」

仮面の内側で、エフゲーニアは息を呑んだ。

同時に、祭儀場のすぐ外で、大声が響きわたった。

「氷の舟が攻めてきた！　一千以上の小舟が松明を掲げて、東の海に浮かんでいる！」

ティグルとベルゲは顔を見合わせる。いまの声はウィクターのものだ。

「火事だけでは足りないと思って、混乱を誘おうとしたのか？」

ベルゲが顔をしかめる。だが、次の瞬間には、彼は困惑した表情を浮かべた。ティグルも不思議そうな顔になる。

たったいま祭儀場に入ってきて、エフゲーニアに何ごとかを報告した男が、あきらかに動揺したからだ。彼はウィクターの声がした方角を睨みつけることすらした。

「見間違いではないぞ！」

なおも、ウィクターの声が響きわたる。

「一千以上の小舟と松明だ！　早く戦士たちをそちらへ向かわせてくれ！」

ざわめきが起きた。篝火の外側にいる者たちの何割かが、祈りを中断したのだ。彼らの顔には驚きと不安が浮かんでいた。


これは、あとでティグルたちが氷の舟の族長から聞いた話である。

族長には、闇の緑星と戦う意思はなかった。彼らがヴェトールと手を組んでいる以上、戦うには相応の準備と覚悟が必要だったからだ。だから、戦の準備をしないことで、こちらの考えを彼らに伝えたつもりだった。

だが、ティグルの存在が族長の考えを変えた。

ティグルたちに協力すれば、最悪の場合、闇の緑星と戦うことになる。

だが、協力しないという選択肢はない。ベルゲとの勝負に勝った以上、ティグルは精霊に見守られていることになるからだ。精霊を軽んじる者は、部族の誰からも信頼されなくなる。

そこで、ベルゲとフロールヴを同行させてティグルたちを送りだしたあと、族長は部族の者たちに二つのことを命じた。

ひとつは、周辺の部族から借りられるだけの小舟を借りてくること。

もうひとつは、その小舟に乗る戦士たちをその日のうちに選抜することだ。

戦うことはしない。だが、その意思は示す。それが彼の決断だった。

そして、フロールヴの亡骸を背負って帰還したベルゲの訴えを退け、ひとりでイルフィング島に向かうよう命じたあと、彼は部族の戦士たちを呼び集めて告げたのである。

「集めた小舟が一千を超えたら、東の海に出る」

そのような出来事を、この時点ではティグルもベルゲも知らない。二人がわかったのは、祭儀場に動揺が走り、闇の緑星の者たちに隙ができたことだ。それだけで充分だった。

二人は地面を蹴って、祭壇へと駆ける。

短い咆哮とともに、暗がりから狼が飛びだした。闇の緑星の戦士が、念のために一頭だけ祭儀場に控えさせていたのだ。狼はティグルの足元を狙って襲いかかってくる。

ティグルは腰から下げている革袋のひとつをつかんで、狼に投げつけた。革袋の中身がこぼれて狼の顔にかかる。狼は短い悲鳴をあげた。

ティグルが投げたのは、狼の群れに守られた一帯で手に入れた粉だ。ひるんだ狼に、ベルゲが隠し持っていたらしい短剣を投げつける。狼はもんどりうって倒れ、動かなくなった。

祭壇に視線を戻したティグルたちだが、その前にヴェトールが立ちふさがる。

「こいつはおまえに任せる」

言い終えたときには、ベルゲはティグルのそばから離れていた。

ヴェトールが剣を抜き放って、まっすぐティグルに斬りかかる。

「今度は逃がさぬぞ、小僧」

ティグルは大きく横へ跳んで、その斬撃をかわす。右手を、背負っている黒弓へと伸ばした。

ヴェトールが一瞬、動きを止めたのは、手を傷つけられた記憶を思いだしたからだろう。

「やってみるがいい」

吐き捨てると同時に、ヴェトールが突進する。真横に薙ぎ払われた白刃を、ティグルは地面に身体を投げだすことで、かろうじて避けた。だが、身体を起こす前に、ヴェトールが間合いを詰めてくる。もはや避けるのは不可能だ。

だが、その直後にティグルが起こした行動は、ヴェトールを驚かせた。倒れた姿勢のまま、背負っていた黒弓を手にとったかと思うと、左脚を曲げて胸元まで持っていき、靴底に弓幹を引っかける。

ヴェトールは目を瞠り、次いでティグルの行動の意味を悟った。ティグルは何らかの理由で左腕が使えず、弓を持てないのだ。そこで、左脚で弓を支え、右手で弓弦を引くという曲芸じみた動きで矢を放とうとしている。

「そのような身体で、よくぞここまで飛びこんできたものだ」

ヴェトールはティグルを笑わなかったが、動きを鈍らせることもしなかった。この儀式を妨害しようとした。それだけで、子供であるかどうかなど関係なく、ティグルは葬り去らなければならない相手だった。容赦なく、ヴェトールはティグルに迫る。

ティグルは矢筒からすばやく矢を抜きだすと、黒弓の位置がずれる前につがえて、弓弦を引いた。驚くほどの速さであり、正確さだったが、射放たれた矢はヴェトールの剣に当たってはね返り、地面に落ちる。

ヴェトールは勝利を確信したに違いない。もう彼の間合いだ。ティグルが新たな矢を用意する前に、斬り伏せることができるはずだった。

次の瞬間、くぐもった叫び声があがる。ティグルのものではない。

ヴェトールが剣を取り落とした。彼の右腕に、短剣のような細く鋭い石片が刺さっている。

呼吸二つ分ほどの空白が生じた。その間にティグルは黒弓を持ち直し、地面を転がってヴェトールから距離をとり、立ちあがる。だが、すぐに動けないほど呼吸は荒い。

――どうにかうまくいった……。

左腕に巻いた包帯に、ティグルは細く削って尖らせた石片を仕込んでいたのだ。洞穴で、ヴィクターが提案してくれたものだった。ティグル自身が考えた手は、足を使って矢を射ることだけだったので、そのままなら命を落としていただろう。

ヴェトールが右腕をおさえながら、それでもティグルの前に立ちはだかる。

二人の間に黒煙が割りこんできたのは、そのときだ。ベルゲが用意していた短い枝を、祭壇から離れたところの火に投げこんだのだ。ティグルから離れたのは、このためだった。

祭壇のそばでは、四つめの篝火が消えた。


短い枝を燃やして黒煙を出すまでに、ベルゲは闇の緑星の戦士を二人、短剣で斬り伏せた。黒煙が出たあとは三人、続けざまに仕留めている。

このまま祭壇に向かおうとした彼だったが、危険な気配を感じて後ろへ飛び退った。わずかな間を置いて、黒煙を払うようにエフゲーニアが現れる。

「そうか。おまえは煙があろうと関係ないのだったな」

ベルゲの両眼が怒気を放った。彼にとって、エフゲーニアは友の仇だ。すばやく足元の小石を拾って投げつける。エフゲーニアはわずかに身体を傾けて、それをかわした。見て避けたというより、誰かに教えてもらって身体を動かしたというふうだった。

ベルゲは勢いよく前進して間合いを詰め、短剣で立て続けに斬りつける。だが、やはり彼女にはかすりすらしない。苛立ちと焦りがこみあげたとき、不意にエフゲーニアがこちらへ手を伸ばしてきた。ベルゲは慌てて短剣を牽制に使いながら後退する。

彼女の手でつかまれたら気を失うと、ティグルから事前に教えてもらっていなければ危ういところだった。ベルゲは呼吸を整えて相手の出方を見る。

一方、エフゲーニアもそれほど優勢というわけではなかった。積極的に仕掛ければ、それだけ祭壇から離れてしまうからだ。彼女の第一の使命は儀式の成功であり、それゆえに目の前の敵だけでなく、後ろにいる味方が祭壇に近づくことも警戒しなければならなかった。

四人が睨みあっている間に、最後の篝火が消える。

その場にいるすべての者が、異変を肌で感じた。闇が濃くなり、大気は冷たさを増し、重圧をともなった。風が叫ぶように吹き荒れ、誰からともなく空を見上げる。

帯状の闇が幾重にも連なって輝き、空全体に広がっていた。無数の闇が、まるで風を受けているかのように音もなく揺れている。

暗闇でありながら、それはたしかに極光であった。

闇の緑星の年長者たちが、いっせいに頭を地面に伏せる。歓喜の笑みを浮かべた。彼らはこの空を三十二年前にも見たことがある。

極光は、夜の精霊の降臨を告げるものだ。

空で揺れる極光から、爪の先ほどの輝く闇が無数にこぼれ落ちる。それらは重なり、溶けあって、何重ものひだをもつ小さな闇の極光となった。その中で、影絵のように闇が踊る。狼の形をとったかと思うと、トナカイに変わり、さらにイタチへと変じ、最後に人間になった。

――あれが夜の精霊なのか……？

空からゆっくり降りてくるそれを、ティグルは呆然として見つめた。

この島に生きるものたちの姿を写しながら、小さな闇の極光――夜の精霊は、祭壇の上に横たわっているソフィーへと降りていく。真上まで来ると、衣の裾のようなその身を静かに大きく広げて、捧げられた生け贄を包みこんだ。

「ソフィー！」

ティグルが悲痛な叫びをあげる。闇の極光の中で、ソフィーのほっそりとした身体が大きくはねた。その目は閉じられているが、顔は苦悶に歪んでいる。極光のひだが揺れると、彼女の淡い金色の髪が乱れて、風を受けたように舞いあがった。

ソフィーの命が吸いとられようとする光景に、エフゲーニアが勝利の笑みを浮かべかける。

しかし、その笑みは形になる前に崩れ去った。

これまで動かずに様子を見ていたイリーナが、祭壇に向かって駆けだしたのだ。エフゲーニアは彼女を警戒していたのだが、夜の精霊が降臨した瞬間の隙を突かれた。

イリーナは右手に手斧を、左手に松明を持っている。まず彼女は、松明をまっすぐ夜の精霊に突きだした。炎で闇を払えるか試したのだが、何の抵抗もなく、松明は夜の精霊の中に入りこんだ。慌てて引き抜くと、炎は消えている。

「これが精霊か」

今度は手斧を振りあげ、ソフィーの胸元を狙って叩きつける。精霊の依女を狙ったらどのような反応をするのか、見ようとした。

衝撃が、イリーナの手に伝わる。彼女の目に映ったのは、文字通り粉々になって舞い散る手斧の刃と柄だった。

――名工と呼ばれるほどではないが、優れた鍛冶師のつくった値の張る代物だったのだがな。

次元が違うとは、まさにこういうことをいうのだろう。ソフィーのまとっている衣の、胸元のあたりは大きく切り裂かれているが、肌には一筋の傷もない。精霊が守ったのだ。

夜の精霊が、その裾を広げてイリーナにまとわりつこうとする。彼女を敵と見做したのだ。

「よし、やってみろ」

イリーナは不敵な笑みを崩さない。手の中に残っていた手斧の柄を放り捨てると、服の中に手を入れる。取りだしたのは、表面に二重の三日月が描かれた円環だった。

彼女はそれを夜の精霊に向かって掲げる。

「天の下に形を持たぬものよ、地の上を自由に渡るものよ、日に背を向け月を仰ぐものよ、闇をまとい星を従えるものよ、静寂と眠りをふりまくものよ……」

儀式のはじまりにおいてエフゲーニアが唱えていた祈りの言葉を、彼女は紡いだ。だが、その内容が半ばから変わる。


我が祈りに応えて、捧げたる肉を楔としたまえ。

我が願いに応えて、天地の狭間に留まりたまえ。

誰にも力をもたらすことなく思うままに振るまいたまえ。あらゆる敵を打ち倒しすべてから自由であれ。

汝と同じものらを解き放ち思うままに振るまわせたまえ。あらゆる命をことごとく天地から解放すべし……。


彼女の祈りに呼応するかのように、円環が白銀の輝きを帯びた。

夜の精霊にもまた、変化が生じた。動きを止めたかと思うと、ソフィーから離れてイリーナを包みこむ。極光が幾重にも彼女を取り巻いた。

ティグルは呆然と、この光景を見つめている。洞穴で見た石板を思いだしていた。儀式が行われ、人間が二重の月を掲げた。人間の上半身と、三本の波線で構成された絵は、いま思えば夜の精霊なのではないか。

「貴様！」

エフゲーニアが激昂した。ティグルだけでなく、ヴェトールも目を瞠った。彼女がここまで感情を露わにしたところを、はじめて目にしたからだ。

エフゲーニアはかつてないほど感情を昂ぶらせていた。儀式は彼女の願いであり、部族の夢であった。それに、このような形で汚泥を塗りつけた者を生かしておけるはずがなかった。この瞬間の彼女は、誰よりもイリーナのことを憎悪した。

だが、イリーナに挑みかかろうとして、エフゲーニアは足を止める。自分を守る精霊たちがおびえているのを感じとったからだ。

「可哀想に、エフゲーニア。お気に入りの精霊が縮こまっているじゃないか」

黒い極光をまとったイリーナが哄笑する。その表情は悪意に満ちていた。

「当然だ。ただの精霊が、夜の精霊――いや、秘宝に歯向かえるはずがない」

「秘宝だと……？」

呻いたのはヴェトールだ。イリーナは彼に視線を向けた。

「その通りだ。伯爵には話したことがあっただろう。私はずっとこれを探していた。あらゆる敵を打ち倒し、多くの人間を束縛から解き放つ。そのように言われるものを、手にしてみたいと思っていた。そのためだけに、ここまで来たんだ」

このとき、闇の緑星の戦士たちの何人かが、イリーナに襲いかかった。

彼らは、事態を正確に理解したわけではない。むしろ混乱していた。ただ、エフゲーニアやヴェトールの態度から、イリーナが儀式を破壊したことはわかった。闇の緑星にとって、彼女を葬り去る理由はそれだけで充分だった。

イリーナは彼らを一瞥（いちべつ）すらせず、円環を持った手をかざす。彼女を取り巻く闇の極光が裾を大きく広げ、撫でるように彼らを通り過ぎる。

直後、彼らに異変が生じた。身体中の水分を一瞬で失ったかのように骨と皮だけになって、次々に崩れ落ちる。地面に倒れたとき、彼らはもう息をしていなかった。

「何を……」

ヴェトールが巨躯を震わせる。圧倒的な、それも未知の存在を前にして、彼は自分が無力であることを悟っていたが、絶望はしなかった。たまりかねたように叫ぶ。

「何をやったのだ、戦姫殿！」

「あらゆる敵を打ち倒す……。誇張も脚色もなく、言い伝えは正確だったな」

イリーナは楽しそうにつぶやいた。再び、極光が裾を伸ばし、離れたところで祈りを捧げていた者たちに触れる。彼らはそのまま地面に倒れて動かなくなった。

「闇の緑星は喜ぶべきだろう。夜の精霊が、何の拘束も受けずに降臨したのだから」

「おまえにまとわりついているそれが、夜の精霊だと……？」

「そうだ。本来、精霊は人間の力など及ばぬほど強大な存在だ。とくに夜の精霊は、容易に島の形を変え、環境をも変える。古の闇の緑星は夜の精霊を恐れながらも、その力を切り札として用いる誘惑を捨てきれなかった。そうだろう、エフゲーニア？」

エフゲーニアは答えない。仮面の奥で、彼女は苦い表情をしていた。

イリーナの指摘通りだ。かつて、自分たちの先祖はこの精霊を使役しようとした。だが、うまくいかなかったので、その力をおおいに弱める形で降臨させた。それでも充分な恩恵をさずかることができたからだ。

――だが、私は……私たちは違う。

闇の緑星がすべての蛮族を束ね、機会を見てイルフィングの町をおさえて、確固たる勢力となる。それが彼女の目的であり、そのために儀式は必要であっても、秘宝は不要だった。

冷静さを取り戻したエフゲーニアは、前に進みでる。自分を守る精霊たちを激励して、ともに戦えと強く命じる。

――あれは、封じこめなければならない。

イリーナは気づいていないようだが、彼女の身体は急速に衰弱していた。夜の精霊が彼女にまとわりつき、その身体に宿ってから、まだ百を数えるほどの時間も過ぎていないのに。

――夜の精霊が彼女の生命力を吸いとっているというだけではない。

イリーナには、もともと精霊と意思をかわす素養がない。その身体に精霊を強引に宿らせたことで、強烈な負荷がかかっているのだろう。

彼女が死ぬのはかまわない。気になるのは、イリーナが死んだら、夜の精霊はどうなるのかということだ。最悪の場合、暴走して島全体から命を吸いあげかねない。そのような事態だけは招いてはならなかった。

──お願い。私の精霊たち。

イリーナの広げた極光が、エフゲーニアに触れる。だが、エフゲーニアは死ななかった。骨と皮だけになるようなことはなく、傲然(ごうぜん)と立っている。

しかし、仮面の奥で、エフゲーニアは悲嘆の涙をあふれさせていた。極光に触れた瞬間、自分を守る精霊たちの悲鳴が聞こえたのだ。夜の精霊の一撃は、エフゲーニアの友たちを消し去りかねないほどの代物であり、その激しい声は彼女に精神的な消耗を強いた。

──もう少し。もう少しだけ、お願い。

エフゲーニアが前進する。イリーナは不審を露わにして極光を二度、三度と広げたが、闇の緑星の者たちが次々に息絶えても、エフゲーニアは倒れなかった。彼女にしか聞こえない精霊の悲鳴を聞きながら、少しずつイリーナとの距離を詰めていく。

「ならば」

イリーナが呻いた。彼女の声のようでもあり、違うようでもあった。肉体も魂も夜の精霊に食い尽くされつつあるのだと、エフゲーニアは感じとった。急がなければならない。

「精霊たちもろとも、命を引き裂いてくれる」

闇の極光が幾層も重なって、左右からエフゲーニアに迫る。同時に、エフゲーニアは地を蹴って跳躍した。イリーナがまともな状態であれば、造作なく避けられただろうが、彼女はその場から動かなかった。

エフゲーニアを守る精霊たちの半ばが、極光に撫でられて消滅する。自分の命が削られたかのような痛みを感じながら、エフゲーニアは手を伸ばした。イリーナの手にある円環を奪いとって、己の精霊で包みこむ。

大気が破裂したかのような音が轟き、エフゲーニアを中心に衝撃波が走った。ベルゲや闇の緑星の戦士の何人かが吹き飛ばされ、地面に倒れる。

極光が、イリーナから離れた。その瞬間、彼女の身体は、砂でできていたかのように崩れはじめた。地面に落ちた、イリーナだったものは、風もないのに巻きあげられて、エフゲーニアの手にある円環の中へ吸いこまれていく。むろん、エフゲーニアの意思ではない。欠片すら残さぬよう、夜の精霊がイリーナをむさぼり食っている。

極光は、今度はエフゲーニアにまとわりつきはじめた。エフゲーニアは残った精霊たちに呼びかけ、夜の精霊を円環の中に封じこめようとする。極光が、抵抗するように揺れた。

「精霊よ、天の下に形を持たぬものよ……」

エフゲーニアの口からかすれた声が漏れた。

「地の上を自由に渡るものよ、お帰りになられよ」

光が乱舞し、夜の精霊とイリーナがせめぎあう。

このとき、ヴェトールも、ベルゲも夜の精霊に気圧(けお)されてまったく動けずにいる。超常の存在の恐ろしさとすさまじさに、逃げだすことすら思い浮かばなかった。

祭儀場にいて、極光に襲われずにすんだ闇の緑星の者たちも同様だ。ラリッサとリネアなどはその場にうずくまりながらも、どうにか顔をあげて目の前の出来事を見つめていた。

この状況で、動いた者がいる。

ティグルヴルムド＝ヴォルンだった。


ティグルも、目の前の光景に圧倒されなかったわけではない。闇の緑星の戦士たちがイリーナに打ち倒されていったときは、戦慄と恐怖で身体が動かなかった。

だが、意を決してエフゲーニアが動きだしたとき、ティグルの視線は祭壇の上で眠っているソフィーに向けられた。

ソフィーを助けださなければならない。

決意してからも、ティグルの動きは慎重だった。おもいきって動いて、彼女たちの意識を自分やソフィーに向かせてはならない。幸い、イリーナはエフゲーニアと対峙している。機会はいましかなかった。

エフゲーニアに劣らない慎重さで、ティグルは祭壇に向かった。イリーナに気づかれないように、音を立てず、気配を殺して。

そしていま、ティグルは祭壇の前にたどりついた。緑色の敷布は黒く染まり、おそらくは衝撃波によってぼろぼろに引きちぎられている。

祭壇にあがって、ソフィーを右腕だけで抱き起こす。黒い極光が襲いかかってきた。

とっさに体勢を崩して、抱きかかえているソフィーごと地面に落ちる。肩と背中を打ったものの、どうにか彼女を手放さずにすんだ。

「ソフィー……ソフィー！」

顔を近づけ、声を潜めて耳元で呼びかける。まさか手遅れだったのかと不安がこみあげてきたとき、ソフィーがうっすらと目を開けた。緑柱石の瞳が自分を見つめる。

「ティグル……」

歓喜は言葉にならず、ティグルは彼女の手をつかんだ。「ああ」という声しか出ない。その声を二、三度ほども繰り返した。

彼女がティグルの手を弱々しく握り返して、微笑む。「ありがとう」と言って、祭壇の陰で身体を起こした。

「きっと、来てくれると信じてたわ」

「君には言いたいことが山のようにあるからな。俺だけじゃないぞ」

屋敷から逃げるときに自分をかばってくれたことの、お礼を言いたい。そして叱りたい。マーシャとウィクターも同じ気持ちのはずだ。

ただ、何より言いたかったことは、いまこの場で言おう。

「よかった。本当によかった」

右腕だけで強く抱きしめる。心からの想いを口にすると、自分でも驚くほど陳腐だった。

だが、満足感と安堵感はあった。この言葉を口にできない状況に遭遇してしまったらと思うと怖かった。

抱擁を解いたとき、ソフィーが何気なく自分の胸元に触れる。何かしらの違和感を覚えたのだろう。何となくそちらへ視線を向けたティグルは、目を丸くした。

エフゲーニアがイリーナから円環を奪いとったときに起きた衝撃波によるものだろうか。ソフィーの頭部にあった額冠は砕け散り、まとっていた漆黒の衣は何ヵ所も裂けて、ほとんどぼろきれも同然になっていた。左の乳房などは大きく露出しており、淡い金色の髪がかろうじて隠しているという有様だ。

ティグルはとっさに視線をそらし、ソフィーは左手で胸元を隠したものの、この状況にそぐわない気まずい雰囲気が、わずかな時間ながら二人を包んだ。

その雰囲気を消し去ったのは、ソフィーだった。彼女はティグルの左腕に気づくと、自分の肌を隠すことも忘れて、そっと触れる。

「折れたのね」

「いつかはくっつくよ」

自分の知っている故郷の猟師たちは皆、そうだ。「いつかはくっつく」と、笑う。だから自分も笑ってみせる。

祭壇のそばを、黒い影が通り過ぎた。二人は気を取り直し、表情を引き締めて、祭壇からそっと顔を覗かせる。

すさまじい光景が広がっていた。エフゲーニアが、金髪を振り乱して立っている。彼女を取り巻く極光は竜巻のように荒れ狂い、ときどき風をまき散らしていた。その風に撫でられた者は一瞬で息絶え、彼女の周囲にはいくつもの死体が転がっている。

エフゲーニアの顔から仮面が外れて、地面に落ちた。

現れたものを見て、ティグルとソフィーは総毛立つ。顔がない。仮面で隠されていた部分が丸く切りとられて、そこは形のない闇になっていた。ただ、両目があるはずの箇所には、無数の小さな輝きが集まっている。

「夜の精霊に……」

食われようとしている。その言葉を、ソフィーは口の中でつぶやいた。いまの彼女には、何が起きているか、ほぼ正確にわかっている。

──夜の精霊が、私の命を吸いあげようとしたせいね……。

あのとき、ソフィーの意識にいくつかの光景が、不鮮明な感情とともに流れこんできた。おそらく、夜の精霊の記憶の残滓とでも呼ぶべきものだろう。あのまま命を吸われていたら、ソフィーは夜の精霊の一部となっていたのだ。

イリーナは、すでに一部となった。このままではエフゲーニアもそうなる。

ソフィーは、エフゲーニアのことを憎んでいる。彼女はマーシャを、次いで自分を精霊の依女にした。ティグルたちが無力であったら、母と自分のどちらかは永遠に失われていたのだ。だが、いま、ソフィーは彼女を助けたいと思った。

何より、夜の精霊を放っておくこともできない。このままでは、闇の極光は他の者たちもむさぼりくうだろう。ここにいる者たちが、このような死に方をしていいとは思わない。

ソフィーの決意を感じとって、ティグルはうなずいた。

──だが、どうやって止める?

そのとき、期せずして二人の脳裏に同じ言葉が浮かんだ。視線をかわし、自分の考えが当たっていることを確認するように、その言葉を紡ぐ。

「──ティル＝ナ＝ファ」

重なった。二人の瞳に驚きが浮かび、すぐに決意に変わる。

夜と闇と死の女神に祈ることは恐ろしいが、夜の精霊に、自分たちが対抗する方法といったらそれしかない。その力を借りることができなければ、そろって死ぬことになる。

黒弓を左手でつかむ。それだけで痛みが走ったが、横から手が伸びて黒弓をつかんだ。

ソフィーが右手で黒弓を持って、支えてくれたのだ。

このとき、彼女の右手から黒い霧のようなものがこぼれ落ちた。それは腕をつたってソフィーの全身にまとわりつき、闇の緑星の衣を形づくる。色も鮮やかに再現されていた。

「これも女神の加護かしら。それとも、わたしの中に入りこんだ夜の精霊の力……？」

驚きながらも、ソフィーは嬉しそうにつぶやいた。

ティグルは矢を取りだして、つがえる。

――いける。

腕を伸ばしている分の痛みしかない。これなら狙いを定めることもできる。

夜の精霊がこちらに気づいた。強烈な敵意が伝わってくる。ティグルもソフィーもひるみかけたが、踏みとどまった。隣にいる大切なひとを失いたくないから。

「ティル＝ナ＝ファよ」

弓弦を引きながら、強い願いを抱いて女神に呼びかける。

あなたは死を司る女神だ。だが、俺たちはまだ死にたくない。こんなところで死ぬわけにはいかない。夜と闇だって、必要だとは思っても好きだというわけじゃない。その上で頼む。

「力を貸してくれ」

大気が揺れて、軋(きし)んだ。新たに生まれた力の圧迫に耐えかねたかのように。

ティグルも、ソフィーも目を見開いて、鏃(やじり)を見つめた。黒い霧のようなものが、鏃にまとわりついている。はじめて見るものだというのに、女神が与えてくれた力だとわかった。

夜の精霊が、闇の極光を幾層も広げる。これまでと異なり、明確にこちらを狙っていた。

だが、届かない。極光は、黒弓に近づいたところでめくりあげられた挙げ句に消滅する。圧倒的な『力』というものを、ティグルは思い知らされていた。

矢を放つ。

放たれた矢はまっすぐ飛んで、エフゲーニアが持っている円環に突き立った。円環が矢を受けとめたと思えたのは一瞬にすら満たない時間で、何もない中央を、矢が通過する。そのまま飛んで、暗闇の中に消えた。

エフゲーニアを取り巻いていた闇の極光が、苦しむように激しくゆらめく。そして、薄れながら円環の中へ吸いこまれるように消えていった。

円環が、祭壇に突き刺さる。

ほどなく極光はすべて消え去り、祭儀場に静寂が訪れる。

「やった、のか……？」

ティグルの声は、期待と不安が入りまじったものだ。ソフィーが残念そうに首を横に振る。

「違うわ。あの中に、封じこめただけ」

落胆したティグルだったが、すぐに考え直した。信仰していないどころか嫌ってすらいた女神の力を借りての、はじめての一撃だったのだ。効いただけでも感謝すべきだろう。

見れば、エフゲーニアは仰向けに倒れている。ティグルたちは彼女のそばまで歩きだそうとして、恐ろしいほどの疲労感に襲われた。足が萎え、身体は重く、立っていることさえ楽ではない。おたがいに肩を支えて、どうにか座りこまずにすんだ。もしひとりだけなら、確実に地面に倒れて、しばらく動けなくなっていただろう。

エフゲーニアのそばに立つ。彼女の顔からは闇が失われ、元に戻っていた。開かれた両目に光はなく、その周囲には火傷の痕にも似た白い傷跡がある。それでも、美しい面立ちだった。

彼女には意識があったらしく、ティグルたちに気づいて笑った。

「ありがとう」

おそらく精霊の力で状況を把握したのだろう。それが、彼女の最期の言葉だった。

エフゲーニアは右腕を持ちあげ、手を大きく開く。何かをつかもうとするようにも、何かを解放しようとするようにも見えた。おそらく両方であったのだろう。彼女は野望に手を伸ばしてつかみそこね、いまわの際に親しい友であった精霊たちに別れを告げたのだ。

右腕が地面に落ちたとき、彼女の顔には微笑が浮かんでいた。

ソフィーのまとっていた衣が霧散し、ぼろぼろの装束(しょうぞく)へと戻る。

ティグルとソフィーは祭壇に寄りかかるように倒れこんで、気を失った。

気を失った二人のそばに、三人の男女がよろめきながら歩み寄る。ベルゲとラリッサ、リネアだ。ベルゲは松明を持っている。転がっていたものだ。

「生きてる」

二人の呼吸を確認して、ベルゲがつぶやく。ラリッサとリネアの顔に喜色が浮かんだ。

そのとき、暗がりを背に、十を超える数の人影が動く。生き残った闇の緑星の戦士たちだ。彼らはベルゲたちを何重にも取り囲み、武器を突きつけた。

「儀式が失敗した……」

ひとりが震える声で吐き捨てると、他の男が咆える。

「こいつらの仕業だ！　こいつらが、よそ者たちがすべてを台無しにした！」

その叫びを皮切りに、他の者たちも次々に怒鳴った。

「恐ろしい精霊から助けてやったというのに、感謝の言葉もなく、やつあたりか」

ベルゲが冷淡に吐き捨てる。もはや戦う余力はひとかけらも残っていないが、この状況で武器を突きつけられて、おとなしくする気性の持ち主ではない。

「私たちを殺して、いったい精霊に何を誇ろうというんだい。それとも、あんたたちの祈る精霊はそんなことでも喜んでくださるのかね」

リネアと、ティグルとソフィーを背にかばいながら、ラリッサが叫んだ。その鋭い舌鋒に、何人かがひるむ。だが、多くの者はさらに怒りをかきたてられたようだった。

「夜の精霊に矢を向けた者を生かしておいては、我々の名誉は汚泥に沈む！」

手斧を持ったひとりの男が前に進みでる。

「黒い弓を持った小僧は殺さなければならぬ。氷の舟の戦士も、ジスタートの戦士もだ。精霊の依女は未来のために二人とも生かしておくが、永久にこの島に閉じこめる」

「勝手なことを……」

ラリッサが言い返そうとしたとき、離れたところからざわめきが起こった。怒りに満ちていた空気がかきまわされ、包囲の輪の一角が崩れる。そこから、闇の緑星の族長が姿を見せた。彼の後ろには、マーシャとウィクターの姿もある。捕まったのだ。だが、二人は土と泥で汚れてこそいるが、拘束されていなかった。

ラリッサたちの前まで歩いてきた族長は、静かに問いかける。

「エフゲーニアは？」

ラリッサは首を傾け、視線で彼女の亡骸を示した。族長は目を細める。憐憫（れんびん）と申し訳なさの同居した思いが、彼の顔を一瞬だけよぎった。彼はラリッサに続けて尋ねる。

「何が起きたのか、おぬしはわかっているのか」

「自分の目で見たことはね。私よりも詳しい説明ができるやつはいるよ」

ラリッサはティグルとソフィーを振り返った。族長はうなずくと、闇の緑星の者たちに視線を向ける。

「この者たちは、我が客人として遇する」

驚きと抗議の叫びがあがった。族長の客人となれば、刃を向けることなど許されない。激昂する者たちに、族長は冷静に言葉を続けた。

「我々の前に現れた精霊は、尋常ではなかった。この者たちは混乱をおさめたに過ぎぬ。それは本来、我々がやるべきことであったのにな」

何人かが悔しそうに黙りこむ。族長の指摘は正しく、反論できる者はいなかった。噴きあがっている怒りが徐々に薄れていく。

「傷を負った者の手当てをせよ。それから、命を落とした者たちの埋葬を」

甲高い音がいくつも重なって響いた。闇の緑星の者たちが武器を捨てたのだ。彼らはやるべきことのために方々に散る。暗がりに浮かぶ火の数が増えていき、あちらこちらから気遣うような声や励ましの言葉が聞こえた。

「おぬしらにも手当てと休息が必要であろうな」

族長がマーシャを振り返る。

「そのあとで、おぬしの娘たちから話を聞かせてもらうとしようか」

マーシャが族長に頭を下げる。二人を見ながら、ラリッサは皮肉っぽく鼻を鳴らした。それから、彼女は再びティグルとソフィーを見る。

「よくがんばったね、二人とも」

口元に優しい微笑を浮かべて、そうつぶやいた。

だが、まだすべてが終わったわけではない。

ほどなく、闇の緑星の者が族長のもとへ駆けてきて、イルフィングの町の統治者であるヴェトール＝ジールが見当たらないことを報告した。

†

島を離れた一艘(いっそう)の舟が、イルフィングの町を目指して極夜(きょくや)の海を進んでいる。

十数人は乗れるだろうその大きな舟には、ヴェトールと、彼の配下の兵たちの姿があった。

ヴェトールが祭儀場から逃げるという決断を下したのは、エフゲーニアがティグルの射放った矢を受けて倒れるのを見たときだ。あの瞬間、ヴェトールは、闇の緑星の集落において自分を守るものがほとんど失われたことを悟った。

幸い、兵たちは混乱の中でも散り散りにならず、まとまっていたので、彼らを従えて逃げることは難しくなかった。集落を飛びだしたあとは、島の南にある船着き場までただひたすらに走り、引きあげられていた舟を皆で海に押しだして、乗りこんだのである。

ヴェトールも兵たちも土や泥でひどく汚れていたが、それを拭う余裕すらない。兵たちは一刻も早く島から遠ざかろうと、一心不乱に櫂を操っていた。

ちなみに、舟の舳先と左右の船縁にはランプが取りつけられ、海面を照らしている。遠くからでも見つかってしまうが、闇を恐れて兵たちの動きが鈍くなるよりはいいと判断したのだ。

ヴェトールは舟の後方に腰を下ろし、苦い表情で夜空を見上げている。疲労よりも、自身に対する失望が、彼を打ちのめしていた。

――何という無様さだ。北海王国など絵空事であったな。

イリーナは戦姫を騙っていた偽者で、闇の緑星の儀式は失敗し、エフゲーニアは死んだ。はじめて抱いた野望は崩れ去った。自分は騙され、利用された愚かな道化に過ぎなかった。

――だが、私は生きている。イリーナともエフゲーニアとも違って。

拳を握りしめて、己を奮いたたせる。大きな賭けであり、大きな敗北であった。しかし、何もかもを失ったわけではない。

蛮族を何とかしようと王宮に陳情を繰り返しては、言を左右にされ続け、挙げ句、その陳情がまったくの無駄であると知らされた。あのときの無力感と虚しさを思えば、一度の敗北が何だというのだ。これで諦めてしまったら、いま以上に愚かな道化になるだけだ。

――これからどうする。

イルフィングの町にいる兵を残らず集めれば、五百ほどにはなるだろう。それに、五百の傭兵が町に待機している。合わせれば、およそ一千。ヴェトールの持つ船だけでは足りないが、漁師たちの舟を徴発すれば、残らず乗せることができる。

その兵力でイルフィング島を攻め、闇の緑星を徹底的に蹴散らす。儀式があのような形で失敗したため、彼らの士気は低いだろう。勝つのは難しくない。あの弓使いの少年も、今度こそ確実に葬り去る。

そうして、すべては闇の緑星がたくらんだ陰謀であり、自分は潔白であると主張するのだ。不都合なことは闇の緑星に押しつけて、ジール家の名誉と、イルフィングの領主という自分の立場を守り通す。卑劣極まりない手段だが、他に時間を稼ぎ力を蓄える方法はない。

――北海王国はもういらぬ。他の方法で、イルフィングを変えてみせる。

覇気を取り戻して、ヴェトールの両眼は力強い輝きを放った。

だが、彼は結局、望んでいた時間を得られなかったのである。


二刻余りの時間をかけて、ヴェトールはイルフィングの町に帰還を果たした。通常、島から町まで半日かかることを思えば、驚くべき速さといえる。兵たちが交代で休憩をとりつつ、櫂を握りしめて奮闘した結果だった。

「ご苦労だった。おまえたちには特別に褒美を与えよう。明日までゆっくり休め」

ヴェトールは兵たちにねぎらいの言葉をかけて解散を命じると、港を警備している部隊の隊長を呼びつける。急いで現れた隊長は、土と泥で汚れた主を見て顔を強張らせた。ヴェトールはその反応を気にせず、自分が不在だった間の港の様子について尋ねる。

「港については平穏そのもので、とくに問題は起きていません。ご安心ください」

「そうか。だが、イルフィング島ではいささか面倒なことが起きてな。私は予定を変更し、見ての通りの格好で戻ってきた。今日と明日は警戒態勢を強めろ。イルフィング島から舟が来るのが見えたら、真夜中であろうとかまわず報告するように」

このときのヴェトールの表情と声音には、それまでの彼にはない威厳があった。気圧された隊長は敬礼をほどこし、「おおせの通りに」と答える。ヴェトールはうなずくと、屋敷に帰ると告げ、護衛を何人かつけさせてほしいと訴える隊長をそっけなく突き放し、松明だけ受けとって港をあとにした。暗がりの中を傲然と歩く。

まだ夜明けにも遠い頃合いであり、出歩いている者はさすがにいないが、いくつかの建物には明かりが灯っていた。早朝から仕事をはじめる職人が起きだしたのだろう。

ヴェトールが屋敷に着くと、門衛たちは港の警備部隊の隊長と同じくおおいに驚き、慌てて屋敷の中に主の帰還を知らせた。

屋敷に入ると、すぐに側仕えのラドミスが現れる。ヴェトールの姿を見た彼は、内心では驚愕したとしても、それをまったく顔に出さず、うやうやしく一礼した。

「お帰りなさいませ、閣下。お怪我（けが）はございませんか。ひとまず、身体を拭くための湯と、着替えをただちに用意させますが……」

「手当てが必要な傷はない。それより、火酒（ウォトカ）か葡萄酒（ヴィノー）がほしいな。私が留守にしている間に何かあったか」

ラドミスには、自分の代理としてイルフィングの統治を任せていた。彼なら、警備部隊の隊長が知らないようなことでも知っているだろう。

ラドミスは、「とくには」と答えながら、ヴェトールに目配せをした。この場には自分と彼の他に誰もいないが、念のためにここでの報告は避けるということだ。ヴェトールは鷹揚（おうよう）にうなずき、自分の部屋へと向かった。

四半刻ほど過ぎたころ、ラドミスが二人の従者を連れてヴェトールの部屋に現れる。ラドミスは火酒の瓶と銀杯を、従者たちは湯を満たした桶や身体を拭く布、着替えを抱えていた。

従者たちがそれらを置いて退出すると、ラドミスが声を低めて報告する。

「昨夜、オステローデ公国の使者を称するマレークという方が訪ねてこられました」

オステローデは戦姫のひとりが治めている公国だ。ジスタートの北東にあり、イルフィングに近いため、ヴェトールはその動向を警戒していた。自分がイルフィング島に向かう前は、とくに目立つような動きを見せなかったが、何かをつかんだのだろうか。

「用件は何だった？」

「マレーク殿は、こう言いました。蛮族の一部が十数年に一度の大がかりな儀式を行うつもりだと聞いた、我が主は警戒を強め、私に百の兵を与えてこの地に派遣したと」

大がかりな儀式とは、まさに闇の緑星が行った儀式のことだろう。秘密裏に行われているわけではないので、オステローデの戦姫が知ることはそれほどおかしくない。

──だが、十六年前に儀式が行われたとき、オステローデは警戒したか？

ヴェトールの記憶では、オステローデも、またイルフィングに近いもうひとつの戦姫の公国であるルヴーシュも、とくに反応しなかったはずだ。なぜ、今回にかぎって警戒するのか。国王から何か密命でも受けたのだろうか。

「その使者はどこにいる？」

「この屋敷で閣下の帰りを待ってはどうかと言ったのですが、兵たちだけに寒い思いをさせられないと、町の外に設置された幕営へお帰りになりました」

ヴェトールは唸る。面倒が増えたと思った。

オステローデの使者は、軽んじていい存在ではない。すぐに幕営へひとを走らせ、マレークをこの屋敷に招いて、ヴェトールの口から詳しい事情を説明するべきだろう。

だが、いまは時間が惜しい。ヴェトールにとってもっとも優先すべきは、兵たちを率いてイルフィング島に向かうことだ。闇の緑星に少しでも時間を与えてはならない。

──とはいえ、オステローデの幕営を確認しておく必要はある。

短い時間で思案をまとめると、ヴェトールは尋ねた。

「傭兵たちは？」

「予定通り、分散させて複数の宿屋と酒場に待機させています。五百人そろっていることは、私が確認しました」

ヴェトールはうなずくと、「イルフィング島でのことだが」と、話を切りだした。

「結論から言うと、儀式は失敗した。それどころか、とうてい放っておくことのできぬ、恐ろしいものだとわかった。私はただちに兵を率いて闇の緑星を討つ」

ラドミスはさすがに驚き、混乱した。彼はヴェトールに深く信頼されており、北海王国の計画についても知らされている。計画の中では、闇の緑星は頼もしい協力者であるはずだった。その協力者を、ヴェトールは討つというのだ。にわかに信じられることではなかった。

「閣下……。閣下は、ご自分のおっしゃっていることがわかっておいでですか？」

「むろん」

側仕えとは対照的に、ヴェトールはふてぶてしく、悪党のように笑ってみせる。だが、彼はすぐにその笑みを消して、表情を引き締めた。

「ラドミスよ、古い計画は潰えた。よって、新たな計画を進める。これはその第一歩なのだ。イルフィングのため、ジール家のために、私は闇の緑星を討つ。討たねばならぬ」

ラドミスの額に汗がにじむ。彼は無礼を承知で主の顔を見つめた。ヴェトールが正気であることをたしかめるように。

　やがて、彼は息を吐きだし、「かしこまりました」と頭を下げる。短い間を置いて顔をあげたとき、ラドミスの表情は冷静さを取り戻していた。主に最後まで従うと決めた顔だった。

「閣下、私は何をすればよろしいのですか」

「まずは、兵と傭兵たちをことごとく港に向かわせよ。町に残すのは数えるほどでいい」

　ラドミスの決意に心の中で感謝しながら、ヴェトールは言葉を続ける。

「併せて、兵たちを乗せる舟を徴発する。漁師たちも、極夜の下では漁に出られぬ。いやとは言うまい」

「オステローデのマレーク殿には何と？」

「使者を出し、あと三日ほどで私が帰ると言っていたと伝えろ」

　たった三日で闇の緑星を討って凱旋できるとは、ヴェトールも思っていない。ただ、マレークがこちらの言葉を信じて三日間、動かずにいれば、闇の緑星にすべてを押しつける準備を整えられる。そのような計算から、ヴェトールは命じたのだ。

「兵と舟を港にそろえるのに、どれぐらいかかりそうだ？」

「一刻半から二刻は必要でしょう。極夜の下では、どうしても時間がかかります」

　その返答にヴェトールは渋面をつくったが、自分のこれまでの経験から考えても、ラドミスの計算がおおむね妥当であることはわかる。仕方がないと割り切った。

「いますぐ取りかかれ。私は城壁に行って、オステローデ軍の幕営を見てくる」

「少しでも休まれた方がいいかと」

ラドミスの進言に、ヴェトールは首を横に振る。テーブルに置かれていた火酒(ウォトカ)の瓶を手にとって、銀杯に中身を注いだ。そして、銀杯を一息に呷る。

「城壁から戻ったら休むとしよう。幕営を見ておかなければ気が休まらんのでな」

火酒の熱が、ヴェトールを包む緊張感と昂揚感(こうようかん)を高めていた。


ラドミスに命令を下してから半刻後、ヴェトールは町を囲む城壁の南側に立っていた。

この町から南へ五百アルシン(約五百メートル)ほど離れた闇の中に、オステローデ軍の幕営を示すものだろう篝火の数々が見える。篝火の位置と数から幕営の規模を判断して、百の兵というのは本当らしいとヴェトールは思った。

——そのまま動かずにいてくれ。

口には出さず、祈るようにつぶやいて、ヴェトールは踵を返す。屋敷へと戻った。ようやく休む気になり、すっかり冷めて水も同然になった湯を使って身体を拭き、着替えをすませる。

血相を変えたラドミスが彼の部屋に現れたのは、それから間もないころだった。

「閣下、港へお急ぎください」

「何ごとだ」

ヴェトールは気を引き締めて短く問う。彼の態度から、兵と舟がそろったと報告しにきたわけではないのは明白だった。何より、自分が彼に命令を下してから、まだ一刻余りしか過ぎていない。オステローデ軍か、あるいは闇の緑星が何らかの動きを見せたのだろうか。

ラドミスは焦りを露わに報告する。

「武装した集団がこの屋敷に向かってきています！　彼らの持つ松明の数から、百人はいるかと思われます。お早く」

ヴェトールは愕然とした。いまの屋敷には、不測の事態に備えて手元に残した二十人足らずの兵しかいない。最悪の瞬間に、敵は現れたのだ。

「いったいどこの者たちだ？　オステローデか？」

壁に立てかけていた剣を腰に吊しながら、ヴェトールは城壁の上から見た光景を思いだす。多くの篝火が、闇をわずかに払って存在感を示していた。

――あの篝火は、まさか、こちらを油断させるための囮だったのか。

オステローデ軍は、昨夜の時点でこちらの計画をつかんでいたのではないか。そして、幕営から動かないと思わせながら、暗がりにまぎれて町を囲む城壁に取りつき、あるいは町の中に侵入して、隙を突く機会をうかがっていたのではないか。

だが、そのことについて考える余裕はなかった。廊下に出ると、一階から怒号と悲鳴、剣戟の響きが聞こえてくる。敵が屋敷の中に突入してきたらしい。

「手際のよいことだ。羨望に値するな」

ヴェトールは剣を鞘から抜き放つと、呆然と立ちつくしているラドミスを見た。彼に武芸の心得はまったくない。穏やかな笑みを浮かべて、ヴェトールは告げた。

「ラドミスよ、武器の類は決して持たず、従者か侍女の部屋に身を隠せ。見つかったらおとなしく降伏せよ。オステローデの軍であれば、抵抗しない者をむやみに殺しはすまい」

ヴェトール自身にそのつもりはない。敵を斬り伏せて強行突破し、港へ向かうつもりだ。それがかなえば、道が開ける。その可能性がある。

悠然とした足取りで、戦いの場へ歩みを進める。一階に降りる階段にさしかかったとき、剣と松明を左右の手に持った男が、駆けのぼってきた。

「伯爵か！」という誰何の叫びには応えず、剣を振るう。一撃で斬り伏せた。死体となったその男は、頭から階段を転がり落ちていく。ヴェトールは彼を一瞥すらしなかった。

さらに二人の敵を斬り捨てて、ヴェトールは一階に降りたつ。四人目の敵が斬りかかってきたのは、そのときだ。それまでとは違う鋭い斬撃だった。

強烈な刃鳴りが鮮やかな火花を生みだす。ヴェトールも敵もおたがいを強敵と認識し、視線をかわした。そのとき、燭台がすぐ近くに転がって二人を照らす。

敵だけでなく、ヴェトールも驚きを禁じ得なかった。よく知っている人物だったのだ。

「イルフィング伯爵……！」

敵のあげた声には、隣国ブリューヌの訛りがあった。

彼の名はウルス＝ヴォルン。アルサスの地を治める伯爵で、親善使節として派遣された男であり、あのティグルヴルムド＝ヴォルンの父親だった。

ウルスと五人の従者がこの町から逃げだしたのは、十日近く前のことである。

ティグルのひとまずの無事を知ったあと、彼らは宿を抜けだして小舟を盗み、無事に川から海へと出た。その途中で、負傷したひとりの男を助けた。

男はタデウシュと名のった。この時点では、ウルスたちは彼の素性を知らなかったし、知ろうともしなかった。身の安全を確保するのが第一で、それどころではなかったからだ。

舟を乗り捨てて陸にあがったウルスたちは、町から離れたところにある小さな集落に潜りこもうとしたが、ブリューヌ訛りのあるジスタート語が怪しまれて、話をする前に追い払われそうになった。そのとき、タデウシュが仲裁(ちゅうさい)に入ったのである。

タデウシュはウルスたちのことを善良な旅人であると説明し、言葉を尽くして集落の者たちを説得した。最終的に、ウルスたちの支払った何枚かの銀貨と銅貨が決め手となって、七人は集落に入ることができたのだった。

ウルスはタデウシュに礼を述べ、タデウシュもまたウルスに礼を言った。「イルフィングで助けてもらわなかったら、いまごろ自分は魚の餌になっていただろう」と。

そこではじめて、両者はおたがいの身の上について語りあった。

ともに驚いたのは、どちらにもヴェトールが関わっていたことだ。ウルスは、ティグルからヴェトールがひとさらいであると知らされており、タデウシュは、ヴェトールの部下にさらわれた上司の妻を救出するため、上司とともにイルフィングまで来たのである。

ヴェトールについて、二人は知っていることを話しあった。手持ちの情報を組みあわせ、整理して、彼が野心を抱いており、蛮族とひそかに手を結んだという確信を抱いた。

「タデウシュ卿は、どうするのが最善の手だと思う？」

結論が出たところで、ウルスは訊いた。

「私たちにとっても他人事ではないから、できるかぎりのことはする。だが、いまからイルフィングに戻って、あなたの上司とその奥方を救出するというのは不可能だ」

「私も同じ考えです。我々だけではイルフィング伯爵とどうてい戦えません。ここはおもいきって、戦姫を頼るべきだと思います」

「そうか。私も同じ意見だ」

イルフィングの町を抜けだすときに、考えていたことだった。

王都シレジアを目指すのは論外だ。遠いだけでなく、自分たちを行かせまいとしてヴェトールが兵を配置している可能性が大きい。

一方、オステローデも、ルヴーシュもイルフィングから近いと聞いている。そして、ウルスには親善使節という、助けを求めやすい肩書きがあった。

「では、オステローデとルヴーシュのどちらへ向かいますか」

聞かれて、ウルスは少し考える様子を見せたあと、「オステローデにしよう」と言った。

「わかりました。オステローデを選んだのには、何かお考えがあるようですが」

「たいしたことではない」

首を横に振りつつ、ウルスはタデウシュに説明した。

もともと、自分がジスタートに来ることになったのは、アスヴァール王国がジスタートを攻める気配を見せたためだ。そのことに気づいたジスタートは、ブリューヌと友好条約を結ぶことでアスヴァールを牽制し、ブリューヌ王ファーロンは自分に親善使節となるよう命じた。

ルヴーシュはジスタートの北西にあり、海に面している。海を西に進めば、アスヴァールがある。そのことを考えると、ルヴーシュはアスヴァールの動向に目を光らせているはずで、ウルスたちがイルフィングへの対処を頼んでも後回しにされる可能性がある。

「その点、オステローデは手が空いている。案外、ジスタート王もイルフィングを警戒するようオステローデに命じているかもしれない」

ウルスも、自分の考えにそれほど自信があるわけではなかった。もしも彼が、ヴェトールルとアスヴァールがひそかに手を結んでいると知っていたら、ルヴーシュに向かっただろう。ともかく、タデウシュが納得したこともあり、ウルスたちはオステローデを目指すことにした。

結果からいうと、それで正解だった。

集落を発って三日目の朝、ウルスたちは百の歩兵で編成された一団に遭遇したのだ。彼らが掲げている軍旗は、水色地に、黒と白で構成された大きな円を中央に描いたものだった。オステローデ公国の軍旗である。

タデウシュが驚きと喜びの入りまじった顔でウルスたちにそのことを告げ、一行は急いでオステローデ軍に声をかけた。

ここでもタデウシュが交渉役を務めたが、はじめのうちは難航した。オステローデ軍の指揮官を務めるマレークが、タデウシュを信用せず、まともに話を聞こうとしなかったのだ。ルブリンという町など知らぬとまで、彼は言い放った。

もっとも、これについては仕方のないところもある。ヴェトールの屋敷に忍びこむ際、タデウシュは念のために、己の身元がわかるようなものをひとつも身につけなかった。むろん、ウルスに助けられたときも同様である。それに、ルブリンはとくに有名ではない。オステローデで生まれ育ったマレークが知らなくとも無理はなかった。

タデウシュとは異なり、準備を整えてイルフィングから逃げたウルスは、自分がブリューヌの親善使節であると証明するものをいくつも持っていた。それを見せられたマレークは渋面をつくりつつも、ようやく話を聞く姿勢を見せた。

ひとまずの信用を得ると、交渉役は再びタデウシュに戻った。ウルスの話すブリューヌ訛りのジスタート語が、マレークには聞きとりづらかったのだ。また、より具体的な説明を求められると、ジスタート人のタデウシュでなければ難しかった。

そうして知っていることを話し終えると、マレークの態度が変わった。にわかに意欲的な姿勢を見せ、自分たちがどうしてここにいるのかを話してくれたのだ。

彼は、主たる戦姫にイルフィングの動きをさぐるよう命じられて、歩兵を率いてここまでやってきたのだと言う。しかも戦姫は、王命ゆえ安心して役目をまっとうせよと言ったらしい。

ウルスの推測は当たっていたのだ。

「戦姫さま直々のご命令とはいえ、もしもイルフィング伯爵とやらが何も陰謀をたくらんでいなければ、俺はいつまでも夜の続く地を、寒さに震えながらただ往復しただけとなる。だが、おまえたちの話を聞くかぎり、そうならずにすみそうだな。うまくいけば大手柄だ」

ようするに、確実に手柄になるとわかったので、マレークはやる気になったのである。

ウルスとタデウシュは顔を見合わせたが、一刻を争う状況で、積極的に動いてくれる味方が増えるのはありがたい。そう思っていると、マレークはこんなことまで言いだした。

「やはり、最大の手柄はイルフィング伯爵を捕らえることだろうな」

「できるのか？」

ウルスが聞くと、マレークは欲をむきだしにした笑みを浮かべた。

「わからんが、やるからにはそれを狙うべきだろう。あんたらにも協力してもらうぞ」

こうして客将となったウルスたちは、歩いてきた道を引き返す形で、オステローデ軍をイルフィングのそばまで案内した。

マレークは町の南に幕営を設置させたあと、ウルスたちに聞いた。

「俺はオステローデの使者として、堂々と伯爵の屋敷に向かう。多少は俺たちに注意が向くだろう。あんたらは町の中に忍びこんでくれ。やり方は任せる。首尾よくことが運んだら、屋敷の南側で会おう」

作戦としてはだいぶ危険なものだ。ウルスたちはヴェトールの配下の兵たちに顔を知られており、見つかったら確実に騒ぎになる。だが、マレークも含めてオステローデの兵はイルフィングに入ったことがない。暗がりの中で迷う可能性は大きかった。

ウルスとタデウシュはためらったが、それぞれ息子と上司のために承諾した。ウルスの従者たちも、ティグルのためならと迷わず従った。

マレークが使者としてイルフィングの城門をくぐるころ、ウルスたちは西側の城壁に縄のついた鉤爪を引っかけて、乗り越えた。幸い、城壁の見張りたちには気づかれなかった。一行は暗がりに身を隠して脇道や裏通りを足早に進んだが、途中であることに気づいた。

「少なくない数の傭兵がいるな」

宿や酒場に明かりが灯っており、にぎやかな話し声が外まで聞こえるのだ。一度など、酔っ払った傭兵が店の外へ出てきたところに遭遇したので、自分たちも傭兵を装って、さりげなく話を聞いてみた。彼らはヴェトールに雇われており、その数は実に五百に及ぶという。

その傭兵と別れたあと、ウルスたちは予定通り、屋敷の南にある通りでマレークと会った。彼はすでに屋敷を訪れたあとで、憮然とした顔で、「伯爵はいなかった」と言った。しかし、ウルスたちから五百の傭兵がいると聞いて、目を輝かせた。

「そうか。いよいよ何かをやろうというわけだな。よし、あんたらは屋敷の近くに潜んで、伯爵が町に帰ってきたら教えてくれ。やり方は任せる」

やり方は任せるというのが、この男の口癖らしい。さすがにタデウシュは唖然とした。

「たった百の兵で戦う気か？　町を守る兵だけでも数百はいるぞ。その上に五百の傭兵だ」

「その連中は一ヵ所にまとまっているわけじゃない。こちらは奇襲をかけて、屋敷を、伯爵だけを狙うんだ。相手だって、たった百人の兵が襲ってくるなんて考えていないだろう」

タデウシュは首を左右に振ったあと、判断をウルスに委ねた。

「わかった。その案に乗ろう」

落ち着いた表情で、ウルスは言った。

彼も、マレークの考えは危険というより無謀といってよいものだと思った。だが、ヴェトールが何かをやろうとしていることはたしかだったし、ティグルがいまも無事であれば、彼のたくらみを阻止するために動いているはずだった。ヴェトールの行動をおさえることが、息子を助けることにつながるのだ。

「ただ、マレーク殿に注文したいことがある」

ウルスが出した要望は、次の二つだった。屋敷の中で十歳ぐらいの子供と、四十近い男、それから三十代半ばの女を見つけたら傷つけずに保護すること。この一件がかたづいたら、オステローデの戦姫を自分たちに紹介すること。

ひとつめは、屋敷の中にティグルとウィクター、マーシャがいた場合に備えてのことだ。二つめは、ウルスたちが直接、戦姫の支援を求めるためである。

「この二つを約束してくれるなら、その労力に応えて、私たちの手柄をお譲りしよう」

親善使節としての立場を使えば、このような条件をわざわざつける必要はない。マレークが受けいれやすいように、ウルスはあえて付け加えたのだ。それに、手柄などはいらなかった。

「話がわかるじゃないか、あんた」

マレークは笑って承諾し、イルフィングを出て幕営へ戻った。

ウルスたちは町の中の暗がりに潜んでヴェトールの帰還を待ったのだが、それは考えていたよりもずっと早く、夜明け前に訪れた。それに伴って、町の中は慌ただしくなった。兵と傭兵たちが港へ向かったからだ。

ウルスたちは二手にわかれた。ウルスの従者の何人かが城壁を越えて町の外に出て、オステローデ軍の幕営に走り、それ以外の者は南の城門のそばで、外からの動きを待った。

報告を受けたマレークは、ただちにすべての兵を動かした。彼は兵を闇の中で待機させ、ひとりで城門へ向かって、火急の用があると言って町の中へ入れるよう求めた。

昨夜、オステローデの使者として訪れた男を疑えというのは、無理な要求だろう。門衛たちは城門を開き、オステローデ兵らの侵入を許してしまった。ウルスたちはマレークと合流し、兵を率いてヴェトールの屋敷に突入したのである。


二人の伯爵の斬撃の応酬は、激烈だった。

どちらも並外れた力量を持っているわけではない。だが、幾度も戦場に立ったことがあり、経験を積み、己に合った剣技を身につけている。燭台の明かりしかない中、広いとはいえない廊下で剣を振るいながら、その刃は壁や床をかすめることがなかった。

両者の技量は互角に思われたが、体格と膂力(りょりょく)に優るヴェトールの方がわずかに力強く、速かった。それを感じとったヴェトールは前に出て、果敢にウルスを攻めたてた。

ウルスは踏みとどまって耐える。それればかりか、前に出ようとすらした。鮮血が飛んで、顔や腕にいくつもの裂傷が刻まれたが、彼はひるまずにヴェトールを見据える。

ふと、ヴェトールはティグルのことを思いだした。イルフィング島では息子が、ここでは父親が、彼の切り開こうとする道に立ちふさがる。苛立ちと焦りを覚えた。

気合いの叫びとともに、ヴェトールは剣を叩きつける。このとき、彼がいくらか冷静であったなら、疲労の蓄積を自覚して勝負を急がなかっただろう。だが、熱された感情に従って振るわれた刃は、思い描いていたものと異なる軌道を描く。ウルスはそれを見逃さなかった。

甲高い金属音が響いた。ヴェトールの手から剣が飛んで、床に転がる。

彼が次の行動を起こす前に、ウルスは剣を突きつけた。

「降伏してくれ、伯爵」

ウルスが大きく息を吐きだす。その顔は血のにじんだ汗にまみれていた。

ヴェトールは身体を震わせて剣の切っ先を睨みつけていたが、食いしばった歯から唸り声を漏らし、うなだれるようにうなずいた。

「戦いをやめろ!」と、ウルスが大声を張りあげる。

「イルフィング伯爵は降伏した! イルフィングの兵は武器を捨てよ! オステローデの兵は抵抗しない者を傷つけるな! もう一度言う、戦いをやめろ!」

離れたところでマレークやタデウシュが、ウルスの言葉を繰り返す。武器が床に落ちる音が次々に響き、怒号や悲鳴が少しずつ消えていった。猛々(たけだけ)しい熱気はまだくすぶっているが、遠からず冷たい夜気に取って代わられるだろうと思われた。

「ヴォルン伯爵……」

疲労を多分に含んだ声で、ヴェトールが言った。その目に敵意や闘争心はなく、懇願にかぎりなく近い感情がにじんでいた。

「何も為し遂げることのできぬ生は、無意味なものだと思わぬか」

あまりに唐突で、あまりにこの場にそぐわないその問いかけは、答えを求めるものではなかった。今日まで彼の心中に鬱積していた思いが、未来が閉ざされたことであふれたもので、問いかけの形をとった告白であった。

「何も変えることのできぬ生に、絶望したことはないか」

沈黙が二人を包む。ウルスにしてみれば、無視してもよいものだった。しかし、ヴェトールの表情にある種の真摯さを見出した彼は、少し考えてから言葉を返した。

「領主というものは、いざというときのためにいると、私は思っている」

ヴェトールが顔をしかめる。ウルスは静かな口調で続けた。

「畑を持つ者が畑を耕し、職人がものをつくるように、領主は、領民たちが解決できぬような事態が訪れたとき、知恵を尽くし、力を尽くして解決する。それが私の考えだ」

「何かを為し遂げ、よい変化をもたらすのが領主ではないのか」

「私は、おそらく領主としては何も為し遂げられず、何も変えられないだろう」

ウルスは首を横に振ったが、その瞳にはたしかな希望の輝きがある。彼は言った。

「だが、領民が平和な日々を送れるように努めていれば、いずれ何かを為し遂げ、何かを変える者がきっと現れる。そういう者に未来を託せたとき、領主の務めは完結するのだろう」

「あなたのご子息のことか」

「領民たちもだ」

だから、ウルスはあえて子と言わなかったのだ。才能であれ、意欲であれ、将来を期待できる領民に恵まれたと、ウルスは思っている。

ヴェトールは何も言わなかったが、礼を述べるように小さく頭を下げた。あるいは、ウルスの言葉に、己の父や祖父を思いだしたのかもしれない。

戦いは終わった。

†

ティグルたちがイルフィングの町に入ったのは、夜の精霊との戦いが終わってから二日後のことである。

ヴェトールが島から姿を消したことに気づいた闇の緑星は、戦える者をそろえ、必要な数の舟を用意させた。だが、儀式が失敗した直後とあって、彼らの動きは非常に鈍(にぶ)いものだった。

闇の緑星の戦士たちを乗せた十数艘の小舟が島を発ったのは昼を過ぎたころで、イルフィングの町ではヴェトールが降伏し、マレークによる戦後処理がはじまっていたのだ。

もしもヴェトールのたくらみがうまくいっていたら、闇の緑星の対応は間に合わなかっただろう。凄惨な未来はかろうじて回避されたのだった。

それから一日かけて、町と島の間をおたがいの舟が何度も行き来した。

その間に意識を取り戻したティグルとソフィーは、マーシャとウィクター、ベルゲが無事だったことや、リネアとラリッサとの再会を喜んだが、族長の家に連れていかれて、詳しい説明を求められた。

二人を守ろうとしたリネアとラリッサ、そしてマーシャとウィクターが同席を許されたこともあって、ティグルたちは安心して何が起きたのかを話した。

夜の精霊の記憶の残滓を読みとったソフィーが、説明の多くを行った。

「闇の緑星が十六年ごとに行っている儀式では、夜の精霊は島にいるすべての命に、等しく活力を分け与えます。つまり、ふつうのひとより疲れにくく、病に罹（かか）りにくく、怪我の治りも早くなるんです。いいことのように思えますが、それによって、この島は夜の精霊のもたらした影響からずっと抜けだせていません」

「影響とは何かね」と、族長が聞いた。

「大昔……」と、ソフィーは憐れむような表情をしたが、気を引き締めて話を続ける。

「闇の緑星のご先祖さまたちは、夜の精霊からもっと大きな力を引きだせないか考えました。そして、あの月を二重に描いた円環をつくりだしました。夜の精霊を降臨させてから、円環を用いると……」

「あのようになるわけか」

族長は嘆息し、憮然とした表情で言った。

「秘宝については、この立場を継ぐ際にいくつか聞いた。多くの者が恐れ、封印することに決まったが、我々にとって最後の切り札となるという理由から、捨てることはしなかったと。もっとも、あれの在処はとうに忘れ去られて、先々代のときにはわからなくなっていたが」

「円環の力によって、島の形が変わったことはご存じですか？　島のまわりの海から魚が獲れなくなったことも」

ソフィーが訊くと、族長はうなずいた。

「夜の精霊を降臨させる儀式をやめれば、島のまわりに魚は戻ってくると思います。島の形が戻るかどうかまではわかりませんが」

「さきほどおぬしが言った、夜の精霊のもたらした影響とは、そのことか」

確認するように問いかける族長に、ソフィーはうなずいた。

「ですが、いつか魚が戻ってくるとしても、いつになるかはわかりません。それに、わたしは闇の緑星の血を引いていても、闇の緑星じゃない。こうすべきだとは言えません」

族長は考えこむ様子を見せたあと、ティグルを見た。

「おぬしが精霊を封じたあの一矢は、何だったのかね」

「ティル＝ナ＝ファと呼ばれている、俺たちの世界の女神です」

聞かれることは予想していたので、ティグルはよどみなく答えた。族長が目を細める。

「おぬしは、その女神の力を借りることができると？」

「自分でもよくわかっていません。女神の声を聞いたのは、つい最近のことなんです。それにティル＝ナ＝ファは、俺たちの世界では嫌われている女神で……」

ティグルの言葉に、族長は微笑を浮かべたようだった。

「おぬしはこの先、女神の与えてくれる力を積極的に使うつもりはあるか？」

ティグルは激しく首を横に振る。できることなら関わりたくない力だった。

族長は新たな質問を投げかける。

「おぬしの他に、何かしらの神や精霊の力を使う者に会ったことは？」

ティグルとソフィーはそろって「ありません」と、答える。

「だが、可能性はあるのだろうな。最後の切り札を手にしても、それ以上の力を使われるか」

沈黙が訪れる。それを破ったのは、ソフィーだった。

「あの円環ですが……」

「あれなら、祭儀場の祭壇に突き刺さったままだ。誰にも触れさせてはおらぬ」

族長の返答に、ソフィーはやや顔を強張らせて告げる。

「わたしたちは、あの円環に、夜の精霊を一時的に封じこめただけです。夜の精霊の感覚から考えると、五年後には再び解き放たれると思います」

　ティグルたちを包む空気が緊迫したものになる。族長は冷静に尋ねた。

「解き放たれる前に、打てる手はあるかね」

「わたしには、思いつきません。ただ、触らない方がいいと思います」

「俺がもう一度、女神の力に頼るんじゃだめなのか？」

　ティグルが訊いた。ソフィーは少年に優しげな微笑を向ける。ティル＝ナ＝ファに関わりたくないという態度を見せたばかりなのに、必要と判断すればためらわない。その姿勢を愛おしいと思った。

「そうね。五年後、封印が解けるときに、あなたに頼らせてもらってもいいかしら」

　いまのティグルが女神の力を使っても、封印する以上のことはできないだろうというのがソフィーの見立てだ。

「わたしも他の方法がないか考えてみる。何か見つかるまでは、封印を続けましょう」

「わかった」と、族長が言った。

「では、あの祭壇には誰であろうと決して触れるなと、命じておこう」

　そうして、族長との話は終わったのだった。

町の安全が確認されてから、ティグルとソフィー、ウィクターとマーシャは舟に乗って町に向かった。港で四人を出迎えたのは、ウルスと従者たち、タデウシュ、マレークだった。

「父上！」

篝火に照らされたウルスたちの姿を見たティグルは、桟橋に降りたつと同時に、走りだしていた。この町でソフィーと出会った日から、ずっと離れ離れだったのだ。ようやく会えたという喜びで、ティグルの胸はいっぱいだった。

ウルスも笑顔で両手を広げて、駆けてくる息子を待っている。バートランやラフィナックたちも喜びの笑みを浮かべていた。ティグルはまっすぐ駆けて、父の胸に飛びこむ。

「父上！　父上！　やっと、やっと帰ってきました！」

「ああ、ああ。無事か、ティグルヴルムド。怪我はないか」

ティグルの背中に左腕をまわして抱きしめながら、ウルスが優しく尋ねた。ティグルは涙を浮かべて何度もうなずく。

「はい。多少は怪我をしたけど、平気です」

左腕は折れているので、表現としては正確ではない。だが、ティグルの本心だった。

「それは何よりだ。――私も死体や怪我人に説教をするのは避けたいのでな」

台詞の半ばで、周囲の空気が瞬時に凍りついたような錯覚を、ティグルは抱いた。ぎこちなく首を動かして父を見れば、その目はまったく笑っていない。反射的に逃れようとしたが、ウルスは左手ですばやくティグルの腰のベルトをつかんだ。

「ち、父上……」と、ティグルは慌てた。

「実は、左腕が折れていまして」

「平気なのだろう。我慢しろ」

父の声は優しかったが、伝わってくる感情は目眩がするほど厳しかった。ティグルは従者たちに視線で助けを求めたが、彼らは一様に腕組みをして、父子を見守っている。全面的に父に協力するつもりなのは明白だった。

「ティグル！」

ソフィーがこちらへ走ってくる。最初のうちは父子の再会を邪魔しないでおこうと思っていたのだが、ただならぬ雰囲気に気づいたのだ。

怪訝な顔をするウルスに、ソフィーは呼吸を整えながら頭を下げる。

「ええと、はじめまして。わたしはソフィーヤといいます。あの、ティグルを叱らないであげてください。全部わたしが悪いんです」

ウルスは少し考える様子を見せたあと、納得したようにうなずいた。ソフィーのことはヴェトールから聞いている。

「お嬢さんには、私の息子が少なからず迷惑をかけたそうだね。申し訳ないことをした」

「迷惑なんて！」と、ソフィーは激しく首を横に振る。

「ティグルがいてくれたから、わたしはお母さんとお父さんを助けだすことができたんです。わたしたち全員の恩人なんです」

「なるほど……」と、ウルスは苦笑を浮かべた。ソフィーの言葉というより、熱心さを認めたようだった。だが、彼はすぐに厳しい表情をつくる。

「ソフィーヤ、あなたの気持ちはこの子の父親として嬉しい。しかし、私はやはりこの子の父親として、厳しく叱らなければならぬ。あなたのご両親には、またあとでご挨拶させていただくと、そう伝えてほしい」

そう言うと、ウルスはティグルを抱きあげ、ソフィーに背を向けて歩いていく。五人の従者が無言で父子に続いた。

呆然と立ちつくすソフィーに、声をかけてきた者がいる。タデウシュだ。

「ソフィーヤお嬢さん、まったく何と言ったらいいのか……」

「タデウシュさん」

ソフィーは驚き、それ以上の言葉が出てこなかった。そこへヴィクターとマーシャが歩いてくる。タデウシュはヴィクターに敬礼し、マーシャを見て目の端に涙を光らせた。

「よくぞご無事で……」

言葉を詰まらせた部下の肩を、ヴィクターは優しく叩いた。おたがいに話すべきことは山のようにあったが、タデウシュは先にマレークを紹介する。

簡潔に名のったあと、マレークは率直に言った。

「だいたいのことはイルフィング伯爵から聞いたが、海の向こうの島で何があったのか説明してもらえるか」

「もちろんです。ただ、私はともかく妻と娘が疲れているので、場所を移してください」

「そうだな。冷たい潮風を浴びながら立ち話なんてのは、俺もごめんだ」

こうして、ティグルたちはようやくそれぞれの今日までの動きを知ることができ、おたがいに呆れたり怒ったりすることになった。

ただひとり、マレークだけは、他人事として最初から最後まで笑っていた。


ヴェトール＝ジールの行動は、表向きは蛮族との諍い(いさか)から乱心を起こしたものとして処理されることになった。彼が謀反を起こしたことを公(おおやけ)に認めれば、イルフィングで生活する多くの者たちを彼の罪に巻きこんでしまう。闇の緑星も放っておくことはできなくなる。

いうなれば、これは処罰される者を最小限におさえるための措置だった。

この処理を行ったのはウィクターとマレークである。ウィクターは必要な情報を集め、手際よく報告書をまとめた。その傍らで、ヴェトールが雇い入れた傭兵たちにあるていどの金銭を支払って解散させ、ヴェトールに従っていた兵たちもよく統率した。

マレークは、報告も兼ねて兵の大半をオステローデへ帰したあと、ウィクターを手伝い、大極夜が過ぎ去るまでという期限をつけて、イルフィングの治安維持に努めた。

ウルスは、二人の相談に乗ることはあったが、ブリューヌの親善使節という立場を逸脱することは避けて、それ以上のことはしなかった。ただ、従者たちと市街を巡回するなどして、マレークと同様に町の平和を守った。

そのように、それぞれの父親が忙しくしている間、ティグルとソフィーはほとんど毎日、イルフィングの町をいっしょに歩きまわった。町を隅々まで見物する勢いで楽しみ、ソフィーなどはさまざまな住人と親しくなった。

マーシャが二人に話を聞かせてくれることもあった。彼女の話は十柱の神々にまつわる逸話から昔話、古い時代の英雄や勇者の物語など多岐にわたって、二人を飽きさせなかった。一度だけ、娘が幼いころの話をして、そのときはソフィーが顔を真っ赤にして止めた。

数日が過ぎたころ、イルフィング島からラリッサやリネア、ベルゲがやってきた。ラリッサとリネアは、住み慣れた町にやっと帰ってきたというところだ。ベルゲは、氷の舟の現状について報告しに来たのである。

ラリッサとリネアによると、闇の緑星はひとまず族長の下にまとまったということだった。ひとまずというのは、族長自身がなるべく早く後継者を決めると告げたからだ。

「儀式はあんなことになったし、たくさん死んじゃったしで、みんな落ちこんでるの。儀式の前みたいに戻るには、時間が必要だと思う」

「まったく情けないものだ。いま、他の連中に攻められたら、闇の緑星は滅びるぞ」

リネアの説明に、呆れた顔をしたのはベルゲだ。彼らしい容赦のなさだと思いながら、ティグルは氷の舟がどう動くつもりなのかを聞いた。他の連中と言ったが、それこそ氷の舟がイルフィング島を攻める可能性はあるのか。両者は険悪な関係だというではないか。

「その心配はいらん。氷の舟は闇の緑星を守ることにした。やつらに断られなければな」

これにはティグルだけでなく、ソフィーとマーシャも驚いた。リネアとラリッサが落ち着いているのは、すでに話を聞いたからだろう。

「どうしてそういうことになったんだ？」

「闇の緑星が弱くなりすぎると、あの島が部族間での取りあいになって望ましくない、などともっともらしく言っていたが……本心はラリッサへの気遣いだろうな」

ベルゲはおおげさに肩をすくめてそう言ったのだった。


大極夜が過ぎて、イルフィングの町に夜明けが訪れた日、ティグルたちは町を発つことになった。この数日前にはウィクターやマレークも戦後処理を終えていたのだが、明けない夜の下を旅するぐらいなら、数日間待とうと決めたのだ。

早朝の港に、ティグルとソフィーはいた。船着き場の端に立ち、向かいあっている。

このとき、港に漁師たちの姿はごくわずかしかなく、海に出ている船や小舟はない。静かな港で、二人は海から吹きこんでくる潮風を浴びながら、おたがいを見つめていた。

「いろいろあったな」

ぽつりと、ティグルが言った。もっと気の利いたことを言いたかったのだが、何も浮かばなかったのだ。ソフィーはティグルの手を取りながら、うなずいた。

「楽しかったわ。泣きたくなることも、つらいこともたくさんあったけど……。あなたのおかげで楽しかったと、そう言える」

ティグルは顔を紅潮させ、目を輝かせる。彼女の言葉は、おそらく少年が何よりも欲していたものだった。「楽しかったな」と、彼女の手を握りしめてどうにか言葉を紡いだ。

ソフィーの手を離して、ティグルは海に視線を向ける。両手のてのひらに載るぐらいの小さな小舟を用意した。木を削ってつくったものだ。

大極夜が訪れる直前、ソフィーと並んで海を見つめて、他愛(たあい)のない話をしたことが思いだされる。数十日前のことなのに、遠い昔のことのように思えた。

風が穏やかなものになりながら、方向を変える。海へ向かって吹きはじめた。

ティグルはその場に屈んで、小舟を海に浮かべる。小舟には、自作の櫛(くし)が載っていた。母が亡くなる前日にできあがり、渡すことがかなわなかったものだ。

イルフィングの風習だった。極夜が終わるころに、海岸から小さな舟を流す。亡くなったひとを悼み、去りゆく極夜が、魂に安らぎを与えてくれるよう祈るのだ。明るくなっているにもかかわらず、船や小舟が出ていないのは、その風習を尊重しているからだろう。

小舟は波に揺られながら、紺碧の海面を少しずつ進んでいく。

「よかったの?」

ソフィーが聞いた。「いいんだ」と、立ちあがりながら、ティグルは短く答える。

母の墓は、故郷の屋敷の裏手にある。母の魂と向かいあう場所は、すでにあるのだ。それを受けとめることができれば、あの櫛は未練でしかなかった。

ソフィーがティグルの手を握る。二人は海に背を向けて歩きだした。

港を出ると、ベルゲとリネアが待っていた。見送りに来てくれたのだ。

ソフィーはリネアと抱きあって、別れを惜しんだ。リネアがソフィーたちを助けなければ、皆の今日はなかったのだ。万感の想いを、ソフィーは両手にこめた。

「わたし、手紙を書くわ」

リネアをまっすぐ見つめて、ソフィーが言った。

「ラリッサ叔母さんに宛てるけど、ちゃんと大事な友達へ、ってわかるように書いておく」

「大事な友達……」

　呆然とつぶやくリネアに、当たり前だとソフィーはうなずく。リネアは顔を赤く染めてうつむいたが、すぐに気を取り直した。

「楽しみにしてる。あたしも手紙を書くよ。文字を覚えるのも書くのも苦手だから、すぐには書けないけど、いつか、きっと」

　再び固く抱きあう二人の少女の隣で、ティグルはベルゲと握手をかわした。

「ありがとう。本当に、何から何まで」

　そう言ってからティグルが難しい顔になったのは、自分の表現力の貧しさをあらためて自覚させられたからだった。ソフィーと海を見つめていたついさきほどもそうだったが、どうして思っていることをうまく言葉にできないのだろうか。

「それはこちらの台詞だ。おまえは、もっと恩に着せることを覚えるべきだろうが、それがおまえのよさなのだろうな」

　穏やかな笑みを浮かべて、ベルゲは続けた。

「弓の技量を鍛えろ、ティグル。おまえはさらに伸びる。遠く、高く、どこまでも矢を飛ばして精霊を驚かせろ。むろん、俺も鍛える。おまえがまたここに来たとき、腕を競おう」

　ティグルの頬が紅潮し、身体が熱くなる。彼の純粋な賞賛(しょうさん)は、ブリューヌで浴びた無数の罵倒をかき消す力があった。浮かびかけた涙を乱暴に拭って、ティグルは強くうなずいた。

同じころ、ラリッサの家では、家の主と、マーシャとウィクターが話していた。床が散らかっているため、ラリッサは椅子に座っているが、マーシャたちは立っている。三人の手にはそれぞれ、生姜茶(イムチャイ)を満たした陶杯があった。

ウィクターがマーシャを救出するために協力を求めたときは、最低限のことしか話す余裕がなかった。こうしてゆっくりと言葉をかわすのは、五年前に王都シレジアで会って以来だ。

ラリッサは今度の一件についてのことより、マーシャたちのルブリンでの生活について聞きたがった。話しながら、マーシャは冗談めかして妹に言った。

「そんなに気になるなら、あなたもルブリンに一度、来てみたらいいのに」

「ごめんだね」と、にべもなく、ラリッサは姉の言葉をはねのける。

「家はここで、島や、氷の舟の集落が散歩先さ。いまさら何十日もかけて遠くへ行こうなんて思わないよ」

それから、彼女はウィクターを一瞥して、マーシャに笑いかける。

「おまえはいい男を見つけたし、いい子を育てたよ。二人とも、おまえを助けるためだけにこんな辺鄙(へんぴ)なところまで来たんだからね。もしもウィクターが王様だかの命令でここへ来たのなら蹴りだしてやっていたところだが」

「ラリッサには、一生かけても返せないほどの恩ができた」

ウィクターが頭を下げる。彼が協力を求めたとき、ラリッサはウィクターの存在をヴェトールや闇の緑星に知らせることもできたはずだった。だが、彼女はそうせず、町や島の状況をウィクターに教えたのだ。

「そう思うなら、今度は私の話を聞いてもらおうかね。今度の件は、またいずれすればいい。世の中には優先順位ってものがある」

ラリッサの話す、イルフィングの町や氷の舟の集落での出来事を、二人は楽しく聞いた。そして、いつかの再会を約束して、二人はラリッサの家を辞したのだった。

†

イルフィングを発って王都シレジアに数日間、滞在したとき、ウルスは国王ヴィクトールに謁見を求めた。己の口から、今度の一件を報告しておくべきだと考えたのだ。そもそも、ウルスが息子と従者たちを連れてイルフィングへ行ったのは、王に勧められたからだった。

謁見を許可されない可能性もウルスは考えており、そうなったら仕方がないと思っていたのだが、ウルス自身が驚くほどの速さで許可は下りた。それも謁見の間ではなく、応接室で話を聞くと王は言ったらしい。

王宮に数多ある部屋の中でも、もっとも豪奢(ごうしゃ)な空間にウルスは通された。そこにはヴィクトールの他に、三十代前半だろう王子と、侍従長を名のる老人がいた。

ウルスは緊張しつつ、イルフィングでの出来事を話した。ヴィクトールたちはとくに反応を示さなかったが、ウィクターたちが先に報告していたからだろう。

ウルスの話を聞き終えると、老いた王は静かに訊いた。

「他に言いたいことがあるのではないか。あの町へ行くよう、そなたに勧めたのは余だ」

対価をくれるということかと、ウルスは考えた。褒美を求めてもいいし、多少の苦情をぶつけても許してくれるということだろう。ここには四人しかいないのだから。

「では、陛下に聞いていただきたい話がございます」

ウルスは、ヴェトールが行動を起こした理由について語った。蛮族と呼ばれる者たちに対処するために王宮に陳情を繰り返したが、それが無駄であることに気づかされた。そこへ、蛮族やアスヴァールが甘言を弄し、彼の野心を燃えあがらせたのだと。

ヴェトールを捕らえたあと、彼と話す機会があって、聞いたことだった。本心だろうと、ウルスは思っている。

「あの男の陳情を受けつけなかった余に非があると？」

一筋の皺も動かさず、静かな声でヴィクトールが訊いた。

「そのような考えはございません」

落ち着き払って、ウルスは王の視線を受けとめる。

「彼には他にも道がありました。その上で、謀反という道を選んだのですから。ただ、イルフィングの抱える問題そのものは解決していないということを申しあげたかったのです」

ジール家は取り潰しとなるだろう。そして、王の派遣する代官か貴族が、イルフィングの新たな主となる。その人物は、ヴェトールと同じ現実に向きあうことになるのだ。

「私が治めている領地は非常に小さなものですが、それでも隅々まで目を光らせることは、容易ではありません。まして一国ともなれば、その困難さは、私などには想像もつかないものでしょう。ですが、針の穴のごとき綻びも、いつまでも放っておけば大穴のもとになります」

言い終えて、ウルスは複雑な表情になった。王が許したとはいえ、これは親善使節としての立場を越えた発言だ。ブリューヌにとって利となるものは何もない。このようなことを彼に言わせたのは、ヴェトールに対するある種の同情や共感だった。

「大儀であった」

王が言った。話は終わりということだ。ウルスはあらためて深く頭を下げると、椅子から立ちあがる。退出しようとしたとき、ヴィクトールがウルスを呼びとめた。

「そなたの話は興味深いものだったが……」

老いた王の両眼に、いささか意地の悪い光が輝いたのをウルスは見た。

「聞けば、今度の一件において、そなたの息子はわずか十一の若さで武勲詩(ジェスタ)の勇者もかくやという活躍をしてのけたそうだな。不思議なことに、そなたの話にも、騎士ウィクターの報告にも名は一切出てこなかったが」

この部屋に入ってからはじめて、ウルスは動揺した。

ティグルと、そしてソフィーの名は、あえて出さなかった。ウィクターが報告書をつくるときに話しあって、そうしようと決めたのだ。二人のためにならないからと。

それなのに、なぜ王は知っているのか。

「たしかに、息子はあの町で少々、暴れました」

恐縮しつつ、ウルスはすぐに冷静さを回復させて言葉を紡いだ。王の言葉を否定することはできない。だが、隠しごとがあったと思われてはよくない。思案のしどころだった。

「陛下のお耳に入ったのは光栄なことながら、いささか誇張されて伝わったようで、息子の行動は事態を混乱させるものだったと、私は考えております。恥を隠すのは貴族としてあるまじきことですが、まだ十一の子供のやったこととして、親の情から省いた所存です」

「なるほど。詳しい話を聞かせてもらって、場合によってはそなたの息子に何らかの褒美をとらせようと思っていたが」

「とても、そのような栄誉に値する行動では……」

丁重に、しかし断固として拒絶するウルスに、王は「残念だな」と言って、手を振った。

ようやく退出したウルスは、壁にもたれかかって廊下の冷たい空気を吸いこんだ。生きた心地がしないとは、このことだろうと思った。

エピローグ　五年後

白く染めあげられた冬空の下、一艘（いっそう）の小舟がイルフィング島の南にある船着き場に着いた。小舟に乗っていたのは二人。ひとりは櫂（かい）を巧みに操っていた漕ぎ手の老人だ。イルフィングの町の住人で、若いころは漁師をやっていたという。

もうひとりは淡い金色の髪と、緑柱石の瞳を持つ美しい娘だった。髪は膝に届くほど長く、幅広の帽子をかぶり、ドレスに長身を包んでいる。ドレスは緑を基調として随所に金の意匠をほどこしたもので、娘のまとう雰囲気に静かな威厳と荘重（そうちょう）さを加えていた。

だが、そのドレス以上に存在感を発揮しているものがある。彼女の手にある錫杖だ。長さは娘の背丈ほどもあり、先端には黄金の円環が据えつけられている。円環の中では二つの輪が交差して、冷気をはね返すかのような輝きを放っていた。

見る者をすべて敬服させるかのような、神秘的な雰囲気をまとっているそれは、むろんただの錫杖ではない。竜具（ヴィラルト）と呼ばれる、戦姫のみが振るうことを許された武器だ。

その竜具を持っている娘の名をソフィーヤ＝オベルタスという。年齢は二十。ソフィーという愛称で、彼女は親しい者から呼ばれていた。

「ありがとう。助かったわ」

　荷袋を背負(せお)って桟橋に降りたソフィーは、小舟を振り返って漕ぎ手の老人に礼を言う。老人は笑って答えた。

「なに、あんたみたいな可愛らしいお嬢さんを乗せることができたんだ。たいした苦労じゃねえさ。それに、ここ数年で、この島に来るのはだいぶ楽になったからな」

「あら、そうなの？」

「ああ。何年か前に来た代官様が、この島に住んでる蛮族と和解してな。それ以来、連中とはよく助けあうようになった。揉めごとがまったくなくなったわけじゃねえが、それでも以前にくらべれば安心して舟を出せるようになってな。そうでなかったら、町の港でお嬢さんを止めてるさ。だが、本当にひとりでだいじょうぶかい？」

「ええ。この島には頼りになる友達がいるから」

　ソフィーは笑顔で錫杖を揺らした。円環の中の二つの輪が涼やかな音色を響かせる。

「それに、こう見えても腕には自信があるの」

　老人にもう一度、礼を言うと、ソフィーは海に背を向けて歩きだす。向かう先は、島の南東にある闇(やみ)の緑星(りょくせい)の集落だ。五年前までは、集落は島の中央近くにあったのだが、いくつかの事情から移ったのである。

　船着き場から少し離れると、昼でも薄暗い森が広がっているのだが、その中に一筋の道が延びている。どちらかといえば粗末(そまつ)なつくりだが、雑草は引き抜かれ、それなりに均されて、道であるとたしかにわかる。この道を進めば、いずれ集落が見えてくるはずだった。

「これなら、次はシグリも連れてきてよさそうね」

イルフィングの町で自分の帰りを待つ年下の侍女を思い浮かべながら、ソフィーは森の中に入っていった。


ソフィーが戦姫になったのは、約四年前だ。イルフィングの町での戦後処理が終わり、両親とともにルブリンの町に帰還してから数ヵ月後のことだった。

ある日の夜遅く、ベッドに腰を下ろしてジスタート語とブリューヌ語の両方で書かれた書物に目を通していたソフィーは、そろそろ寝ようと書物を閉じた。

そのとき、空気が震えたような感覚を、彼女は抱いた。

気のせいかと思いながらも、立ちあがって部屋の中を見回す。扉も、小さな窓の雨戸も閉まっている。ベッドのそばに立てている燭台(しょくだい)の火にもゆらぎはない。

それでも、ソフィーは何かが起きていると、肌で感じとっていた。

脳裏に、闇の緑星にまつわる諸々がよぎる。あれからまだ一年も過ぎていない。精霊の依女(ひめ)にされ、夜の精霊が降臨しかけた自分の身に何かが起きたのではないかという想像は、決して的外れなものではなかっただろう。

だが、それではなかった。

大声で両親を呼ぼうと思ったとき、眼前に、音もなく黄金の輝きが出現する。無数の光の粒子をまとった黄金の光球が、それまで何もなかった空間に浮かんでいた。

ソフィーは息を呑んだが、恐怖は感じなかった。光球から伝わってくるのは慈愛に満ちた微笑を思わせる、あたたかな意思だったからだ。

それは言葉ではなく、想いで、ソフィーの意識に直接呼びかけてきた。己が何であるかを告げて、ともにありたいと伝えてきた。それの望むものを、ソフィーが満たしているからと。

――竜具（ヴィラルト）……。

心の中で、驚愕とともにソフィーはその言葉をつぶやく。この黄金の輝きは、ザートという名を持つ竜具だった。ザートは、ソフィーに戦姫になることを求めている。

――戦姫は、国王陛下が選び、竜具を貸し与えると聞いていたけれど……。

どうやら違うらしい。たしかに、竜具が己の意思で戦姫を選んでいるとなれば、王国は混乱するだろう。ソフィーはまだ十六歳でしかないが、そのぐらいは想像がつく。

――わたしの何が、あなたの望みを満たしたの？

ザートから伝わってきたのは、どうにか言葉にするなら、『ソフィーそのものが』という思いだった。答えになっていないように思えたが、竜具にとっては完全な答えらしい。

――わたしがあなたを手にとれば……。

その瞬間、両親に守られ、隣国の少年を想っていつかの再会を夢見る生活が終わりを告げ、戦姫としての人生がはじまる。これまで考えたこともない日々が。

首を横に振る。戦姫になったとしても、自分は自分だ。これまで歩いてきた道、育んできた思いを捨てることはない。そういう自分を、この竜具は選んだのだから。

ふと、未知への旅という言葉がソフィーの胸の奥に浮かんだ。

幼いころから、母とともに、父からたくさん知らない世界の話を聞いた。憧れた。未知の人生に踏みだすのは、知らない世界へ旅するのと同じではないか。

——わかったわ。

緑柱石の瞳が決意に満ちて輝き、口元に挑戦的な笑みが浮かぶ。ソフィーは黄金の光球へと手を伸ばし、力強くつかんだ。

光の粒子がぱっと弾ける。光球は目がくらむほどに明るさを増しながら形を変え、ソフィーの手の中で棒状に細長く伸びた。その光に吹き飛ばされそうな錯覚を、彼女は抱いた。

次の瞬間、光が消える。金属の冷たい感触がてのひらに伝わってきた。

「——ザート」

静かに呼びかけると、ソフィーが握りしめているものから黄金の粒子が無数に舞い散って、暗がりに踊った。先端に黄金の円環を据えつけた錫杖の姿が浮かびあがる。

『光華の耀姫（ブレスヴェート）』の異名を持つソフィーヤ＝オベルタスが生まれた瞬間だった。

白かった空はくすんで、灰色へと変わりつつある。あと一刻ほどで暗くなるだろう。

ソフィーは森を抜けて、闇の緑星の集落に着いた。

毛皮と羊毛を使った衣をまとっている闇の緑星の者はイルフィングの町でも見かけたが、大きな布や毛皮を何枚も重ねた円錐状の家を見るのは五年ぶりだ。懐かしさに表情が緩む。

他に、山小屋のように丸太を組みあわせた家もあった。以前は見なかったものだ。彼らの生活も少しずつ変わっているということだろうか。

集落を囲む柵を補修していた若者たちが、作業の手を止めて、こちらを見つめている。ソフィーの美しさと、ドレスや黄金の錫杖に見とれているようだったが、ひとりが気づいたようにソフィーの顔を見直した。

「精霊の依女……？」

そのつぶやきで他の若者たちも気づき、ざわめきが起こる。ソフィーは微笑を浮かべて彼らに声をかけ、リネアを呼んでもらった。

ほどなく、ひとりの娘がソフィーの前まで駆けてきた。

顔から丸みがなくなり、肌も赤く焼けているが、リネアだとすぐにわかる。彼女は毛皮と羊毛の衣をまとい、腕や脚のあたりを緑の紐で縛っていた。昔のようにフードはかぶらず、耳を守るように頭に布を巻いている。

「ひさしぶり、ソフィーヤ。遠くからでも一目でわかった」

「わたくしも。会いたかったわ、リネア」

「戦姫になったって手紙で知ったけど、言葉遣いも変わるものなんだね」

闇の緑星の血と、ジスタート人の血を引く二人は、抱きしめあって再会を喜んだ。

リネアは集落の中を案内しようとしたが、ソフィーは首を横に振った。

「外から集落の様子を見ることができればいいわ」

闇の緑星にとって、自分は精霊の依女なのだ。あれから五年が過ぎたとはいえ、当時の出来事を思いだしたくない者も、まだいるだろう。わざわざ自分の存在を見せつけることもない。

友人の心情を察して、リネアは苦笑まじりにうなずいた。

「あまり気にすることはないと思うけど。ソフィーヤがそう言うなら暗くなるまで待とうか」

集落を囲む柵に沿って、二人は並んで歩く。ソフィーが訊いた。

「この集落での生活はどう？」

リネアはいま、数日ごとに町と集落を行き来する生活を送っている。集落でのさまざまな作業を手伝うよう、ラリッサに頼まれたのだ。「いつか、おまえの両親が帰ってきたとき、何がどうなっているか説明できた方がいいだろう」と言われて、断れなかったという。

「そうだね。いまは慣れたけど、最初のうちは水汲みにしても何にしても、前の集落はよくできてたなって思わされたな」

　五年前、イルフィングの町でウィクターたちが戦後処理をかたづけたころ、闇の緑星の族長は集落を島の中央から南東へ移すと決定した。反対意見は出なかった。

　祭儀場には、五年前に封印された夜の精霊がいまも眠っている。そのような場所で、それまで通りの生活を続けることなどできない。

　闇の緑星の者たちは死者の埋葬をすませると、家を解体して新たな生活の場に移った。

　生活は厳しいものだった。

　リネアが言ったように、中央の集落は少しでも生活がしやすいように整えられていた。川は近くにあり、行くのがつらくなかった。狼の群れに守られた一帯や落とされた吊り橋は、安心感を与えてくれた。死者の魂が眠る大木に、子供でも行くことができた。

　新しい集落にはそうしたものがなかった。

「でも」と、リネアは続ける。

「これから新しい生活をつくっていくんだという実感はあったよ。氷の舟に守ってもらうのは屈辱だと考えるひとはたくさんいたけど、すぐに借りを返してやろうって奮起するひともけっこういてね。それで、いまのところはうまくいってる」

　基本的には、氷の舟の狩りを手伝ったり、彼らと他部族との戦に参加したりすることで借りを返すのだが、昨年あたりから、革や骨を使った細工物のつくりかたを町で学び、それを贈る者が現れるようになったという。漁にも以前より積極的になった。

新たな集落は、東と南にそれぞれある船着き場へ行きやすい。氷の舟の集落とイルフィングの町へ頻繁に通うようになる者が増えはじめたのだった。

「それじゃ、氷の舟との関係は悪くないのね」

「喧嘩はいまでもしょっちゅうだよ。でも、大きな騒ぎには一度もなってない。どうして闇の緑星を助けなければいけないのかって叫ぶ連中を、ベルゲがおさえてくれてるんだ」

闇の緑星と氷の舟は険悪な間柄だった。ベルゲも闇の緑星に友情を感じたことなどなかっただろう。それに、彼の友だったフロールヴは、エフゲーニアに殺されたのだ。

しかし、ベルゲは闇の緑星を守る側に立つことを選んだ。

「ベルゲがこれだけ協力的になってくれるのは、やっぱりティグルのおかげだろうね」

彼は、ティグルにたしかな友情を抱いていた。もちろん、彼なりに族長の考えを尊重し、また氷の舟の未来も考えたのだろうが、ティグルの存在がなかったら、違う結論を出していたかもしれない。

「これはずいぶん前にラリッサから聞いたんだけど」

真面目な顔をつくって、リネアは言葉を続けた。

「族長は、儀式を捨てて生き方を大きく変えなければならないって言ったらしいの。それを聞いたときは、そんなことできるのかなって思ってたんだけど……」

「いまは、できるかもしれないって思ってるのね」

彼女が言おうとしたことを、ソフィーが当ててみせる。リネアは笑ってうなずいた。

ちなみに、ソフィーはイルフィングの町に着いて、真っ先にラリッサに会いに行っている。

彼女は五年前と変わらぬ家に住み、やはり五年前と変わらない生活を送っていた。糸車で毛糸を作っていて、床には羊毛の塊がいくつも転がっていた。

ソフィーを見た彼女は、「ちょっと見ない間に大きくなったね」と、しみじみ言ったあと、「戦姫になったそうだけど、あんまりそれらしく見えないねえ」と笑ったものだった。

ふと、独特の匂いが漂ってきたので集落の中を見る。家と家の間に縄をわたして、数十もの魚が吊されていた。干物にして、この冬を越すための食糧にするのだろう。魚の下で子供たちがはしゃいでいるのが見えて、ソフィーは目を細めた。

「ソフィーヤの方は？　四年前に戦姫になったんだっけ。貴族様みたいな生活？」

リネアに無邪気な質問を投げかけられて、ソフィーは肩をすくめる。

「覚えることがありすぎて、目の前のことをかたづけるのが精一杯という感じね」

ザートに選ばれて戦姫になることを決めたあと、ソフィーは両親に事情を話し、王都シレジアへ旅に出た。そして、国王ヴィクトールから正式に戦姫として認められ、治めるべきポリーシャ公国の公宮へ向かったのだ。

公宮に着いてみると、三ヵ月前に戦姫が亡くなったという話であり、公主代理として政務を処理していた中年の文官が、ソフィーの前にうやうやしく膝をついた。ソフィーの持つザートを見て、新たな戦姫が生まれたことを理解したらしい。

それから、戦姫としての多忙な日々がはじまった。公国を支えている官僚や騎士たちに会って彼らの名と顔を覚えつつ、公国の地理を学び、政務と軍務について教わった。

どれもこれもはじめて知ることばかりだったので、感激したソフィーは、「どんなことでもとりあえずやってみたいわ」と、つい言ってしまったが、これは失敗だった。新たな戦姫の意欲的な態度に感激した官僚たちは、本当に何もかもをソフィーにやらせたのである。

文字通り目を回したソフィーは早々に音をあげ、急がず着実に学んでいくことにした。

戦姫になってよかったとソフィーが思ったことのひとつに、定期的にティグルと手紙のやりとりができるようになったというものがある。

ルブリンの町からティグルのいるアルサスはかなり遠く、手紙を送ろうにも、ブリューヌへ向かうという行商人や隊商などが現れるのを待って、彼らに託さなければならなかった。一年に一度、やりとりができたら幸運だろうと、父のウィクターも言うほどだったのだ。

しかし、ポリーシャの戦姫ならば、堂々と使者を派遣することができる。

五年前にジスタートとブリューヌの間で結ばれた友好条約は継続されているし、ヴォルン伯爵とその嫡男は、ジスタートの北端で起きたある事件に関わり、その解決にも力を尽くしたとして、国王ヴィクトールから評価されている。

ならば、ポリーシャ公国がヴォルン伯爵家と友誼を結んでおくのは立派な外交だ。

そのように理屈を組み立てると、ソフィーは何人かの官僚を呼んで相談した。イルフィングでの出来事についても、夜の精霊のことなどは伏せて、簡潔に話した。

ひとりが代表して、次のように答えた。

「他国の諸侯とおつきあいすること自体はよろしいでしょう。長い目で見る関係ならば、早急に利益を求めようとも思いません。ただ、板挟みにはならぬようご注意を。あなた様はポリーシャの戦姫。いざというときは万事においてポリーシャを優先しなければならぬ立場です」

その声は優しくも厳しく、ソフィーはあらためて己の立場を自覚したものだ。

その上で、ソフィーは正式にアルサスに使者を送った。

使者はソフィーの手紙を持って春にポリーシャを発ち、ティグルとウルスの手紙を持って夏に帰ってくるという具合だったが、ブリューヌの状況があるていどわかることや、季節が変わるほどの旅によって使者が貴重な情報を得ることがあること、何よりティグルの手紙を読んだソフィーが精力的に政務に励むことから、官僚たちは歓迎する姿勢を見せたのだった。

「戦姫になったばかりのころは、本当に自分に務まるのかと何度も思ったけど……」

ソフィーが隣に並ぶリネアにそう言うと、彼女はすかさず言葉を返してきた。

「いまは、できるかもしれないって思いはじめてる？」

さきほどのお返しのようなものだろう。いたずらっぽく笑うリネアに、ソフィーも輝くような笑顔を返した。

「そういえば」と、リネアは思いだしたように聞いてきた。

「ティグルはいっしょじゃなかったの？」

「町で三日間、待ってたのだけど来なくてね、わたくしだけ先に来ることにしたの」

淡い金色の髪を揺らして、ソフィーは苦笑する。

ティグルに対して、「自分が年上なのだから」という意識が、変わらずソフィーにはある。年長者である自分が先にかつての祭儀場を確認して、やるべきことを把握し、ティグルをゆっくり待ちたいという思いがあった。

「元気にしてるかな」

「手紙のやりとりをしてるけど、元気よ。ただ、心配になるところもあって……」

台詞の後半が、つい不満そうな声音になる。リネアが相手なので気が緩んだのだ。これがイルフィングの町にいるシグリだったら、身近な存在すぎてかえって話せない。

「ティグルはずいぶん女性に好かれているみたいなの」

それも自分と同じ戦姫たちにだ。

二年前、アスヴァールがブリューヌを攻めたことがあったのだが、それがティグルの初陣となった。家宝の黒弓を持ち、わずかな兵を率いて参加したティグルは、偵察を買って出て独自に動き、敵軍の部隊長を何人か討ちとったという。

この戦で、ジスタートは友軍としてブリューヌ軍に加勢した。両国の友好条約という大義名分があったし、アスヴァールに打撃を与えるいい機会だったのだ。

軍の指揮を執ったのは、西の海に面しているレグニーツァ公国を治めている戦姫だった。『煌炎の朧姫(ファルプラム)』の異名を持ち、サーシャという愛称で呼ばれているアレクサンドラ＝アルシャーヴィンという。

サーシャは戦場でティグルの弓の技量を率直に賞賛(しょうさん)し、また人柄も評価したらしい。

ブリューヌは依然(いぜん)として弓をひどく蔑視(べっし)しており、ティグルの武勲を賞賛した者がいなかったこともあって、ティグルは彼女の言葉にいたく感激したそうだ。

サーシャは社交辞令などではなく、本気でティグルを気に入ったようで、見聞を広めるために客将としてレグニーツァに来ないかと誘ったが、その直後、サーシャが重い病に罹(かか)って、話は立ち消えになったということだった。

また、『銀閃の風姫(シルヴフラウ)』の異名を持ち、エレンという愛称で呼ばれているエレオノーラ＝ヴィルターリアも、ティグルを友人と認めている。

彼女は二年前に戦姫になったのだが、すぐにソフィーやサーシャと親しくなり、二人からティグルの話を聞いて、興味を抱いた。彼女の治めるライトメリッツ公国と、ティグルのいるアルサスは近い。間にヴォージュ山脈を挟んでいるだけだ。

　戦姫として、すぐ近くに領地を持つ他国の諸侯の為人（ひととなり）を知っておきたいという考えもあり、彼女はアルサスを訪ねて、ウルスとティグルに会った。エレンはウルスに敬意を抱き、ティグルに好感を持ったという。

　そして、『凍漣の雪姫（ミーチェリア）』の異名を持ち、ミラという愛称で呼ばれているリュドミラ＝ルリエもティグルに友情のようなものを感じたらしい。

　彼女はエレンと同様、二年前に戦姫になったのだが、ソフィーやサーシャとは親しい一方、エレンとはあらゆる面で気が合わないようで、ずっと険悪な関係にある。その彼女が、ソフィーたちからそれぞれ話を聞いて、ティグルの顔を見ておこうと思ったのだ。

　彼女の治めるオルミュッツ公国は、エレンのライトメリッツのすぐ南にある。アルサスにも近い。どのような人間か知っておくという理由は、とくにおかしなものでもなかった。

　その後、ソフィーに会ったとき、ミラはティグルのことをこう評した。垢抜けないところはあるが、弓の技量だけは一目置かざるを得ないと。それから「面白い男ね」と、付け加えた。

　自分にも他人にも厳しい評価を下すところのある彼女がティグルを認めたのは、ソフィーにとってはもちろん嬉しかったが、意外でもあった。

　さらに、『雷渦の閃姫（イースグリーフ）』の異名を持ち、右の瞳が金、左の瞳が碧という異彩虹瞳（ラズイーリス）で知られているエリザヴェータ＝フォミナも、ティグルに会っていたことが最近わかった。

　彼女は自分やサーシャ、ミラとはそれほど親しいわけでもなく、エレンとは戦姫としての務めを果たす際に衝突して敵対関係にあり、ティグルのことは知らなかった。

　だが、あるとき、外交の使者としてブリューヌへ行くことになり、その際、アルサスの地を通った。そして、ウルスやティグルと話し、この地に戦姫を迎えるのは、これが初めてではないと聞いて、詳しい話を聞いたそうである。

　先日、ソフィーは王都でエリザヴェータと会う機会があったのだが、そのときに彼女はティグルのことを口にした。「私の目を見て、猫みたいだなどと……。失礼な男でしたわ」と、腹を立てているふうだったが、どこか嬉しそうに、ソフィーには見えたのである。

　ソフィーが話し終えると、リネアは感心したような表情になった。

「すごいね。戦姫ってたしか七人でしょ。ティグルは五人も虜にしているんだ」

「虜というほどでもないでしょうけど、親しみを感じているのはたしかね」

「それが、ソフィーは気に入らないの？」

「気に入らないわけじゃないけど……」

　淡い金色の髪を振ると、ソフィーは不満を顔に出した。

「一度ぐらい、ポリーシャまで来てくれてもいいのにとは思ったわ」

ライトメリッツやオルミュッツには行ったらしいのに、というつぶやきは言葉にならず、口の中で消える。

アルサスからポリーシャまで行くより、アルサスとライトメリッツ、あるいはオルミュッツを往復するほうが早いことはわかっている。だが、自分の治めるポリーシャを見てほしいという願いは、過大なものだろうか。

それに、自分が見たことのないティグルを、他の戦姫たちが見ているのもおもしろくない。自分の記憶の中では、ティグルは十一歳の少年のままなのに、彼女たちはいまのティグルを知っているのだ。

「ソフィーヤはそのひとたちがうらやましいんだ」

「ティグルが心配なのは本当よ。この四人の他にもね」

ティグルの手紙には、さまざまな女性の話があった。ティグルとは幼いころから親しく、何年も前からヴォルン家に仕えているという侍女。

ある日、ふらりとアルサスに現れ、数ヵ月間滞在したという薄紅色の髪の少女。その少女は狩りが得意で、見事なつくりの斧を持っていたらしい。

ブリューヌの王子がティグルの弓の技量を賞賛しているらしいのはいいが、その王子の護衛を務めている女騎士が、ティグルに会いに何度かアルサスに来たという話も気になる。

「ティグルが女性に見境のない人間になったとは思わないわ。でも、他人を誤解させてしまう

ような人間に育ってしまったのかもしれない」

「あまり気にすることはないと思うなあ」

ソフィーの心配を吹き払うように、呑気な明るい声でリネアは言った。

「心配いらないよ。ソフィーヤは誰よりも先に、ティグルに会ったんだから」

あまり根拠のない励ましだったが、その言葉は不思議とソフィーの心を軽くする。微笑を浮かべて、ソフィーは友人に礼を言った。

その日、ソフィーは集落の中にあるリネアの家で夜を明かした。

自分のドレスや竜具に彼女がさわりたがるのでさわらせたり、代わりに彼女がまとっている衣を借りて、着てみたりした。見た目より動きやすくて、ソフィーは驚いたものだった。

「竜具って何でできてるの？　鉄じゃないみたいだけど」

「それはわたくしにもわからないの」

リネアに聞かれて、ソフィーは小首をかしげる。

「でも、戦姫になってからのこの五年間、ザートはわたくしにとって大切な戦友だった。これからも間違いなくそうで、そのことがわかっていればいいと思ってるわ」

寝るときは、彼女といっしょに、ひとつの大きな毛皮にくるまった。少し気恥ずかしかったものの、楽しくもあった。昔のことやいまのこと、それから未来のことを語りあううちに、どちらからともなく寝息をたてていた。

夜が明ける少し前、ソフィーは集落を離れて、ひとりで島の中央へと向かった。

風は強く、空には黒がかった灰色の雲が渦を巻いている。葉を落とした木々がまばらにわだかまっている寂しい荒野を、半刻ほどで抜けた。そこから凍った川に沿って歩くと、見覚えのある景色が視界に映る。かつて集落のあった場所に足を踏みいれたのだ。

中途半端に残された柵の一部や、朽ちるに任せて放っておかれた家々の存在は、ソフィーの胸の奥に寂寥感(せきりょうかん)の風を吹きこんだ。ひとの気配はなく、離れた斜面に何頭かの狼がいて、こちらの様子をうかがっているのが見えた。

ソフィーは足を止める。ザートの先端に据えつけられた黄金の円環が、淡い光をまとった。使い手であるソフィーに警告を発している。

――ひとまず確認するだけのつもりだったけど……。

表情を引き締め、呼吸を整えて歩みを再開する。

祭儀場に入った途端、空気が一変した。冷たく乾いていた風が、肌が粟立つような禍々しい瘴気(しょうき)になる。自分を観察していた狼の群れが、何かにおびえるように逃げていった。

ここが祭儀場だったことを示すのは、中央に設(しつら)えられた黒い祭壇だけだ。祭壇は土埃にまみれているが、五年前と変わらない形でたたずんでいる。瘴気はそこからあふれていた。

——戦姫になって、わたくしは夜の精霊に対抗できる力を手に入れた。

むろん、ザートは夜の精霊との決着をつけさせるために、ソフィーを戦姫に選んだのではない。しかし、彼女は不思議な巡りあわせを感じずにはいられなかった。

——戦姫は王に跪き、王を護り、王のために戦う。

建国神話において、戦姫を生みだした初代国王が遺した言葉のひとつだ。夜の精霊をこの地から解放することは、間違いなく王の、王国のためになる。ならば、戦姫の責務だ。

ソフィーがザートをかまえて、一歩踏みだす。風が止んだ。静寂が訪れる。祭壇で眠っていたものが目覚めて、周囲の音を消し去ったかのようだった。

祭壇から黒い霧のような瘴気があふれて、地面を這うように、放射状に広がっていく。ソフィーはザートを掲げた。黄金の円環の中の二つの交差した輪が、涼やかな音色を響かせる。

「——我が地を祓え舞い散る花片よ」

彼女がザートを振りまわして虚空に黄金の軌跡を描くと、その頭上に、無数の光の粒子で構成された大輪の花が出現した。その花から、花弁が舞い落ちるように、黄金の輝きが周囲にこぼれていく。光は地面に触れると溶けこむように広がり、重なりあった。

光は地面を覆っていき、瘴気とぶつかりあう。瘴気は猛り狂って激しくゆらめいたが、光は瘴気を削り、呑みこみ、消し去っていった。

戦姫は、竜具に備わっている力をさまざまな形で解き放ち、人間には不可能な事象を起こすことができる。戦姫たちはそれを竜技（ヴェーダ）と呼んでいた。

ソフィーの生みだした光が強敵だと悟ったらしく、瘴気が祭壇へと集まっていく。ソフィーは眉をひそめた。祭壇の中心に、あるものを認めたからだ。

夜の精霊の力を過剰なまでに引きだす、三日月を二重に刻んだ円環。それが焼かれたように黒く染まって祭壇に半ばまで突き刺さっていた。

――あれを破壊しなければ。

そう思ったとき、瘴気が祭壇の上に立ちのぼって、ひとの形をつくる。長身で、両手にそれぞれ手斧を持ち、長い髪を振り乱した。

ソフィーは目を瞠（みは）る。瘴気でつくりだされたゆえに顔の輪郭が曖昧（あいまい）だが、それは夜の精霊の力を己のものにしようとして失敗し、命を落としたイリーナに違いなかった。

イリーナが祭壇を蹴って跳躍し、空中から襲いかかってくる。二丁の瘴気の手斧を、ソフィーはザートで受けとめようとした。

衝撃に轟音が続き、ソフィーは後退を強（し）いられる。瘴気でつくられたものでありながら、イリーナの手斧はたしかな形と、重みを備えていた。まともにくらえば人間の身体など簡単に引き裂かれてしまうだろう。

――それだけではすまないわね。あの瘴気に傷口を侵されたら……。

あるていどまでは竜具が守ってくれるだろう。だが、竜具の守りを越えて、瘴気が入りこんできたら、ソフィーの身体はそこから腐り、壊死する。それがわかる。

ソフィーが生みだした光の中に、イリーナは立っている。彼女を形成する瘴気は光に削られているが、それを上回る勢いで新たに瘴気を生みだし、身体を維持しているのだ。ソフィーを亡き者にすればよいと、敵はわかっている。

イリーナが距離を詰めてくる。熟練した戦士の動きだと、ソフィーにはわかった。戦姫になってから、公国に勤める騎士たちの訓練や戦いぶりを見る機会があり、ソフィー自身もザートの扱いに習熟すべく鍛練を重ねているからだ。

左右から迫る瘴気の手斧を、ソフィーは黄金の錫杖で受けとめ、あるいは弾き返す。わずかな隙を突いて、ザートを突きだした。イリーナの右腕を手首のあたりから吹き飛ばす。水を殴りつけるのにも似た、鈍(にぶ)い衝撃がソフィーの手に伝わってきた。

このまま勢いに乗って攻めかかってもいいはずだったが、ソフィーは油断なく身がまえ、呼吸を整える。はたして、イリーナの右腕の手首から瘴気が急激に盛りあがり、手斧を握りしめた手を形づくった。ほとんど一瞬で再生を果たす。

——ただ打ち倒すだけでは、だめね。

額から頬へ伝う汗を拭う余裕もなく、ソフィーはイリーナの胸のあたりを見据える。夜の精霊の力の源であり、精霊をこの地に縛りつけている黒ずんだ円環の気配を、そこから感じる。あれを破壊しなければ瘴気は止まらない。

「――我が先を疾走れ輝く飛沫よ！」

ソフィーが水平にかまえた錫杖の先端から、無数の光の粒子が放たれる。それらは無数の閃光と化してイリーナを貫いた。だが、イリーナはその身体のほとんどを光に撃たれ、灼かれながらも胸だけは守り通す。そして、そこから一本の長大な触手を生やした。

瘴気の触手が、先端を手斧の刃に変えてまっすぐ伸びる。光の嵐をかいくぐって、ソフィーに迫った。

幅広の帽子が宙に舞う。ソフィーは間一髪で触手をかわしたものの、ドレスの左肩の部分をえぐりとられ、体勢を崩して転倒した。左肩に痛みを感じるが、瘴気の侵入は防げたようだ。

――やはりまともに受けたら、助からない……。

空中で軌道を変えて、触手が襲いかかってくる。ソフィーはザートで薙ぎ払いながら、地面を転がった。触手が、さきほどまでソフィーが倒れていた地面をえぐり、土塊が飛び散る。とっさの一撃はかわされたらしい。

ソフィーはすばやく身体を起こし、触手の急襲に気づいてザートを振るう。弾き返すことはできたが、左肩の痛みのために追撃が遅れた。触手が間合いから逃れる。

瘴気の触手は、再びイリーナの形をとった。だが、最初にくらべて瘴気がまとまりに欠け、乱れている。自分の攻撃は効いているのだ。

――でも、わたくしも限界が近い。

右手で左肩をおさえながら、ソフィーは立ちあがる。迷った。先に仕掛けたら、さきほどのようにかわされるかもしれない。相手は変幻自在なのだ。

考えていたのは二つ数えるほどだったが、イリーナが動いた。突進し、距離を詰めたところで両腕と両足を触手へと変える。四方向からソフィーに襲いかかった。

「――我が先を疾走れ輝く飛沫(ムーティラスフ)よ！」

もう一度、ソフィーは竜具から無数の閃光を放つ。だが、それによって打ち砕くことができた触手は一本だけだった。自分に迫る瘴気の塊を、ソフィーは呆然と見つめる。

刹那、風を切る音が響いた。どこからか飛んできた三本の矢が、いままさにソフィーに届かんとしていた三本の触手を正確に貫く。触手は音もなく粉々に砕け散った。

イリーナが動きを止める。ソフィーは息をするのも忘れて、矢の飛んできた方向を見た。

離れたところに、ひとりの若者が立っている。弓をかまえた姿勢で。

厚手の服の上に肩当てと胸当てをつけ、外套(がいとう)を羽織(はお)っている。腰には矢筒。くすんだ赤い髪の下には精悍な表情があった。

「ティグル……」

ソフィーの目に涙がにじむ。しかし、彼女はそれをすぐに拭った。再会したときにどんな顔をするかは、とうに決めている。こちらへ駆けてくる若者を笑顔で迎えた。

「ティグル！」

「ソフィー！」

ティグルも、ソフィーの名を大声で叫んだ。


ティグルがイルフィング島に到着したのは、少し前のことだ。

昨夜遅くにイルフィングの町に到着し、侍女のシグリから、ソフィーがすでに島へ向かったと聞いて、急いで後を追ったのである。

到着が遅れた理由は、旅の途中で立ち寄った村が野盗に襲われ、村人たちと協力して戦ったためだった。ソフィーも待っていてくれるだろうという甘えがあったのは否定できない。

イルフィング島に着いたティグルは、現在の集落がある南東へ向かうか、かつて集落があった中央に向かうか考えた。

シグリの話では、ソフィーは先に南東の集落へ行く予定とのことだったので、そちらへ足を向けるべきだろう。だが、ソフィーがもう中央の集落跡へ向かっている可能性はある。彼女がいなければ、そこから南東の集落へ向かえばいいと割り切って、中央を目指した。

結果的に、ティグルの判断は正解だった。

二人は笑顔をかわしたが、すぐに表情を引き締めて倒すべき敵を見据える。

「あの円環、なんだな……？」

伝わってくる気配からそれと悟ったのだろう、ティグルが新たな矢を用意しながら聞いた。

「ええ」と、ソフィーはうなずく。

「さっきのあなたの矢は、ティル＝ナ＝ファの力？」

「五年前よりは、もうちょっとだけ使えるようになったんだ」

それだけを答えて、ティグルは黒弓に矢をつがえる。声には出さず、女神に呼びかけた。

そのとき、ティグルにとっても驚くべきことが起きた。ソフィーの持つザートが淡い光を帯びたかと思うと、そこから無数の光の粒子がこぼれ落ちて、ティグルの持つ矢の鏃に吸いこまれていく。それによって、鏃に尋常でない『力』が宿るのを、二人は感じとった。

「これは、どういうこと……？」

戸惑うソフィーに、ティグルも難しい顔で応じる。

「わからない。だが、弓が『射放て』と言っているから、女神の加護かもしれないな。ソフィーの竜具はどうだ？」

ティグルに聞かれて、ソフィーが己の竜具に視線を落とした。ザートが己の意思を使い手に伝える。それは不快でも不思議でもなく、この状況を歓迎するというものだった。

「認めてるわ……」

「それならいい。細かいことは後回しだ」

ティグルの目が鋭さを増す。ソフィーも気を取り直して、瘴気をまとう円環を見据えた。

円環が瘴気をまき散らす。瘴気はすさまじい速さで広がり、祭儀場全体を覆った。

だが、ティグルも、ソフィーも動じない。想う相手が隣にいることで迷いが消えたのだ。

数十、数百もの瘴気の触手が、二人に襲いかかる。

ティグルは弓弦を引き絞って、矢を射放った。その瞬間、二人を中心に金色の光が弾け、襲いくる触手をことごとく吹き飛ばす。矢は閃光となって虚空を飛び、円環に届いた。

鏃が、円環を真っ二つに割る。何の音も響かなかったが、その瞬間、円環の断面からこれまでにない量の瘴気がほとばしる。

瘴気は地面にこぼれるのではなく、上へと立ちのぼった。大きく広がりながら、空へと向かっていく。やがて、幾重(いくえ)にも連なる帯のような形をつくっていった。

「極光(オーロラ)……」

瘴気を見上げて、ソフィーがつぶやく。その言葉で、ティグルは目を瞠った。

「あれは夜の精霊なのか」

「間違いないわ。やっと、この島から解放されたのよ」

二人の視線の先で、極光はさらに上昇していく。空の先を目指すように。やがて、黒い点となり、それすら見えなくなった。

二人はゆっくりと歩いて、割れた円環を地面から拾いあげる。だが、てのひらに載せたところで、円環は乾いた土塊のように崩れ去った。呆然と見つめていると、吹き抜けた風がそれをさらっていく。ティグルのてのひらには、土の欠片だけが残った。

「終わったんだな……」

「そうね」と、ソフィーはうなずいたが、その顔には複雑な感情がにじんでいる。どうしたのかとティグルが視線で問うと、彼女は生真面目な顔で言った。

「闇の緑星には、これで夜の精霊を切り離すのではなく、夜の精霊と向きあってほしいと思ったの。もう加護を得ることはできなくなったけど、だからこそ」

「それは、イルフィング以前の祈りを取り戻すということか？」

「新しいやり方があるならそれでもいい。手放して終わりということにしてほしくないのよ」

ソフィーの言いたいことが、ティグルには何となくわかったような気がした。夜の精霊の存在は、闇の緑星にとっては正視したくない醜い傷跡となった。だが、それを記憶し、未来に語り継がなければならない。夜の精霊と、本来はどう向きあうべきかということも含めて。

それを為しえたときこそ、闇の緑星も、夜の精霊も、真の意味で解放されるのだろう。

「リネアやラリッサさんに相談しよう。俺たちじゃ、できることに限度があるからな」

ティグルの言葉にソフィーはうなずくと、ひとつ深呼吸をして、若者に身体ごと向き直る。

「背、伸びたのね」

ソフィーヤ＝オベルタスではなく、ソフィーヤとしての、それが再会の言葉だった。

五年前は、ソフィーの方が背が高かった。だが、いまではティグルの方が高い。

「ソフィーも、何だ、その、ええと……」

ティグルも正面からソフィーを見つめて、言葉を返そうとした。だが、何も浮かばない。この島に上陸したときは、いろいろな再会の挨拶を考えていたのに、こうして向きあうと、それらはすべて消え去ってしまった。

言葉をさがし、彼女の爪先（つまさき）から頭まで視線を巡らせる。豊かな胸のあたりで一瞬、その動きを止めてしまったのだが、ソフィーは鋭くそのことに気づいた。

「どこを見てるの？」

怒ってはいない。だが、このとき、ティグルは彼女の前に首を差しだした気分になった。ようやく思いついた言葉を述べる。

「きれいになったよ、とても」

肩を落とした瞬間、ソフィーが動いた。身体を傾け、ティグルの唇に自分の唇を重ねる。そっと触れさせるだけの優しく、あたたかな口づけだった。

ソフィーが離れる。呆然とするティグルに、彼女は笑いかけた。

「次は、あなたからしてちょうだいね」

ティグルはとっさに答えられず、いまの感触をたしかめるように口元に手をやってから、ようやく首を縦に振る。そのとき、東の果てから光が射しこんだ。

夜明けだ。

島の北へ向かって、ティグルとソフィーは並んで歩く。

ティグルが遅れたことを謝罪し、ソフィーが先走ったことを同じく謝罪すると、おたがいに気分が落ち着いたのか、話したいことがあふれだした。

この五年間、手紙のやりとりしかしていなかったのだ。言いたいことも、聞きたいことも一日や二日では足りないほどにあった。

「あなたの弓のこと、何かわかった？」

ソフィーに聞かれて、ティグルは首を横に振る。黒弓に視線を落とした。

「さっぱりだ。父上にも手伝ってもらって、歴代の当主が残した統治の記録や日記、覚え書きにもすべて目を通してみたんだが、ティル＝ナ＝ファの名はまったく出てこなかった。わかったのは、この弓が間違いなく初代当主の遺したものだということぐらいだよ」

肩をすくめて、ティグルはソフィーを見る。君はどうだったと、視線で尋ねた。

「わたくしは、興味深い伝承をひとつ見つけたわ」

「どんなものなんだ？」

「ジスタートが興るよりも前の、とても古い時代の話よ。ある男が女神より必ず命中する弓を授かり、あらゆる敵をその弓で射倒して、ついには王になりおおせたんですって。その男は『魔弾の王』と呼ばれたそうよ」

魔弾の王。その言葉を耳にしたとき、ティグルは何とはなしに弓を見つめていた。

ヴォルン伯爵家の初代当主が生きていたころ、ジスタートはすでにあった。だから、初代当主が魔弾の王ということはありえない。

だが、女神がこの弓を通して自分に力を与えてくれたのは、事実だ。かつて魔弾の王と呼ばれた人物の弓が、年月の流れとともにさまざまなひとの手を経て、自分の手に渡った。それぐらいの空想は許されるのではないか。自分が王の器とは思えないが。

「この弓については、根気よく調べていくしかなさそうだな」

ティグルがそう言うと、ソフィーが微笑を浮かべて話題を変えた。

「ところで、この五年の間にずいぶんと交友関係が広がったみたいね。客将になってほしいと誘われたそうじゃない」

「正面から断るのは難しいから保留にさせてもらってるが、行く気はないよ」

ティグルとしては誠実に答えたつもりだったが、満足のいくものではなかったらしい。ソフィーは何ごとかを思いだしたように言った。

「お母さんから聞いたんだけど、ティグルは五年前、わたくしのことを自分の女だって説明したそうね」

「いや、それは……」

そう言ったのはベルゲであって、自分ではない。反射的にそう言おうとしたが、いまとなっては否定したくない気分も湧きあがって、ティグルは言葉の続きを呑みこむ。不器用に視線を泳がせると、ついソフィーの胸元へと向いてしまった。

「真面目に答える気はあるの?」

これに気づかないはずはなく、ソフィーは胸元を手で隠しながら、ティグルを軽く睨む。

若者はくすんだ赤い髪をかきまわすと、生真面目な表情をつくって言った。

「君さえよければ、君の公国に行きたい。それから、ルブリンの町にも」

ソフィーはぱっと顔を輝かせる。よくできましたというふうに。

「もちろん大歓迎よ。そのあとは、わたくしをアルサスに連れていって。あなたが生まれ育った世界を、この目で見たいの」

それからは、他愛ない話が続いた。話は尽きなかった。

ほどなく、二人はひとつめの目的地にたどりついた。緑色の縄を何本も巻きつけた、死者の魂が眠る大木である。

二人は目を閉じて、ここに眠っているだろうエフゲーニアの魂に、さきほどの戦いについて報告した。五年前、彼女が命を賭して夜の精霊と戦わなければ、いまを迎えることはなかっただろう。自分たちには、彼女に結末を伝える義務があった。

他に、ティグルはグンヴァルトの魂の安らぎも祈る。

それをすませると、二人は再び北に向かって歩きだした。

やがて、ティグルたちは島の北の海岸にたどりついた。かつては大地が延びていたという場所に。二つめの目的地だ。

「沈んだ大地も、いつかはよみがえるのかな」

ティグルのつぶやきに、ソフィーが答える。

「もう魚は戻ってきているみたいだから、いつかはそうなると思うわ。もしかしたら何十、何百年とかかるかもしれないけど」

闇の緑星の者たちと話しあおうとティグルが提案し、二人は海に背を向けて歩きだす。

「そういえば、町で聞いたんだが」

ティグルが思いだしたように言った。

「今年の極夜はそろそろらしい。発つのは何日か滞在してからにしないか」

「そうね。あなたと見て回りたいところはたくさんあるから」

ソフィーは素直に同意する。この地に来た目的は果たしたのだ。それぐらいはいいだろう。

どちらからともなく手をつなぐ。当時のことを思いだしながら。

二人の新たな物語は、これから始まる。

あとがき

一巻を出したときはとんでもない暑さにばてていたのですが、このあとがきを書いているいまはけっこうな寒さに唸っています。今年の秋はずいぶん短かった。

おひさしぶりです。川口士(かわぐちつかさ)です。『魔弾の王と極夜の輝姫(きょくやのきひ)』二巻をお届けします。前巻のあとがきでも書きましたが、どうにか予定通りに作品を完結させることができました。

前巻では、極夜の迫る町を舞台に、ティグルとソフィーの出会い、二人だけの旅、氷の舟の部族との勝負などを描きましたが、この巻では、ティグルたちはいよいよソフィーの母を救出すべく、『闇の緑星(やみのりょくせい)』の拠点たるイルフィング島を駆けまわります。

ティグルとソフィーは、そして他の登場人物たちはどのような結末を迎えるのか、ぜひ見届けてくださいませ。

本作を終えて感じたことは、主人公が若すぎると、やはり保護者の出番をしっかり書かなければならないのだなということでしょうか。

これまでのシリーズのティグルは若くても十六歳だったので、そういう必要がなかったのですが、本作では十一歳ですからね。ソフィーも十五歳ですし。このあたりはけっこう新鮮な気分でした。そういうところも楽しんでいただけたらと。

また、この巻の表紙を飾っているティグルとソフィーですが、もちろん十一歳の少年と十五歳の少女ではなく、未来のイメージ像でもなく、この冒険を経て、十六歳と二十歳にそれぞれ大きく成長した二人です。詳しくは本作をお読みください。

本作に書いた通りで、成長したあとも未来は前途多難というところですが、たぶん二人なら力を合わせて乗り越えてくれることでしょう。


ここでいくつか宣伝を。

拙著『千の魔剣と盾の乙女』を、電子書籍限定で復活、販売開始しております。

こちらは魔王と魔物に大陸を奪われた世界を舞台に、魔剣使いのロックたちが、魔王を倒して大陸を取り返すために冒険をするという物語です。

人類対魔王、魔物と戦うための武器である、力を秘めた魔剣の数々、戦いに役立ち、日々の生活を支える魔法のような錬成術、主人公の相棒にして意思を持つ魔剣……。こうした言葉が気になった方には、喜んでいただけるかと。

旧文庫版をまとめた合本で、全五章予定。一、二、三巻までを収録した第一章は好評発売中。四、五、六巻をまとめた第二章を、本書とほぼ同時に販売開始予定です。

イラストはｎ．ｉｏさん。すべて新規に描き下ろしていただいています。ぜひ、ロックやエリシアらを見てくださいませ。

こちらは『魔弾』シリーズと同じく、集英社ダッシュエックス文庫からの配信販売となっています。お使いの電子書籍ストアでご確認ください。

それから新作のお話を。この『極夜』下巻と並行で進めていたのですが、ごめんなさい、発表はもう少し遅れそうです。いましばらく楽しみにお待ちいただければと。

私が原作を、『魔弾の王と凍漣の雪姫(ミーチェリア)』のコミカライズを担当してくださった的良みらんさんが作画を担当した新作漫画『借金100億の神巫女(かみみこ)、温泉宿のおっさんに買われる』が、『水曜日はまったりダッシュエックスコミック』さんで今月から連載開始になる予定です。女子校生の巫女がヒロインの歳の差ドタバタラブコメですので、興味を持ってくださった方はぜひ見ていってくださいませ。

最後に謝辞を。夜が明けない世界を進み続けるティグルとソフィーを、そして大きく成長した二人を描いてくださった植田亮(うえだりょう)様、ありがとうございました！　極夜のために背景が夜ばかりになってしまったこの作品でしたが、最後に夜明けを描いていただけてよかった。

この下巻ではソフィーの友達となるリネアや、敵であるイリーナなども描いていただきましたが、形を得たことで、いっそう力強く動きだしてくれたように思います。

編集のＨ塚様、うちの事務所のＴ澤さんにもお礼を申しあげます。
この本が書店に届くまでのすべてに関わった方々にも、心よりの感謝を。
最後に、読者の皆様。ここまでおつきあいくださり、本当にありがとうございました。
それでは、またどこかでお会いできますよう。

夜のホットココアがこの上なく癒やし　川口　士

小説　川口士
挿画　nio
師匠より先に魔王を倒す！
人類最強の男を師に持つ少年ロックは古の魔剣ホルプ、
盾の乙女エリシアら仲間と共に魔王討伐の旅に出る！
魔弾の王シリーズの川口士が贈る、恋と冒険の王道
ファンタジー、装いも新たに復活！
千の魔剣と盾の乙女
せんのまけんとたてのおとめ
電子書籍限定・新装合本版全5巻で刊行開始
第2巻は2024年12月25日発売予定
川口士
イラスト：nio
電子書籍のみ
第2章――砂塵に眠る光の槍――
千の魔剣と盾の乙女
Thousand and Aegis

ダッシュエックス文庫

魔弾の王と極夜の輝姫2

川口 士

2024年12月30日　第1刷発行

★定価はカバーに表示してあります

発行者　瓶子吉久
発行所　株式会社　集英社
〒101−8050　東京都千代田区一ツ橋2−5−10
03(3230)6229(編集)
03(3230)6393(販売／書店専用) 03(3230)6080(読者係)
印刷所　TOPPANクロレ株式会社

ISBN978-4-08-631581-4 C0193